你与时光皆璀璨

顾七兮 著

苏州新闻出版集团
古吴轩出版社

图书在版编目（CIP）数据

你与时光皆璀璨 / 顾七兮著. -- 苏州 : 古吴轩出版社, 2021.12（2024.4重印）

ISBN 978-7-5546-1838-7

Ⅰ. ①你… Ⅱ. ①顾… Ⅲ. ①长篇小说－中国－当代 Ⅳ. ① I247.5

中国版本图书馆 CIP 数据核字（2021）第 232779 号

责任编辑： 徐小良
见习编辑： 沈欣怡
策　　划： 崔付建　秦国娟
装帧设计： 鸿儒文轩

书　　名： 你与时光皆璀璨
著　　者： 顾七兮
出版发行： 苏州新闻出版集团
古吴轩出版社
地址：苏州市八达街118号苏州新闻大厦30F
电话：0512-65233679　　　邮编：215123
出 版 人： 王乐飞
印　　刷： 三河市华东印刷有限公司
开　　本： 880mm × 1230mm　1/32
印　　张： 10
字　　数： 215 千字
版　　次： 2021 年 12 月第 1 版
印　　次： 2024 年 4 月第 2 次印刷
书　　号： ISBN 978-7-5546-1838-7
定　　价： 56.00 元

目录

Contents

引 子

时间：2018年

地点：巴黎卢浮宫“中国馆”

事件：中国当代刺绣艺术与世界顶级当代艺术作品同台亮相

“哦，天哪！完美！”“太神奇了！”……赞叹声不绝于耳。以反传统的方式向传统致敬，颠覆固有的思维模式，既显得大胆，又似乎是理所当然，这一次新颖的探索，让传统的苏绣给我们耳目一新的感觉。毫无疑问，唐心妍在艺术上攀登上了又一个高峰。

从弃针到归乡重捡绣艺且成为拥有独创针法的苏绣大师，成为国家级非物质文化遗产项目（苏绣）代表性传承人，唐心妍花了近十年的时间。谁能想到十年前，她还是一个桀骜不羁，一心想要逃离平凡苏绣生活的叛逆少女。

沉浮的这些年，她见证了传承濒临断绝的产业重新被赋予新的文化内涵。也很庆幸，她的身边有个他——笑着看她闹，宠着帮她忙，又无怨无悔陪着她绣出新天地的傅晋辰。

第一章：狼狈邂逅

2010 年，乍寒还暖的时候。傅晋辰驱着寒意刚拉上车门，便听到嘭的一声撞击声，车身震荡，入眼竟是一辆黄色的小车擦着他车头猛地往一旁的花坛直直地撞了上去。他扫了一眼手里的车钥匙，又瞄瞄拉起的手刹，确定自己还没启动，最后抬脸看着从车里匆忙跑出来的女子——“女司机”动作麻利地从包里掏出一张名片夹在他车头的雨刮器上，转头就跑。

这菜鸟不但开车技术菜，后续处理能力更是可以形容为——没脑子。傅晋辰拧着剑眉郑重地推开车门，准备找她理论时，对方已经躲回车里，干脆利落地走了。

肇事逃逸，还当着受害车主的面，岂有此理！傅晋辰想跟她讲讲道理，脚底狂踩油门，毫不犹豫地追了上去。

唐心妍不是逃逸。她主动报警解释："警察同志，我在×××路撞了一辆奔驰车，车牌号……"挂断电话，她心情沉重起来：妈妈还是在恼恨她，姥姥病重都不愿意告知她。

唐心妍努力将鼻尖的酸涩吞咽回去。姥姥——想到那个慈爱的老人，她胸口便憋闷。当年自己一意孤行离家出走，母女关系彻底破裂的画面历历在目。尽管她这么多年坚持着没换手机号码，可她知道，她的号码在母亲、在家人的心里，都是黑名单里的存在。唐心妍时常自嘲是无父无母的孤儿，但此时此刻，锥心的疼痛让她明白，就算走得再远，看得再淡，家，亲人，血浓于水，这份骨肉亲情永远无法割舍。

傅晋辰的眸光死死地锁着在车流中快速穿梭的黄色小车，心里头的无名怒火越烧越旺。他这百万级的豪车，竟然还追不上一辆撞得接近残了的小车？瞧着这女司机行云流水一般地在车流中穿插，傅晋辰的剑眉拧得更紧了。见女司机的车灵活地驶出高速公路，并驶向一条人迹较少的国道时，他瞅准机会超了她的车，毫不犹豫地一脚刹车，霸道地将车停在黄色小车的正前方。

唐心妍天旋地转之间急刹车，脑袋硬生生撞在方向盘上，嗡嗡地响。不过还是发生了轻微的追尾事故。她急忙解了安全带下车，去敲傅晋辰的车窗："喂……"

傅晋辰脸上的神色一敛，缓慢地摇下车窗，嗓音低醇平淡："什么事？"

唐心妍原本还想问问他有事没事，被他这云淡风轻的口气给噎了下，问："你为什么突然踩刹车？"

"我踩刹车需要跟你汇报吗？"傅晋辰轻描淡写地回唐心妍，"我高兴，我乐意。"

"你害我撞车了！"唐心妍被他的话气得跳脚，"你会不会开车啊！"

"会不会开车？这话，得我问你吧。"傅晋辰黑眸一沉，唇角上扬，毫不遮掩地挂着嘲讽。

"什么意思？"唐心妍眯了下眼睛。

"自己没长眼睛哪？"

一听这语气，唐心妍心里更不痛快了："我承认，是我追的尾，但这是直行车道……"她说到这，气鼓鼓地指了指："不能随便停车，更不能像您这样，'我高兴，我乐意'，说停就停好吧！"

"我规规矩矩地停在车位上，你不也撞上来？"傅晋辰不紧不慢道。

"什么？"

傅晋辰嘴角噙着冷笑。唐心妍嗡嗡作响的脑袋立马清醒了过来，她下意识地跑到傅晋辰的车前，一眼就看到被擦的地方，还有那眼熟的车牌号，脑袋一下子就"炸"了，大步跑回来，激动地伸手指着傅晋辰："你什么意思？有病吧，故意让我追尾的是不是？"

傅晋辰睨一眼唐心妍，开门下车，面无表情地将她指着自己的手指毫不留情地推开，气极反笑："我有病？拜托你搞搞清楚，是你，肇事逃逸。"

“谁肇事逃逸了？”唐心妍气鼓鼓地想反驳。

“你！”傅晋辰挺身，果断打断她。

“我没有。”唐心妍口气焦灼地解释，“我打电话报过警了。”她瞬间有了底气，强调了句：“我还主动承担全责。”

“那你怎么不等警察过来处理就跑？”傅晋辰鹰隼般锐利的眸子盯着她，“再说本来就是你全责。”

“算了，跟你也说不清楚，我有急事要离开，车就放这儿，我联系保险公司来处理。”

“都这样了，还想跑？”傅晋辰抬手拦住她。

“我没跑，我说联系保险公司来处理。”唐心妍狠狠地瞪了他一眼，“还有，一开始我就给你留名片了，你有任何问题，都可以联络我，何必咄咄逼人？”

“留名片，留哪儿了？”傅晋辰面色冷然地反问。竟然说他咄咄逼人，那就让这个女人见识见识，什么叫咄咄逼人。

“我塞你车上了……”

“车上？”傅晋辰反问了句，“小姐，你知道把名片往车里塞的行为是什么意思不？”

“什么意思？”

傅晋辰冷峻的黑色眸瞳毫不遮掩地闪着不屑，附在她耳边悄悄说了几个字。

“你太过分了！”唐心妍忍不住抬手想狠狠抽他一巴掌。

不过刚伸手，就被傅晋辰看出了意图，他面无表情地钳住了她的手腕，声音冷冷的：“虽然我不打女人，但你如果先动手，那就别怪我正当防卫。”

他用了暗劲，唐心妍吃疼地挣扎起来，但挣不开，干脆仰脸气鼓鼓地瞪他。

手机响起，看到程艺星的来电，唐心妍蹙眉，挣扎得更厉害了：“混蛋，你松开我！”话落，她干脆踢踹攻击起来。傅晋辰灵巧地闪身避过，顺势也松开了手。

唐心妍接起电话，那头便传来磁性的声音：“妍妍，你姥姥进抢救室了。”

“什么？”唐心妍只觉得脑袋嗡一下，两腿一软，她下意识去抓身边的人，谁知道傅晋辰面无表情地侧身让开，就这样眼睁睁地看着她一个踉跄跌坐在地。她神色悲怆地问：“我姥姥她……她没事吧？”

程艺星口气不确定道：“我也说不清楚。”

“我快到了，一会儿聊。”唐心妍挂了电话，抬脸看向傅晋辰。只见他薄唇一张一合地说着：“算了，我懒得跟你理论了，咱们报警处理吧。”泄去满腔怒火之后，他意识到自己今天的情绪有些失控。

唐心妍皱了皱眉：“这位先生，我也同意报警处理，但我现在真的有急事。这样吧，我把车留下，你等交警过来，不管是我撞你车，还是我追你尾，都算我全责。我忙完了，第一时间就去领罚单，可以吧？”

“罚单要双方当事人都在场才能开。”

“可我真等不了。”唐心妍情绪一下子就崩溃了，“我姥姥在医院抢救，我再不回去，可能连她最后一面都看不到了。”

“算了，你先去忙你的事。”

“谢谢。”唐心妍飞快地跑回车里，手忙脚乱地找出证件，一股脑地往他怀里塞，“你放心，我不会跑的，这是我的行驶证、驾驶证、车钥匙、身份证……”

傅晋辰尬尬地接着：“其实不用的。”

“你千万别把我的证件弄丢，我会回来处理这事的。”

傅晋辰飞快地扫了一眼唐心妍的身份证，冷眼旁观她往前奔。路上疾驰而过的私家车呼啸着卷起一阵阵冷风，根本就没有停下来的。

唐心妍的余光看到傅晋辰的车，毫不犹豫地转身，抱住了他的胳膊：“这位先生，我能不能求你个事？”

“不能。”傅晋辰将胳膊抽了抽，却被唐心妍抱得太紧，根本抽不出来。

“我知道，我的要求有点唐突，但除了你，我也没别的办法了。”唐心妍的眼泪稀里哗啦地落下来，“我现在真的拦不到车，你能送我去下医院吗？”

“不能。”傅晋辰斩钉截铁地拒绝。

“我求求你了，我姥姥现在生死未卜！”唐心妍六神无主地求着他，“帮帮我吧！”

傅晋辰嫌恶地推开她，冷声道：“好了，我送你去医院。完事了你跟我去交通大队。”

唐心妍麻利地跟上，奉承了句：“你是好人，会有好报的，还有我会付车费的！”

进了医院，唐心妍直奔抢救室，迎头撞上冯英英。唐心妍怯生生地开口：“妈，姥姥她怎么样了？”

冯英英冷喝："这里没有你姥姥！"引得走廊上的人纷纷侧目。

"妈……"唐心妍泪眼婆娑。

"我不是你妈，你给我走。"冯英英气急败坏地将唐心妍连拖带拽地往外赶。而舅舅、舅妈则是面面相觑，看了看唐克勤，也就是唐心妍的父亲。

"妈，你不要这样，我就想看看姥姥。"

手术室门头上的灯一灭，护士就冲出来问："顾月娥的家属在不在？病人出来了。"

"在。"冯英英应话的同时，护士、医生已经匆匆地推着病人出来了，大家跟着医生的步伐将病人送去病房。唐心妍跟了过去，不过刚踏进病房，就被冯英英怒目推了出来。冯英英冷冽地丢了句："你给我跪下。"

唐心妍二话不说，扑通一声，直直地跪了下去。

冯英英神情复杂地看着她，最终化作一声叹息："知道错了吗？"

"没错"两个字生生地卡在喉咙口，唐心妍并不认为自己有错。但她知道，此时顶撞冯英英的话，肯定是错的。

冯英英肃然地开口："这次是准备回来了吗？"

唐心妍的眼眶有些泛红，低着脑袋，小声回答："我只是回来看看姥姥。"

这话触动了冯英英脆弱的神经，她立马不客气地怒吼起来："滚，你马上给我滚，姥姥不需要你看！"冯英英捂着心口，神色难受地返回病房。

傅晋辰远远地看着唐心妍落寞的背影，走过去将她的名片还给她："今天撞车的事，我就不追究了，你的车自己处理吧。"

"不，我会负责的。"唐心妍一把拽住他，"你别担心我赔不起。"被傅晋辰冷然的眼神扫过，她忙识趣地松开手，脑袋里闪过傅晋辰汽车的车标，心虚道："就算我赔不起，这不还有保险公司嘛。"

"撞车？"冯月盈激动地大叫一声，又立马机警地捂住自己的嘴巴，凑到唐心妍身边，压低声音问，"姐，怎么回事？"

唐心妍还没作答，程艺星三步并作两步走到她面前，焦灼地问："妍妍，你撞车了？没事吧？"

看着他干净温暖的面容，唐心妍恍了神。这么几年的时光，他好像一点都没变，岁月只是让清瘦的少年褪去青涩，变得更加健硕，但他依旧是那个笑起来眼睛弯弯带着暖意的阳光少年。尤其，此时这双熠熠生辉的黑眸，带着春风般的暖意，更是明亮得让她有些舍不得移开眼。

时光不老，青春不散，那时候的他们，青春明媚，笑容纯粹，说好了，要一辈子，一直一直在一起……

"阿艺，你走慢点，我穿着高跟鞋呢。"

刘梦琦娇柔的声音伴着滴答滴答的高跟鞋声传了过来。她熟络地勾着程艺星的手臂，亲昵地靠着他，小声抱怨了句："跑那么快，我都差点摔跤了……"缓过气，她惊喜地叫了出来："哇，妍妍，好久不见哪！"

刘梦琦，唐心妍儿时的小伙伴，幼儿园起至初中，多年固定的同桌，长相漂亮，性格温顺。从幼儿园“园花”到初中“校花”，一路“桃花”不断，护花使者更是一茬一茬地冒在身边，但刘梦琦少女怀春的对象是“暖男”程艺星。

唐心妍得知她的心事后，不知所措起来，因为程艺星，亦是唐心妍青梅竹马的玩伴，情窦初开暗恋的对象。

原本三角的关系是最为稳定的，唐心妍、程艺星、刘梦琦，结伴同进同出多年，但因为牵扯了情感，唐心妍跟刘梦琦的关系变得脆弱跟敏感起来。

尽管彼此尽心竭力地悄悄藏着心事去维持亲昵，但三个人的电影，永远不会有圆满的结局，三个人的故事，永远都会有一个人显得多余。

唐心妍小心谨慎地退出，成全刘梦琦勇往直前的追逐跟告白，也成全程艺星温柔的慈悲。

原来说好一辈子，走着走着才发现，一辈子是那么漫长而又遥远。

聚了，散了，别了，忘了，兜兜转转，回忆如潮水一般汹涌地袭来，那一段逝去不归的青葱岁月，仿佛还在眼前。

唐心妍清楚地记得那一天，天气晴朗，蓝蓝的天上飘着朵朵白云。三个小伙伴骑着自行车相约来到了太湖边。

湖面波光粼粼，芦苇层层叠叠，风景优美如画，空气里飘荡着青春的肆意与洒脱。

“明天我就要离开这里了。”程艺星温润的声音透着浓重的不舍，“对不起，一直瞒着没有告诉你们，其实一个多月前，我爸妈就帮我准备出国手续了。”

“你要出国？去哪里？”涟漪在唐心妍的心头还没荡开，刘梦琦已经激动地跳了起来，“不行，阿艺，我也要跟你出国！”

“真的假的？”程艺星不以为意。

“当然是真的。你赶紧告诉我去哪里，我马上回家跟我爸妈说，我要跟你一起出国。”刘梦琦表情坚定。

“你别开玩笑了……”

“我没开玩笑，这辈子我就跟定你了，你去哪，我就去哪。”刘梦琦干脆就捅破这层纸，“阿艺，我喜欢你，我就想跟你在一起。”

程艺星满脸遮掩不住的惊诧。

“我是认真的。”刘梦琦壮着胆告白完，生怕程艺星会拒绝自己，急吼道，“我现在就去问你爸妈，让我家人想办法安排去。”说着，她就推着自行车风风火火地离开了。

“她来真的？”好半晌，程艺星才回过神，结结巴巴地对唐心妍解释起来，“可我对她……”

“星星，梦梦很好。”唐心妍的心里五味杂陈，想哭，但怎么也哭不出来。最后，她竭力装作若无其事，让人听不出任何情绪：“梦梦，其实喜欢你很久了。”

“可是……”

“别可是了，答应我，到了国外，你帮我好好照顾她，好吗？”唐心妍强颜欢笑地捶捶程艺星的胸，正儿八经给他交代，“她可是我最好最好的朋友了。”

“可我……”

“好了，我这人容易伤感，所以就不送你了，提前祝你一路顺风。”唐心妍说完这句话，推起自行车几乎是落荒而逃。

风，吹乱了她的发，也迷离了她的眼，让她视线模糊得看不清一切。她胡乱地伸手往脸颊擦去，眼泪却怎么也擦不干净，后来她干脆下了自行车，蹲在路边抱着自己狠狠地哭了一场。带着对刘梦琦跟程艺星的祝福，她潇洒决然地放下了这一段还没来得及告白便夭折的暗恋。

“其实，我喜欢的是你。”程艺星看着她的背影，小声呢喃了句，随即又自嘲道，“可惜，我是个胆小鬼，始终不敢说出口。”因为太过在乎，所以才会胆怯，才会卑微得小心翼翼，他怕自己说出口了，万一被唐心妍拒绝，那真是连朋友都做不成了。

“唐心妍，我该怎么办？”夕阳西下，踌躇了一下午，程艺星还是鼓起勇气打电话给唐心妍告白，可她却波澜不惊地拒绝了。

既已决定放手，那么坚决不能藕断丝连地存有任何幻想。

程艺星似乎早料到了这样的结局，强忍着辛酸道：“跟你开玩笑呢，临走前就想逗逗你，你这人怎么这样无趣，都不上当呢？”

程艺星怎么可以拿感情来逗她？唐心妍可是下午把眼睛都哭肿了。

白瞎了那些苦涩的眼泪！

唐心妍气恼道：“程艺星，你才无趣呢！就是因为你无趣，所以我才不喜欢你。”

后来的事，程家跟刘家本来就是世交，见两孩子感情如此好，干脆就乐呵呵地顺水推舟了。

而唐心妍也在这个假期里，因为被母亲冯英英逼着去考刺绣工艺师的技能证书而叛逆地离家出走，母女俩冷战了一个假期。眼瞅着要开学了，冯英英依旧不肯松口，非得要她考刺绣工艺师的技能证书，不然坚决不给学费。

唐心妍跟她大吵了一架，母女彻底决裂。她放弃了念高中，干脆读了五年制专科学院，助学贷款后，靠勤工俭学将自己供了出来。毕业后，她按部就班地找工作，从底层开始，一步一步往上爬，吃过的苦，流过的泪，她都默默地吞着。毕竟这是她自己选择的路，哪怕跪着也得爬完。

时光飞逝如电，弹指间，匆匆多年已过，眼前的刘梦琦妆容精致，打扮时尚，身材更是傲人，比过去更加耀眼。对上她那双流盼妩媚、柔情的双眼，唐心妍忍不住叹一句——刘梦琦真是越长越好看。

“妍妍，你该不会不记得我了吧？”

“当然不会。”唐心妍嘴角绽放出一个灿烂的笑容来。

“那你说，这么多年你为啥不跟我们联系？”刘梦琦笑着质问。

“我没有你们的手机号码。”唐心妍眼神无辜，腹诽着“其实你们也没联系过我”。

“哦，这样啊。”刘梦琦娇嗔，“妍妍，我跟阿艺准备去吃东西，你跟我们边吃边聊？”

唐心妍笑容里带着点淡淡的疏离，刘梦琦这句句我们、我们的，硬生生在她跟程艺星之间划出了一道鸿沟。原本她也没想怎么样，这会儿更是不动声色地拒绝："不了。"见程艺星张嘴，她忙解释，开口打断他："我赶回来是看姥姥的。"

"对，你姥姥身体不太好。"刘梦琦忙说，"如果你需要我帮忙的话，尽管跟我开口。"

"我姐家的事，轮不到你刘大小姐操闲心，瞎帮忙。"冯月盈口气不善地走出来打断她。

"冯月盈，你什么意思，想吵架？"

"谁跟你吵？"冯月盈一把勾起唐心妍的胳膊，"姐，咱们走。"

"咳，"傅晋辰不想杵着当背景墙，轻咳了下，对唐心妍招手，"过来。"

唐心妍神色一震，忙抬脚奔过去。"呀，妍妍，这位是？"刘梦琦伸手指着傅晋辰，笑容里带着一丝兴致，"你男朋友吗？"

"不……"

"不是男朋友，"冯月盈笑吟吟地打断唐心妍，语气无比的虔诚跟恳切，"他是我表姐的未婚夫。"

程艺星跟刘梦琦，傅晋辰和唐心妍，都面面相觑地震惊了下。

刘梦琦回神，胳膊捅了捅旁边的程艺星："阿艺，我就说嘛，妍妍肯定交男朋友了！"说完她咯咯笑了起来，又说："妍妍她人缘好，打小就不缺桃花运。"

“刘梦琦，这些话你当着程艺星的面说就算了，你现在当着我准姐夫的面这样说，你觉得合适吗？”冯月盈摆出一副“护花使者”样，剑拔弩张道，“从小到大，我姐的桃花运不都被你移花接木接走了吗？”

“冯月盈，你别胡说八道。”

“都在呢？”舅妈林月大概听到了争执，从病房里出来，看着傅晋辰便快言快语地问，“妍妍，这是你男朋友？”

唐心妍忙摇头否认：“不是的，他不是……”

冯月盈眼疾手快地捂住唐心妍的嘴，满脸堆笑地看着林月抢着回答：“妈，不是男朋友，是未婚夫。姐姐害羞，不好意思承认。”

林月吃惊地微张嘴：“真的吗？”

“真的。”冯月盈忙不迭点头。

林月欢喜道：“那真是太好了，你姥姥正念叨着你呢，妍妍，赶紧带男朋友进去……”

唐心妍死死地咬着唇，根本没心思去解释她跟傅晋辰的“乌龙关系”。

“男朋友一起带进来呀。”林月见唐心妍跟着她走了几步，却没带上傅晋辰，忙直白道，“你妈要是看到你男朋友，态度估计也能好点。”

唐心妍眸光恳切地看向傅晋辰，哀求的意味不言而喻，可傅晋辰面若冰霜地摆了下手，撇开了脸。

林月没看懂他们之间的哑谜，热络地伸手拉过傅晋辰：“小伙子，我是妍妍的舅妈，你跟着她一起喊我舅妈好了。”

傅晋辰毫不客气地甩开，幽暗深邃的眸子里写满了不耐烦，大步流星地转身离去。

“这……这孩子怎么这么没礼貌？”林月不悦地撇撇嘴，她好歹也是个长辈。

舅妈那句“你妈要是看到你男朋友，态度估计也能好点”唐心妍听进了心里，便打定主意认了傅晋辰做“男朋友”，故作镇定地解释了句：“舅妈，我跟他刚闹了一点小矛盾，他正在发脾气。”她赔了一个笑：“平时他不这样的，你可千万别跟他一般见识。”

她的话，变相承认了傅晋辰的身份，程艺星听了悄然皱起眉头。

“哦，这样啊——”林月的神色缓了几分，“那先不管他了，你赶紧进去看姥姥吧。”

病房内，唐心妍看着姥姥慈祥的面容，眼泪就克制不住地往下流。她的头发全白了，脸上的皱纹褶子层层叠叠的，老态尽显，唯一不变的是看唐心妍的眼神，还是那么的疼爱和宠溺。姥姥微微颤颤地握着她的手，眯着眼睛，仔细地打量着她，可视线模糊看不清了，只能一个劲问：“是妍妍回来了吗？”

“是的，姥姥，我回来了。”

“孩子，姥姥眼神不好了，你凑近点，让姥姥仔细看看……”

唐心妍便紧紧地凑了过去，挨着姥姥，抓着她的手一点一点地抚摸自己的脸颊：“姥姥，我回来了……”

“真是妍妍。”姥姥欢喜得像个孩子，“妍妍长大了，是个大姑娘了。”

“可不？妍妍连男朋友都带回来了。”林月见姥姥心情好，笑着打趣了句，“小伙子我刚瞧见了，长得可好看了。”

“什么？”冯英英竭力保持冷然。但唐克勤忍不住出声了：“林月，你说咱妍妍有男朋友了？”见冯英英眼神不善地瞪他，他缩了缩脖子，道：“我就随便问问。”

“出息！”林月哭笑不得地撇撇嘴。

“妍妍，你有男朋友了？”姥姥乐开了花，眼睛都眯成了月牙。

唐心妍柔声地哄着：“姥姥，等有机会我带他来看您。”

“好啊。”姥姥欢喜道，“你可不许骗我，一定要带他来看我。”

“不骗你，所以姥姥要快点好起来。”

“好，”姥姥点点头，“我就算是死，也要看过妍妍男朋友了再走。”

“姥姥，别胡说，您一定会长命百岁的。”

“姥姥这把年纪，生死早就看透了。”姥姥温和地摸摸她的脑袋，“姥姥就是放心不下你，哎……”她混沌的眼神扫向冯英英：“别气你妈。”

“好。”唐心妍哽咽着应下。

“姐。”冯月盈拍拍她的肩膀，叹了口气，“你好好陪会儿姥姥吧。”说完转身离开了病房。

唐克勤神色黯然地看向唐心妍：“妍妍，老太太挺想见你男朋友的，你能不能带他来，让老太太高兴高兴？”

唐心妍下意识地看向冯英英，她则冷漠地转身背向她。唐心妍心里有些酸楚，抬头深吸了一口气，对唐克勤点点头：“爸，我这就去把男朋友带来给姥姥看。”

唐心妍面带微笑地走出病房后就猛打自己的脑袋，嘴里碎碎念地骂自己：“唐心妍，你有病吧你？都不知道他姓啥叫啥，也没有联系方式，怎么找他……”正好交通大队来电话通知她去移车，她才算从焦灼状态中回神：“我马上去把车移走，不好意思。”

唐心妍刚走出医院大门，便眼尖地看到傅晋辰打开车门出来。她拔腿飞奔过去，拦在他胸前，气喘吁吁：“喂——”

傅晋辰用毫无温度的眸光扫了眼唐心妍，抬手将手里的证件往她手里递过去的同时微微拉开了点距离：“你的。”他刚才开车走了，可半道上瞄见唐心妍的一堆证件被他随手扔在副驾驶座上，就发了回善心给送了回来。

“谢谢。”唐心妍恭恭敬敬给傅晋辰鞠了个九十度的躬。

傅晋辰英俊的面孔上没什么特别的表情，他准备上车离开。

“哎，等等。”唐心妍眼疾手快一把拽住他，“刚才交通大队给我打电话，正好你也在，我们去把事故处理了吧。”她嘴角挂着谄媚的笑意：“我全责，我一定负全责。”

傅晋辰冰冰冷冷地开口：“不用了。”他扫了眼被拽的胳膊，眸光冷了下来：“松手。”

唐心妍忙触电似的松开：“对不起。”她恭恭敬敬地站在车旁，鼓足勇气道："我知道你可能嫌麻烦，想要做单车事故处理。但我刚才报警的时候已经交代过了，是我撞了你的车，你如果不跟我去处理，报单车事故的话，万一出了误会，保险公司以为我骗保什么的，要追究我责任，不太好吧？"

傅晋辰声音透着淡漠："那跟我有什么关系？"

"有关系，当然跟你有关系。"唐心妍伶牙俐齿，"我撞了你的车，我就得负责，咱们做人做事得讲究实事求是。"

傅晋辰不耐烦地丢了句："上车。"

唐心妍立马跟上车。傅晋辰不发一言地开车，车内的气氛冰冷，让她不由自主拢了拢手臂。她眼珠滴溜溜地转了两圈，大着胆子试探："这位先生，两车碰撞这种交通事故处理起来虽然不太麻烦，定个责就行，但涉及理赔什么的还是有点小麻烦的。我瞧您是个不太爱麻烦的人，你看这样好不好：你好像是沪城的车，要不在你回沪城前，我们两次并作一次报警，免得苏城处理了，回去沪城还得再处理一次？"

傅晋辰透过后视镜朝她一瞥："刚才谁说做人做事得讲究实事求是的？"

唐心妍嘟囔了句："我没说不实事求是。我负责两次事故报警，就是把我擦你车头的事，挪一个地点。我这也是想着理赔什么的方便点，免得你跟我来来回回地跑……"傅晋辰没接话，唐心妍泄气道："算了，实事求是就实事求是吧。"

"你处理追尾就行。"

唐心妍张嘴就问："那擦你车头怎么办？"

“不用你管。”傅晋辰淡淡道。如果不是唐心妍随手塞名片，“肇事逃逸”，他还真没把这点碰擦当回事。

“那怎么行？”唐心妍一脸郑重，“就算你不差钱，但钱也不是大风刮来的，你这车维修起来又不便宜，能走保险干吗不走呀？”见傅晋辰压根不想搭理她，唐心妍又碎碎念了起来：“而且是我全责，你不用担心出险次数多了明年保费上涨。”

“我担心的是保费上涨吗？”傅晋辰直接打断她，“我的时间比保费宝贵多了。”

唐心妍被噎住，半晌才开口：“好吧，你车头就不要走保险了，我出钱给你维修。”生怕傅晋辰开口拒绝，她咬咬牙，拍着胸脯道：“反正一开始就说了，我会负责到底的。”

“随你便。”傅晋辰懒得搭理她。

虽然沟通过程不甚愉快，但好歹达成了一致。在唐心妍主动拦下全责无异议后，交警麻利地开完交通事故责任认定书就离开了。

傅晋辰抬脚想走，被唐心妍再次给拽住：“那个，傅先生，你等等，我给保险公司打个电话，看看是在这边就近定损，还是等咱们回沪城了再定损。”

傅晋辰不耐烦道：“你打吧。”

唐心妍打完保险公司电话，抬脸见傅晋辰正面无表情地看着她，忙谄媚地赔笑脸：“我保险公司说，就近有一个定损网点，他们现在马上派人过来定损。”说完她对傅晋辰拱手致歉：“不好意思啊傅先生，还得麻烦您再等一等。”

傅晋辰冷飕飕的眸光直直地射向她。

唐心妍心虚地撇开视线："那个，刚才的事，我要谢谢你。"说到这儿，她似乎找到了主题，麻利地掏出钱包，唰唰唰掏出三张百元大钞朝傅晋辰递去："这是给你的。"

傅晋辰不但没有伸手接，甚至连眉头都没挑一下，冷眼看着她。

"你不会是嫌少吧？"唐心妍又掏了掏干瘪的钱包，将零散的五十元也一起拿出来，略带不舍道："喏，这些是我全部的现金，都给你。"

傅晋辰看着唐心妍，嘲讽道："你该不会觉得这几百元就能给我修车头了吧？"

"不，不是的。"听到傅晋辰这么说，唐心妍认真地看着他解释，"这是我给你的车费，谢谢你刚才送我去医院。至于你修车的钱，等定损完了，我就找银行给你转账过去……"

"不用了。"傅晋辰口气不耐烦，将她想说的话给结结实实地堵了回去。见她识趣，他也就懒得再管，大大方方在一旁接起了电话。

唐心妍本来还纠结，她是不是要避嫌让开点，但听到傅晋辰流利的英文，她便顿时打消了这个念头——反正她除了"Hello（你好）"以外，一句也听不懂。傅晋辰这电话打的时间还蛮长，十几分钟后，唐心妍干脆在路边自娱自乐地找野花野草消磨起时间。

半个小时后，傅晋辰挂了电话，抬眼便看到唐心妍跟个小孩子一样追着蝴蝶玩得不亦乐乎，不由轻咳了一下，面色淡然道："我有事要走了。"

唐心妍回身，逆光看着傅晋辰，视线里的他英俊而又模糊。"你要走了？定损的人说快到了呀。"还以为他等得不耐烦，她忙解释了句，"我刚才又打电话催过了。"

"有点急事。"

"那怎么办呀？"

"定损完，你帮我直接送修理厂，我回头让人取。"傅晋辰说完，转身便走。

"不是吧，你就这样相信我？"说完，唐心妍赶紧走过去，"万一我开你车去做坏事，你可别后悔哪。"

"你会吗？"

在傅晋辰冷飕飕的眸光中，唐心妍很没骨气地摇摇头："我不会。"

"那不结了。"

唐心妍伸手挡着晃眼的光，眯着眼看傅晋辰上了一辆黑色的豪华车潇洒离去。

保险公司的定损员跟 4S 店的拖车几乎是同时抵达的。定损完后，唐心妍直接跟 4S 店维修员商量，让他们帮忙把傅晋辰被擦的车头一起维修了，她出钱。维修员说问题不大，一周左右时间可以交付。唐心妍这才松了口气。

目送两辆车被拖走后，唐心妍忙讨好地给他发消息："傅先生您好，车已经给 4S 店拖走，维修时间大概一周。能取车的时候，我会联系您。"

消息发送成功，唐心妍等了等，傅晋辰并未回复。她咬着唇认真地想了想，又发了一条含有 4S 店的地址跟联系方式的消息，附了句："如果您不放心，可以直接联系这 4S 店，我是在正规店里维修的。"

这条消息傅晋辰总算回了："知道了。"

唐心妍退出手机消息界面，在通讯录里找到上司的电话，跟她请了假。

蓉姐委婉道："心妍，你最好别请假，公司这周有人事调动。"

"蓉姐，我姥姥病了。"蓉姐是唐心妍进公司就手把手带着她的，亦师亦友，亦像个姐姐一样，唐心妍并未对她隐瞒，"我想最后陪陪她。"

"那准了。等回来了，你别忘记办手续。"

"谢谢。"唐心妍挂了电话，又硬着头皮给唐克勤发了个消息："爸，我男朋友有急事离开了，等他回来，我一定第一时间带他去看姥姥。"将手机收起来，四周看了看，这是她熟悉的小镇，却又好像有些陌生。好像没有什么改变，却又处处透着变化。她有了一周的假期，时间大把，干脆沿着道路慢慢地走了起来。

接到冯月盈的电话时，唐心妍已经走到了太湖边，看着夕阳下波光粼粼的湖面和水天相交处的碧色天空，她那颗浮躁的心，渐渐地平和下来。

"姐，你男朋友呢？"冯月盈开着她的"甲壳虫"来，见唐心妍一个人坐着，摇下车窗，扯着嗓子笑着问了句。

唐心妍"呵"了一声，没好气地翻了个大白眼给她。

“姐，你这表情什么意思呀？”冯月盈嬉皮笑脸地下车凑过来。

“你说呢？”唐心妍皱眉瞪眼，“那个人明明不是我男朋友，你干吗胡说八道？”

“我看见他送你进医院了。”冯月盈小声嘟囔了句，“我说他是你男朋友的时候，你默认了，他也没否认呀……”

“他真不是我男朋友。”唐心妍认真地解释，“我撞了他的车，还欠他不少修车钱，严格来说，他现在是我的债主。”

“哇，好浪漫的邂逅。”冯月盈双手捧心，做出一副少女痴迷状。

“冯月盈，这叫邂逅吗？我跟他是撞车，出车祸，你有没有良心？都不关心下我有事没事！”唐心妍激动地戳她脑袋。

“瞧你这会儿生龙活虎的样子，肯定没事。我何必多此一问呢？”冯月盈干脆对她做了个加油的手势，“姐，我看好你，加油把这债主拿下。”

唐心妍恼怒地瞪着她：“都怪你，现在姥姥要我把男朋友带回来给她看，我还脑子进水答应了。我现在恨不得挖出我的脑子洗洗，我当时怎么就答应了。”

“奶奶要你带，你就带呗，准姐夫长得那么好看，带出来是倍儿有面子的事呀。”

“我跟他不熟！”

“一回生，二回就熟嘛。”冯月盈笑着鼓动，“姐，努力努力，这准姐夫还是有希望拿下的。”

唐心妍赏了她一个大白眼。

冯月盈正色道："姐，我说真的，奶奶没几天了，你能让她高兴，那就尽力满足她老人家的心愿。自从你离家出走后，她可真没少掉泪。我是知道的，奶奶心里苦，奶奶却不能说，毕竟姑妈也是她一手疼出来的亲闺女。"

一听这话，唐心妍顿时泄气："我尽量把他忽悠回来看姥姥吧。"说到这儿她长叹了口气："只是这样忽悠姥姥，合适吗？"

"你要不想忽悠她的话，努力把他变成真的不就行了！"

唐心妍回她一个"呵呵哒"。傅晋辰是那么好忽悠的人吗？别说真的，就是假的，想请回来帮忙，唐心妍都不知道该怎么开口。

"姐，问你个正事，你跟程艺星，怎么回事呀？有没有可能发展？"

"你瞎说什么呢！"唐心妍口气严厉起来。

冯月盈扁扁嘴，随口丢出一句重磅"炸弹"来："姐，我知道你喜欢程艺星。"

唐心妍知道瞒不过冯月盈，干脆大大方方承认了："曾经，喜欢过。"

"那现在呢？"

"现在不喜欢了。"唐心妍摇摇头，正色关照起来，"盈盈，我跟你说，我曾经喜欢过程艺星的事，到此为止，你以后不许再拿出来说，尤其当着刘梦琦的面，一个字都不许胡说八道，听明白了吗？"

"你放心吧，我不会出去乱说的。"

唐心妍揉揉她的脑袋。

“姐，你今晚回家住吗？”

“不回。”唐心妍的俏脸上闪过一丝黯然，很快又装作若无其事，“你一会儿带我去找个旅馆，我要在这儿住一周。”

“好，我给我朋友打个电话，你住生态园那边的宾馆吧。我想办法给你订个带院子的套房，景色优美，环境舒适，绝对会让你流连忘返。”

“行。”

“姐，订好了，绣院 1002 号房。”打完电话后，冯月盈挺了挺胸，得意道，“走，我现在带你去吃晚饭。”

冯月盈带着唐心妍去了一家在山里的农家乐，进门便熟门熟路地问服务员：“莫凌天在几号包厢？”

服务员礼貌地回了句：“水云天 01 号包厢。冯小姐，您是要上去找莫先生吗？”

“我不上去找他。”冯月盈摇摇头，又问，“水云天 02 号包厢今天有人订吗？”

“那个空着呢。”

“那就带我们去那个包厢吧。”

“可以的，跟我来吧。”

冯月盈应该是这家农家乐的常客，进了包厢，她手指飞快地在菜单上划拉了几个菜，压着嗓音道：“好了，就这些，直接出菜吧。”

服务员麻利地退了出去。

冯月盈对唐心妍做了一个嘘声的手势，悄声道：“姐，一会儿咱们多吃菜，少说话好不好？”

“为什么？”唐心妍不解。

“姐，这个为什么嘛，我晚一点跟你解释好不好？”冯月盈的俏脸上闪过一丝羞涩，凑过身子小声地保证，“反正，我不是做坏事啦。”

“好，我只管吃饭。”

隔壁包厢清晰地传出低沉的男音：“傅总，初次见面，咱们这小镇上也没啥好的饭店，真是不好意思了，我敬你一杯，先干为尽。”

“客气了。”

唐心妍听到耳熟的声音，不由自主地打了个激灵，暗想：应该没这么巧吧？

“傅总，如果你们下次需要高端定制的绣品，提前跟我联系，我一定安排得妥妥的。”

“谢谢。”傅晋辰礼貌道。

“我好多年没跟小傅喝酒了，今天竟然在你们小镇上遇到，我今儿高兴，咱们不醉不归。”温总遮掩不住喜悦。

“温叔叔，您悠着点。”傅晋辰对他倒是没有客气跟疏离的样子，口气真诚。

“没事，有林娘呢，我不怕醉。”

冯月盈竖着耳朵听到这儿，毫不犹豫地掏出手机打了个电话出去。

“不好意思，我去接个电话。”隔壁温润的男音说完，起身离席，“喂”声刚出，哗啦一下，中间的屏风移门被推开，想必他是想来这包厢接电话的。他看到冯月盈跟唐心妍的时候，愣了愣，随即挂了电话，满脸堆笑着开口："盈盈，你来这儿吃饭怎么不跟我说一声？"

"刚准备要说呀。"冯月盈带着纯真的笑意，淘气地眨了下眼，"惊不惊喜？意不意外？"

第二章：再遇求帮忙

莫凌天看着唐心妍，疑惑地问："这位是？"

"我表姐，唐心妍。"冯月盈大大方方地介绍，"我刚给你打电话订绣院的房，就是给她住的。"

"表姐，你好。"莫凌天善意地伸出手，"我是莫凌天，盈盈的'试用男朋友'。"

唐心妍愣愣地伸出手："你好。"其实她挺纠结"试用男朋友"是什么。

"好了，你回去陪客人吧。"冯月盈起身，将莫凌天推回他们那间包厢。

"既然来了，就一起吧。"莫凌天笑嘻嘻地拉着她的手邀请的同时，也直接把人给带了过去。

"你在招待客人，不太好吧？"冯月盈瞄了瞄傅晋辰，并没有直接拒绝。

“没事，大家都是老朋友了。”温总笑着插话，“小莫的女朋友也是自己人嘛，林娘赶紧喊服务员加餐具。”

“好的。”林娘风姿绰约地起身安排。

“你坐我这边吧。”莫凌天体贴地给冯月盈搬好椅子，见唐心妍坐着没动，热络地朝她招手，“表姐，来呀，坐这。”他在冯月盈身边又摆了一把椅子。

冯月盈也跟着招手，大大咧咧道：“姐，过来吧，我们拼桌了。”

听她这么直率的一嗓子，桌上的人都忍不住笑了，视线灼灼地聚焦过来。唐心妍更加窘迫，只能硬着头皮迈步走过去，在莫凌天安排的椅子上入座，对着众人不太自然地挤出笑容来。

“那个，我给大家介绍一下。”莫凌天端着酒杯，从傅晋辰那边开始，温庚炎、林娘、陈实羽，挨个介绍给冯月盈跟唐心妍认识。他也把她俩简要介绍了下：“这是我女朋友，冯月盈。这是我女朋友的表姐，唐心妍。”

冯月盈笑了，大大方方地接话：“我跟我姐坐过来了，那就不跟大家客气了，我以茶代酒，先敬各位一杯。”

“不用客气，都自己人。”温庚炎乐呵呵地接话。

“就是。”林娘笑着应承，“这相逢本来就是缘，我们还能够凑一起，那更是妙不可言了。”

“要说起这缘分，桌上的自然都是有缘人，不过要说妙不可言的话，我觉得用在我姐跟傅总身上那是最为恰当的。”冯月盈的视线在唐心妍跟傅晋辰之间暧昧地流转了一圈，似笑非笑道，“毕竟他们今天发生的事就很浪漫。”

“噗”唐心妍刚喝一口茶，就喷了出来，把自己呛得捂嘴直咳嗽。

“怎么说？”陈实羽第一个忍不住问。

“当着两位当事人的面，我可不好随便说。”被唐心妍泪眼婆娑地一瞪，冯月盈干脆卖起关子来，“姐，我可什么都没说哦。”

可是这话，偏偏挑起了在座所有人的好奇心，他们都直直地看向唐心妍，甚至连傅晋辰，也忍不住侧目，微挑起清冷的眉梢，不动声色地看着她。

温庚炎干脆就端着酒杯，走到唐心妍身边：“小唐妹子，要不，你跟温叔叔说下呗？”

唐心妍心里忍不住翻个白眼：大叔，你这一大把年纪还这样八卦，让人感觉真是不好意思。转过脸，唐心妍眼神凶狠地瞪了一眼多事的冯月盈，然后很老实地对大家说：“不浪漫。事情就是今天我不小心撞了傅总的车。”

傅晋辰嘴角似笑非笑，对唐心妍这正经的官方回答还算是满意。

“然后呢？”

“然后打电话报警，修车。”唐心妍竭力将关系撇干净，“大家处理交通事故，不都这样处理嘛！所以我表妹刚才说的话，是纯属胡诌来着。我跟傅总不熟，真的一丁点儿都不熟的。”

“你这么一说，好像很对，但我又觉得好像哪里不太对。”温庚炎挠挠头。

冯月盈笑着对温庚炎说：“温叔叔，咱苏城不小吧？你说得多有缘分才会才撞完车，又能坐一桌吃饭哪？”

“对！”温庚炎老谋深算，笑着劝酒，“小唐妹子，你刚说，你跟咱小傅不熟是吧？没关系，端上你的酒杯，喝到位，感情自然立马能到位。”

冯月盈满脸堆笑地附和：“姐，我觉得温叔叔说得还挺有道理的。感情到不到位先不说，你撞了傅总的车，最起码得赔个礼、道个歉不是？”

“冯月盈，你可真是我亲妹。”唐心妍压低了声音，恼怒道。

“不，我不是你亲妹，我是表的。”冯月盈笑得纯真无害，“这一表可是三千里了。”

唐心妍干脆端着酒杯起身，对傅晋辰说：“傅总，今天撞了您的车，真的不好意思，我敬你一杯。”

“没事。”傅晋辰淡淡地举举杯。

“姐，不是我说，你这敬酒距离是不是远了点？不够诚心哪。”冯月盈今天打定主意要助攻。“我看出来了，是座位的问题。”她转脸对莫凌天说，“你跟我表姐换一下吧。”

“好咧。”莫凌天二话不说，立马端起餐具跟酒杯走到了唐心妍的身边，满脸笑意道，“表姐，我帮你把餐具移一下。”在冯月盈跟莫凌天麻利的帮忙置换中，唐心妍连说不的机会都没有，就被换到了傅晋辰的身边。

傅晋辰对冯月盈这番刻意安排保持淡定，似乎跟他一点关系都没有。

“姐，你是猪啊？你别光顾着吃，你倒是给傅总敬个酒呀。”见众人互敬了一轮，唐心妍却埋头狂吃，冯月盈忍不住拍了下她以作提醒。

“咳咳。”唐心妍在吃红烧肉时被她这样猛地一拍，红烧肉卡在喉咙口，她捂着嘴巴狼狈地咳起来，憋得脸都红了，好不容易吞咽进去。

“姐，我不就让你给傅总敬个酒嘛，你脸红啥？”冯月盈见她顺过气，心里的愧疚立马消失得无影无踪，嬉皮笑脸地调侃起来。

唐心妍连瞪她都懒得瞪了，如果自己扭扭捏捏，倒显得自己跟傅晋辰之间好像有什么似的，还不如大大方方端着酒杯，主动出击呢。指不定趁着傅晋辰心情好的时候，还能跟他商量下，能不能请他帮忙假扮下男友呢。

“傅总，我干了，你随意。”

傅晋辰不动声色地陪着干了。

“傅总，果然海量，您不介意我帮您再加点吧？”唐心妍垂下眸光，笑得温和无害。

“不介意，小唐妹子的盛情，小傅肯定不会介意。”温庚炎两眼微眯，笑着接话。

“姐，你这是想把傅总灌醉的节奏啊！”冯月盈笑。

温庚炎笑着调侃：“小唐妹子，你有这心思呀？”

“没有。”唐心妍被戳穿心事，手抖了下，碰翻了一旁的茶水杯。她手忙脚乱地抽出桌上的面纸胡乱擦了擦，见水在往下流，又果断地一手兜着餐桌布，另外一手拿起面纸就往傅晋辰身上胡乱地擦起来："傅总，对不起。"

傅晋辰伸手拽住唐心妍的手腕，疏远道："不用了，我自己擦。"

看热闹的人不会嫌事大，冯月盈笑着跳了出来："姐，你就算被我戳中心事，也别心虚哪，反正今晚想灌醉傅总的又不是就你一个。"她转过脸对莫凌天别有深意地说："莫凌天，你说。"

"想。"莫凌天声音洪亮地回答。

"小唐妹子，灌醉小傅这件事，你放心，也别客气，我们会帮你的。"温庚炎爽朗地笑起来。

解释就是掩饰，再说唐心妍确实有目的，她干脆装傻充愣当没听到。反正说说笑笑这话题就被转过去了，而且莫凌天、陈实羽都用实际行动来表明，他们是真要跟傅晋辰喝到不醉不归的。

"小傅，来跟温叔喝一杯。"温庚炎端着酒杯走来，还不忘记给傅晋辰杯里加满，"喏，感情深，你得一口闷啊。"

"温叔，这是第三杯了！"傅晋辰端起酒杯，"我喝了两杯，您杯子里的酒可一点都没少呢。"

"好吧，我干了。"

傅晋辰陪着干了一杯，笑着问："温叔，我们感情那么深，你为啥也想灌倒我？"

"你还记得上次我跟你喝酒，你把我灌醉了又送我回家的事吗？”温庚炎遮掩不住地埋怨，“你小子可不地道，直接就把我丢花园里了，我可怜巴巴地喂了一晚上的蚊子。你说，这‘血海深仇’的，我今晚要不要报？”

“报，必须得报。”冯月盈点头应和。

“温叔，上次的事，算我照顾不周，我自罚一杯。”傅晋辰端起酒杯，爽快地喝完，朝下倒了倒，漫不经心地解释，“不过说起我把你丢花园这件事，你可真不能赖我。我是要送你进门的，可你非说凉亭里情调好，死活抱着柱子不撒手，我没办法呀，我总不能锯你家柱子吧！”

“那你至少也得给我点个蚊香啥的。你不知道那晚的蚊子，那叫一个凶残哪，我差点被蚊子给抬走了好吗？”温庚炎声音里透着点可怜，“我第二天醒来，身上都是包，差点没把自己给吓死。”

“好好好，我的错。”傅晋辰口气带着点无奈，“可温叔您这事记了三年，是不是有点长了？”

“不长，一点都不长，我准备记一辈子的。”温庚炎饱含屈辱地说，“除非你也被我灌倒一次，今晚被我随便丢一次。”

“那你把我灌醉吧。”

饭桌上再次谈笑风生，虽说大家口口声声要把傅晋辰给灌醉，但是先前嬉闹过一阵了，后面倒也没再来继续调侃。甚至连温庚炎都放下了“血海深仇”，抓着陈实羽，在林娘的劝酒中，铆足劲跟他拼个高低。觥筹交错，推杯换盏，好不热闹。

唐心妍心里打着鼓，夹菜的时候不时地偷瞄傅晋辰。他的侧脸英俊刚毅，但神色又带着疏离淡漠，让她纠结得不行，该怎么开口才合适呢？

“看我干吗？”傅晋辰淡漠地开口。

唐心妍手里夹的那筷子菜就啪嗒一声掉了下来，她压低了声音，口是心非道：“我没有在看你。”见傅晋辰嘴角扯出淡淡的带着嘲讽意味的笑时，她忍不住嘀咕了句：“再说，你不看我，怎么知道我在看你？”

傅晋辰嘴角的冷意更甚了。

唐心妍心里暗骂自己：愚蠢，猪啊你，你是有事要求他帮忙的人，你不把人捧着、哄着，你还怼他？她俏脸上的神色瞬间变了好几下，最后硬着头皮对傅晋辰挤出一抹笑：“好吧，傅总，我承认，其实我在偷偷看你。”看着傅晋辰俊脸上生出冷意，唐心妍只得干巴巴地笑着补充：“你说，你长得这么好看，不就是给人看的嘛……”

话是说出来了，唐心妍恨不得自抽耳刮子——这活脱脱调戏人的“女流氓”啊！

“闭嘴。”傅晋辰冷声打断。他不是头一回被女人夸赞，但是敢言语调戏得如此直白的，绝对是头一遭。

“傅总，我其实不是真的想看你，也不是觉得你好看，我是有事想求你帮忙。”唐心妍强迫自己镇定地迎向傅晋辰冷冷的眸光。

“我不会帮你的。”傅晋辰毫无温度地拒绝。

“你听都没听我要你帮什么忙，你就拒绝我了？”

“听了我还是会拒绝，所以你说都不必说。”傅晋辰冷冰冰道。

“咱们好歹一回生，二回熟，我还帮你修车来着，就算不是朋友，就算你不肯帮忙，那你听听总可以吧？”

“那行，你说。”傅晋辰面无表情。

唐心妍咬咬唇：“我是想说……”纠结半晌，道：“傅总，你知道我姥姥病了对吧？”

“讲重点。”傅晋辰不耐烦了。

“我家人以为你是我男朋友，所以我想请你帮忙假扮一下。”唐心妍干脆豁出去了，“就见一会儿，我保证不超过十分钟，哦不，三分钟就好。”

“不见。”傅晋辰果断地拒绝。

“傅总，算我求求你好不好？”唐心妍一着急，忍不住伸手拽住他的手臂，可怜巴巴道，“我知道您的时间很宝贵，我也知道这样的要求有点强人所难，但是，如果不是实在没办法，我也不会厚着脸皮来求你对不对？”

“你没办法是你的事。”傅晋辰抬起头看她，他的声音透着不容商量，“跟我没任何关系。”

唐心妍试着动之以情：“我姥姥也只有这么一丁点儿的念想了，而你，只需要稍稍露一个面，她就能够平静地离开了。”说到这里，她的声音也平缓下来，哽咽道：“我任性，对不起老人家，但我真的不想我姥姥带着遗憾走。”

傅晋辰依旧淡淡道：“你不用说了，反正，我是不会帮你这种忙的。”

“小唐妹子，你抓着我们小傅说啥悄悄话呢？”温庚炎醉眼迷离地打趣起来。

“没说悄悄话，我给傅总敬酒来着。”唐心妍立马松开傅晋辰，对温庚炎笑笑。

“敬酒，要靠那么近吗？”温庚炎伸手指了指自己的眼睛，“再说了，我可没看到你的酒杯。你肯定跟我们小傅在说什么秘密。”说着他起身歪歪扭扭地走过来，打着酒嗝：“不行，我也要听听悄悄话。”

“不是悄悄话，她刚跟我说，要换扎壶喝。”傅晋辰扬眉，若无其事道。

“换扎壶？”温庚炎掏了掏耳朵，“我没听错吧？”他转脸看着唐心妍，一脸钦佩：“小唐妹子，我老温可没服过什么人，你，我算是服了。”又对她竖起大拇指：“女中豪杰，爽快，帅气！”赞完叫服务员：“来，给这位姑娘换上扎壶。”

唐心妍愣住，心里默默地吐槽傅晋辰，他这坑挖得唐心妍连拒绝的机会都没有。

不过，为了求傅晋辰帮忙，这坑跳就跳了。

“小唐妹子，你的酒来了。”温庚炎笑着接过服务员手里的扎壶，递给她，认㞞道，“我就不敬你酒了，你跟小傅喝吧。”

“行。”唐心妍干脆地点头应下。傅晋辰既然想让她喝倒，那她就喝，希望傅晋辰回头看在她这么拼命地跳入他挖的坑，还顺带着自己埋土的分上，能够稍微心软一点，答应陪她去看看姥姥。

“姐，你可别逞强。”冯月盈悄悄地拽了拽她的衣角，神色担忧。她是想给唐心妍助攻把傅晋辰灌倒来着，但是不想唐心妍自己倒了——占人便宜还是被人占便宜，她门儿清。

“没事。”唐心妍给她一个安抚的眼神，转脸看着傅晋辰，“傅总，这扎壶，我敬你，我干了，你随意。”

傅晋辰还真的是很随意地端着酒杯轻抿了下，就淡然地看着唐心妍咕咚咕咚喝着扎壶。

“小唐妹子，豪迈！”温庚炎笑着拍了拍傅晋辰的肩膀，“小傅，你这可就不厚道了，小唐妹子都干扎壶了，你倒好，让你随意，你还真随意啊。”

“她酒量好，我酒量不行。”傅晋辰脸上挂着淡淡的浅笑。坑是他给唐心妍挖的，他没必要傻乎乎地跟着一起跳。

“我们也喝。”温庚炎笑着招呼陈实羽。

傅晋辰两眼微眯，默不作声地看着唐心妍。当扎壶里还剩三分之一的时候，她实在喝不下去了，捂着嘴巴跌跌撞撞地奔出了包间。

热热闹闹的饭桌上，温庚炎已经喝得在包间狼狈大吐，林娘正手忙脚乱地照顾着。陈实羽也趴在桌子上呼呼大睡。冯月盈跟莫凌天不知道去哪了。傅晋辰本不想管唐心妍，但是看着那扎壶略感刺眼，踌躇了下，还是起身大步走了出去。洗手间应该没有唐心妍，他的心里闪过一丝悸动，张嘴问了服务员，顺着她的指引，走出农家乐大门，便看到唐心妍蹲在路边，捂着胸口，对着草丛吐得那叫一个“撕心裂肺”。

这女人的酒量，并没有她自己想的那么好。这荒郊野外的，一个女人吐成这样，还是他挖的坑，傅晋辰于情于理都只能搭把手。“唉。”他无奈地走过去给她递了几张面纸，淡淡地问，“你没事吧？”

唐心妍头昏脑涨，摇摇头，只觉得满嘴酸涩，麻利地用面纸擦完嘴，醉眼迷离地看着傅晋辰：“傅总，我没事，我还能喝的。”

“活该”两字浮现在傅晋辰脑海。

“我就休息一会儿。”唐心妍说完，打着哈欠就地蜷缩着身子往草堆里一躺。

就这样躺了？这山里的蚂蚁、蚊虫可比温总家院子里的猛。这女人心眼小，要出了什么事，肯定比温总更能记仇。

傅晋辰表情嫌恶地将唐心妍从草地上扶起，架着压根站不住的她往农家乐里走。而口口声声说自己酒品很好的唐心妍则像个八爪鱼似的，不断往傅晋辰身上拱，让他的剑眉越拧越深。

“傅总，表姐她没事吧？”莫凌天送温庚炎跟林娘上车，转身看到傅晋辰扶着唐心妍往农家乐走，便叫住了他。

“应该没事吧。”傅晋辰不太确定道，“你把你女朋友叫过来，我也要回酒店休息了。”

莫凌天给冯月盈打电话：“表姐喝多了，傅总抱着呢，你赶紧来下门口。”

傅晋辰一听这“抱”字，脑袋壳就疼，他努力地跟唐心妍拉开一点距离。但唐心妍下一秒又往下倒，摔着了可不是闹着玩的。傅晋辰见状，只能伸手捞住她，站立不稳的唐心妍便不客气地再次往他怀里寻依靠。

跟个醉鬼也不好太过计较，傅晋辰的脸色冷得真能冻出冰霜来，但是神色又颇为无奈。莫凌天识趣地往一边稍稍退了一步。

“莫凌天，你喝酒喝傻了？”冯月盈在电话里透着欣喜，“既然有傅总照顾我表姐，那就让他干脆好人做到底，把我表姐送绣院去呗。”

“这会不会不太好？”

“你说呢！”

莫凌天秒懂，挂了电话转身看着傅晋辰，拜托道：“我女朋友说，表姐跟您住一个酒店，想麻烦您顺带着送过去。”他不给傅晋辰开口的机会：“您是绣院 1001，表姐住您隔壁，1002。”说完，莫凌天还恭敬地鞠了个九十度的躬：“傅总，真是不好意思，要麻烦您了。”

顺路捎一程这种事，莫凌天又拜托得这样理所当然，还真的没办法拒绝。

“没事。”傅晋辰无奈应下。

“明天上午九点，我来接您去市区。”莫凌天面不改色地看着傅晋辰，礼貌地告辞，“你们慢走啊。”然后他快步跑回包间，见冯月盈端着一碗葱油拌面，便挨着她坐下来，伸手也捞了半碗面，笑着问：“盈盈，你就这么放心把你表姐交给傅总哪？”

“当然放心，温总说，傅总是个正人君子。”冯月盈头也不抬道，“除了性格有点冷，没啥坏毛病。”她优雅地擦擦嘴，狡黠道：“放心，我看准了才下手的。”

傅晋辰将唐心妍扶进车后，就靠一边放着，他则远远地保持距离，坐在另外一边，目不斜视地看着黑漆漆的正前方。

“傅总，我……我求您的事，你能不能答应我呀？”酥软、温润的声音，带着娇嗔在狭小的车厢内响起，让傅晋辰惊得浑身戒备地看着唐心妍。而她咂吧了两下嘴，换了个姿势，又睡了。

傅晋辰盯着看了一会儿，见她睡姿还算老实，刚才只是说梦话，刚想松口气——“你就答应我吧？”唐心妍闭着眼睛，碎碎念着，“你不答应，那我就继续喝酒了，对，喝酒，我要喝酒！”唐心妍冲着他大声嚷嚷道：“我要喝酒，酒呢！”她干脆上手在他身上胡乱摸起来：“你是不是把酒给藏起来了？”

“住手。”傅晋辰冷着脸拽住唐心妍的手腕，“我警告你，你别发酒疯，不然我把你丢下去。”

唐心妍看着他一张一合的嘴，下意识地伸手捂住：“你不许说话了，好吵，我要睡觉。”然后直接趴在他的肩膀上，蹭了个舒服的角度，呼呼地睡了起来。

傅晋辰本想伸手推开她，但想到她刚发酒疯胡乱摸的画面，硬生生忍住了。他一路僵硬着忍回酒店。

“傅先生，这是你们的房卡。”司机下车打开车门，恭敬地将房卡递给他，压根就没帮忙的打算，麻溜地回了驾驶位。

傅晋辰拍拍唐心妍，试图叫醒她：“喂，到酒店了。”

“别吵。”

“到了。”傅晋辰没啥耐性，一把将唐心妍给拽了起来，

“下车。”

“我不。”唐心妍睡得正迷糊，“我不下去。”

傅晋辰深吸一口气，连拖带拽地将唐心妍弄下车：“好了，你站着别动。”

傅晋辰将她扶稳，刚松开手，她就软绵绵地往下倒。最后傅晋辰没办法，只能任由她像个无尾熊似的软趴趴地依靠着自己。他环顾了下四周，这绣院酒店在湿地公园里，有三间院落，分布了十余间贵宾套房，若是白天看的话，别有一番远离尘嚣、环境清幽、景致迷人的风味，可这大晚上的就静穆得有些瘆人。

傅晋辰半扶半抱着唐心妍到 1002 号房前，掏出房卡连刷了几下都没听到房门开启的声音，心里纳闷得不行，凝神看了看房卡——2001 号房。应该是司机给错了，因为 2001 号房本应该是温庚炎住的，那么现在他该怎么办？

傅晋辰稳了稳心神，给莫凌天打了个电话，可无法接通。他蹙着眉头又给温庚炎打，结果他是直接关机了。

如果把唐心妍送 2001 号房去，万一这温庚炎跟林娘正在里面，那岂不是太不合适？而且就算温庚炎和林娘现在不在 2001 号房，万一唐心妍睡着后，温庚炎回来了，醉呼呼的，那岂不是更不好？

捎是捎回来了，无处安放又是个事！

“我好难受，我想吐。”唐心妍的话刚说完，呕的一声直接吐了出来，喷得傅晋辰身上都是。

“你你……”傅晋辰说话都不利索了，“谁叫你乱吐的？”

他气急败坏地推开唐心妍，毫不犹豫地把她就地一扔，拿着1001的房卡过去开门，奔进洗手间便利索地将自己剥光，洗了一遍又一遍……

等傅晋辰觉得自己搓得足够干净，走出洗手间时，大概过了一个小时。

“啊——”屋外传来一声尖厉的惊叫声。

傅晋辰的眉头微挑了下，人在门口处站定，若有所思地踌躇着——该不该继续管，还是当作没听到？

唐心妍不知道自己是因为吐干净了饿醒的，还是被瑟瑟的冷风吹醒的，她半醉半醒地睁开眼，看到四周漆黑一片，神色陡然一紧，醉意顿时被吓得精光，心脏咚咚跳动。

她紧张地拢了下自己的衣服，警觉、戒备地观察着伸手不见五指的四周。喵的一声，伴随重物落地声，唐心妍的情绪瞬间崩溃，忍不住张嘴就“啊啊啊啊”连声惊叫了起来。可是回应给她的是尖厉的回声，这让她心里越发觉得恐怖起来，毫不犹豫，哆哆嗦嗦地朝有光线的地方奔去。她因为腿软而几次摔倒在地，磕破了皮都顾不上疼，挥着拳头，砰砰砰一阵胡乱地敲门。

“救命——救命哪——”

傅晋辰一拉开门，唐心妍便不要命地冲撞进来，把毫无防备的他硬生生地撞开，她自己也跟着在他脚上绊倒，直接摔了出去，脑袋嘭的一声撞在了墙壁上。

唐心妍眼冒金星，整个人晕乎得不行，但求生的本能让她连滚带爬地爬到傅晋辰身边，死死地抱着他的大腿，整个人惊魂未定地靠着他瑟瑟发抖。

傅晋辰想伸手推开她，可是瞄见她吓得脸色苍白的模样，顿时收住了手，淡淡地开口问："你看到什么可怕的东西了？"

唐心妍惊吓过度而显得神色呆滞。

"好了，没事了，你先起来。"傅晋辰心里闪过一丝丝愧疚，弯身，伸手轻轻拍了拍她的肩膀安抚她。

"啪——"唐心妍果断扬手抽了他俊脸一巴掌，神色惊恐地往后退了退，结结巴巴道："你……你别过来。"

傅晋辰被打蒙了，脸色阴了下来，挺直身子，居高临下地看着唐心妍，口气冰冷道："唐小姐，请你搞清楚，这是我的房间。"

"你的房间？"唐心妍深吸了一口气，收敛惊恐之色，认真地打量了一遍。这套房的布置极其文雅，中式床具，刺绣屏风，透着古色古香的韵味。她随口就赞了句："挺好的。"然后她蹙着秀眉，一本正经地问："你干吗把我带到你房间来？"

"是你喊着救命自己冲进来的。"

唐心妍眨巴着黑眸看着傅晋辰，再问了句："我怎么回酒店的？"

傅晋辰冷着俊脸没吭声。这真是个灵魂拷问，硬生生把傅晋辰给问出了几分心虚。

"傅总，请回答一下好吗？"

"司机送回来的。"傅晋辰避重就轻地回了句。

“司机送我们回来的？”唐心妍也不问是冯月盈还是莫凌天还是谁安排的司机，总之她把“我们”这两个字咬得重重的，确认了一遍，“我们对吧？”

傅晋辰扬眉，淡淡道：“对。”

唐心妍心里头有一簇小火苗噌的一下就直冲脑海，但她还是深呼吸了一下，竭力保持镇定，问：“那安排司机的那个人，一定拜托您，照顾下喝醉酒的我，对吧？”

“是。”

“那你就是这样照顾我的？”火苗绷不住地嘭地爆炸了，唐心妍气得揪住他的浴袍，拔高音调冲他大声咆哮，“傅晋辰，我看你长得人模人样的，你怎么这么歹毒？”她边吼边使劲捶他：“你怎么能把我一个人丢外面呢？就这天气，待一晚上，我明天绝对会生病的！”

傅晋辰冷眼瞅着她这副张牙舞爪的样子，淡漠道：“你生病不生病，跟我有什么关系？”

“你把一个喝醉酒的女孩子随便扔在外面，还厚颜无耻地说跟你没关系，你亏不亏心哪？”

“我不亏心。”傅晋辰回答得心安理得。

“你……你怎么能不亏心呢！”唐心妍气急败坏，“别人既然把我托付给你照顾，那你就得负责好不好？真是不要脸，大变态！”

“骂够了？”傅晋辰眼神鄙夷地睨着她。

“没呢。”唐心妍顺了顺气又骂上了，“你是不是心理有病？有病就吃药，别出来祸害人。答应别人的事情又做不到，你长得好看你了不起啊？”

“滚。”

“滚就滚，你以为我爱跟你待一块儿啊？”唐心妍气鼓鼓地翻了翻白眼，骂完还是觉得不够解气，干脆朝他小腿肚上狠狠地踹了一脚，又用高跟鞋碾着他的脚背，听到他吃疼的抽气声，这才心满意足地松开脚，瞟了他一眼，“你别再跟我说话了，看到你的脸，我就想吐。”哐当一声，她潇洒地摔门而出。

傅晋辰被骂蒙了，连灌了好几杯水，才缓过神，恶狠狠咒骂了句：“这个该死的女人！”

唐心妍走出房间，冷风迎面一吹，她冻得打了个哆嗦。路灯泛着昏黄色的光芒，不但没给人安全感，反倒是静谧得让人心头发慌。她发热的脑子瞬间降温，又回去毫不犹豫地嘭嘭嘭猛地敲傅晋辰的房门，刚开始还算保持着基本风度：“傅晋辰你开开门！”可不见他开门，唐心妍干脆就扯着嗓子大骂了起来：“傅晋辰，你个王八蛋，缩头乌龟！”

傅晋辰压根不打算搭理她，可唐心妍的敲门声跟不绝于耳的谩骂噪音，实在让人觉得聒噪得不行。他气急败坏地打电话给前台投诉，可前台电话一直占线。最终，僵持了一刻钟，傅晋辰忍无可忍地打开门：“唐小姐，大半夜你像个疯子一样敲我的门，你有病吧？”

“你以为我想敲你的门？”唐心妍扬着俏脸不耐烦道，“我来拿房卡的。”

“好，房卡给你。”傅晋辰直接递给她一张房卡。

唐心妍狐疑地问："这是我的房卡？"

傅晋辰面无表情地点了下头。

唐心妍接过房卡，眼睛却盯着他看，这人一副生人勿近的样子。她刚才那么骂他，他还若无其事给自己房卡？不合理！但房卡在手，唐心妍一时半会儿也看不出哪里不对劲，只能气鼓鼓地唠叨了句："既然你有我房卡，那你为什么不把我送回房间？"

"唐小姐，我没义务送你回房间。"

"傅晋辰，是你忽悠我喝酒的。"唐心妍控诉，"你就有义务。"

"你既然知道我忽悠你，你还喝，那就说明你蠢得不行。"傅晋辰满脸不耐烦地赶她，"我不想再跟你这个蠢货待一起，我怕会被传染，你赶紧给我走。"

"你以为我想跟你待在一起？看着你这张脸我就来气。"唐心妍气鼓鼓地转身，心里想到他挖坑这事，总觉得怪怪的。她走到门边的时候，下意识地翻看了一下房卡，当眼尖地瞄见"2001"时，唐心妍松开门把，气呼呼地瞪他："解释一下这房卡？"

傅晋辰回怼了句："问谁呢？"

"你——"唐心妍将房卡甩到他眼前，"我明明是 1002 号房，可你给我 2001 号房的卡，你几个意思？"

"我怎么知道你是 1002 还是 2001，司机给我的就只有这个。"

"司机不在，你别把锅甩给他。"唐心妍直白道，"傅晋辰，你故意偷换的房卡？”

“懒得理你。”

“你别走！”唐心妍猛地一把拽住了他浴袍的腰带，一个走，一个拉，腰带就这样散开了。

傅晋辰冷着俊脸回身，敞开着胸襟，将自己矫健的身材毫不遮掩地展露在唐心妍的眼前，让她神色慌乱地伸手捂住自己的眼睛，骂了句：“流氓！”

傅晋辰快速拉好衣服：“你扒了我的衣服，你骂我流氓？”

“谁……谁扒你衣服了？”唐心妍一听这话，急眼了，“你少给我血口喷人。”

“做了不敢承认？”

“我哪有不承认？我没扒你衣服就是没扒。”唐心妍较真起来，“不信，你光着身子追我两公里，我回一次头都算我是流氓！”

“同理，你要是光着身子追我，别说两公里，就是一辈子，我都不会看你一眼。”

唐心妍抽了口凉气：“算了，我不跟你胡扯，我们还是说说房卡的事吧。”她再次扬了扬手里的卡：“这是 2001 号房的，您又准备给我挖坑跳哪？”说完扯着嘴角笑了：“可我不会再上当了。”她将房卡朝傅晋辰身上一丢，果断地朝大床走去。“这 2001 号房给你睡，我就留在这屋不走了。”话还没说完，“哎哟！”她在床边没留神，踩着了傅晋辰的鞋，脚一崴，狼狈地摔倒在地。

傅晋辰几乎“不忍直视”：这女人，还能再蠢点吗？

“看什么看，没见过人摔跤哪？”唐心妍抬脸对上傅晋辰隐忍笑意的俊脸，不快道。

“是没看过这么蠢的人。”

唐心妍恼羞成怒地扶着床站起，“嘶——”崴脚的疼痛让她根本站不直身子，她干脆就往大床上一滚：“笑话看完了，你就给我滚吧。”

“这是我的床！”

“写你名字了吗？”唐心妍看了眼傅晋辰，很果断地将被子往自己身上拢，“反正这床现在是我的！”

“唐心妍，你如果非要鸠占鹊巢的话，别怪我不客气！”

唐心妍压根没把傅晋辰的警告当回事。

傅晋辰嘴角勾起一抹冷笑，吓唬她：“原本我不想跟你一般见识，但你既然赖在我床上不走，那么请问你考虑清楚了吗？”

“考虑什么？”唐心妍见他画风突变，心里立马拉起警戒线，“我警告你，你别乱来。”

“咱们是成年人了。”傅晋辰嗓音低沉，眸光灼灼地看着唐心妍，“你觉得警告有用吗？”说完他又故意走近了几步。

“你……你不要过来。”唐心妍惊恐了。

傅晋辰伸手将她圈进怀里，房间安静得掉根针都能听见。唐心妍心里忐忑，结结巴巴地开口：“傅总，对……对不起，您大人有大量，别跟小女子一般见识。这床……我不睡了，我滚……我马不停蹄地滚。”

傅晋辰不自觉地眯了下黑眸，松开手：“不管你信不信，司机给我的就是2001号房卡。”

“信，我信。”唐心妍把头点得跟小鸡啄米似的，“我现在马上滚去2001号房，我就不打扰你休息了。”说完几乎是连滚带爬地下床。崴了的脚疼得站立不稳，她扶着墙，蹦蹦跳跳地往外去。

傅晋辰在她搭上门把的时候，不咸不淡地说：“2001号房是温总的，你确定要这样跳到他床上去？”

“傅总，那1002的房卡，您有吗？”唐心妍僵硬地笑。

“没有。”

“傅总，那你能借我内线打个前台电话吗？”

“随便打。”

唐心妍打了好几次，都是占线，让服务员送房卡这件事只能作罢。识时务者为俊杰，挂了电话，她抬脸看着傅晋辰，挤出谄媚的笑容来：“傅总，你看到了，我是不能去2001号房打扰温总的，前台电话也打不通，今晚我能不能借你沙发凑合一晚？”

傅晋辰皱皱眉：“你现在态度又好了？那刚才干吗去了？”说到这，他嘴角挑起嘲讽：“你骂我骂得可欢快了。”

“没有，我哪敢骂你，你一定是听错了。”唐心妍忙否认，见他不屑，干脆道，“傅总，我刚才脑子抽了，求您大人有大量，别跟我一般见识行不行？”

“你倒识趣。”

唐心妍扬起无害的笑容：“傅总，您看在我这么识趣的分上，求你把沙发赏我凑合一晚可以吗？”

“我如果说不行呢？”

唐心妍口是心非地夸赞道：“你人帅，心好。”见傅晋辰眉梢微挑，她又乖巧道：“我保证睡觉不打呼噜，也不说梦话，安安静静的，绝对不吵你。”

“收留你一晚可以。”傅晋辰的声音低沉而果断，“但你得去帮我把衣服洗了。”

“洗衣服？”

傅晋辰点点头：“不愿意吗？”

“愿意，必须愿意。”唐心妍满脸堆笑。

第三章：麻烦不断的女人

唐心妍看到吐满污渍的西装外套，忍不住扯着嗓子吐槽了句："我说傅总，你怎么把衣服吐成这样了？"

"是你吐的。"

"我吐的？"唐心妍下意识地否认，"不能吧？我怎么会吐你身上呢？"

"你可以好好回想一下。"傅晋辰穿着松垮的浴袍，倚立在洗手间的门边，看着唐心妍坐在浴缸旁，对着那沾满污渍的西装，满脸为难，无从下手。

"好像是有那么一点儿印象。"唐心妍硬着头皮赔了个干巴巴的笑，"傅总，对不起啊。"

"没关系，你帮我洗干净就行。"傅晋辰不紧不慢地说，"我明天要穿，还得麻烦你吹干。"

“吹干？”唐心妍撇撇嘴，“傅总，这衣服肯定吹不干呀！”

“那你自己想办法，不然，就出去。”

“好，我吹干，我一定想办法给您吹干。”

傅晋辰难得地唇角牵出一抹淡笑：“那我就谢谢你了。”

“不客气，你去休息吧。”

傅晋辰二话不说退出洗手间，转身将空调开到暖风模式，然后穿着睡衣干脆躺在被子上面，闭上眼睛休憩。

唐心妍在浴缸里放了水，将衣服沾了污渍的地方先用湿毛巾擦拭干净，然后又用牙刷、肥皂小面积地清洗，再用电吹风给吹了个七八成干，最后轻手轻脚地拿到空调底下，挂好衣服。她虽然累得不行，但还强撑着，从柜子里翻出了备用的被子，长吁了一口气，眼眸余光扫到傅晋辰什么都没盖，她咬着唇将被子轻轻地盖到了他身上，然后自己抱了个枕头，随意栽倒在沙发上。困乏袭来，她直接睡了过去。

傅晋辰醒来的时候是半夜三点多，他看到唐心妍抱着枕头蜷缩在沙发里，白皙恬静的容颜，睡得叫一个香甜。

傅晋辰犹豫再三，默默地回到了床上。

唐心妍被尿意憋醒时，早把崴脚这事忘得干干净净，所以嘭的一声狼狈地摔倒在地爬不起来，这才大声惊呼：“傅总！傅晋辰，救命哪！”

傅晋辰揉着惺忪的睡眼：“你又怎么了？”

“我的脚好疼，不能动了。”

傅晋辰嘴角浮出一丝讥讽：“你的脚崴了。”

“那我该怎么办呀？”唐心妍从不觉得自己娇气，可这话一说出来，她自己都感觉不太对劲。时间过去了好几个小时，她的脚现在不但肿得跟馒头似的，还麻得动不了，她是真的慌了。

“我怎么知道。”

“傅总，我要出什么事，万一瘸了，你信不信，我会赖你一辈子！”唐心妍磨了磨牙，“傅总，我可是在您屋子里崴脚的！”

“好吧，我看看。”傅晋辰无奈地叹了口气，走过来，试探地在她脚上的肿起处按压。

“疼。”唐心妍瞬间便疼出了眼泪，惊慌失措，“我的脚该不会废掉了吧？”

“没那么严重。”

“可我不能动了呀。”唐心妍皱着眉，“你看，肿得跟猪蹄一样，还能恢复吗？”

扑哧一声，傅晋辰笑了出来。

“你什么意思啊？我都这样了，你还笑？”唐心妍怒了，“傅晋辰，你有没有人性啊？”

“唐小姐，你这情况看着严重，其实用冰敷一下就没事了。”傅晋辰神色淡然，“还有，是你自己崴的脚，并且肿成猪蹄一样的，跟我又没半毛钱关系，我笑或不笑，你管不着。”

唐心妍急了：“那我怎么办呀？”

“冷敷，自己找冰箱。”傅晋辰口气不耐烦地回道。

唐心妍暗暗吐槽了几句，便就着昏黄的灯光在这个古色古香的房间内找了一圈，还好，就在长条案几下面，并排摆着冰箱跟保险柜。她试着用一只脚站稳，然后一点一点挪到案几那边，打开冰箱一看，空空的啥都没有。“傅晋辰，冰箱里没有冰块。”

“傅晋辰，我跟你说话呢，你听到没有？”唐心妍干脆用一条腿跳到床边，掀开了傅晋辰的被子，“你别装死。”

“唐小姐，我拜托你，动动脑子行不行？没有冰块，你拿饮料、酒水，随便什么都可以。你这样再三打扰我，很烦，你知道吗？”

“冰箱都没通电，什么都没有。”唐心妍委屈地看着他。

傅晋辰随口说道：“要不行，你就打120吧。”

“不是吧？”唐心妍蹙眉，“太夸张了。”

“要不然怎么办？”傅晋辰打了个哈欠，“唐小姐，我今天真的很累了！你自己的事情，你自己处理，OK？”

“对不起。”唐心妍纠结了几秒，“我打电话给前台吧。”前台的电话依旧占线，唐心妍重重地叹了口气：“算了，这大半夜的打120太折腾人了，我看，我先用冷水敷敷吧。”

唐心妍决定不去麻烦他，跷着脚，拱着身子像只小兔子似的一跳一跳往客厅蹦去。接近冰箱的时候，她脚底打滑，再次嘭的一声摔倒在地。

“你又在干吗？”傅晋辰黑着脸从床上坐起，“这一晚上的折腾，你有完没完？”

“对不起，我只是想把冰箱门关了。”

傅晋辰大步走过去将她扶起，面无表情地关上冰箱门，又大步走向洗手间，麻利地递过一条沾着冷水的毛巾："用这个凑合吧。"

唐心妍点点头。她原本也是这样打算的，接过冷毛巾却没直接往脚上敷，她不好意思地开口："傅先生，我能不能再麻烦你个事？"

"说吧。"傅晋辰被折腾得没脾气了。

"我还想上个洗手间。"唐心妍扭扭捏捏道，"能不能……拜托你扶我进去？"

傅晋辰倒是想说"不"，但眼下这状况，他还真有点说不出口。"走吧。"傅晋辰将她扶到门口，纠结要不要送到里面去。

唐心妍倒是先婉拒："傅先生，谢谢你，就这儿好了。"

"那你自己当心……"傅晋辰的话还没说完，"啊！"唐心妍已经一声惊呼，整个人打滑摔了进去。

嘭的落地声，听得傅晋辰心里都忍不住颤了颤，问了句："你没事吧？"

唐心妍很想回答说没事，可她打滑摔出去把腰给扭了，现在不但火辣辣地疼，更是连动都不能动了。她闭闭眼，张嘴求救："傅先生，我有事，很大的事，我腰扭了。"

傅晋辰很想骂人，他不耐烦地推门进去。瓷砖上她洗衣服弄的水渍现在都被吸到了她的衣服上，他尴尬地撇开视线："你把衣服穿穿好。"

唐心妍面红耳赤地将手递了过去，瓮声道："谢谢啊。"

傅晋辰刚一使力，她就疼得嗷嗷叫：“不行，不能这样拉，好痛！”

“那你想怎么样？”傅晋辰松开手。

“你能不能抱我起来？”唐心妍不好意思地低下头。

傅晋辰二话不说俯身抱起她，然后听她嘀嘀咕咕：“傅总，你好人做到底，要不干脆把我送去医院吧。”

傅晋辰发誓，他真的很想把这个得寸进尺的女人直接丢出房间去，可不知道怎么就鬼使神差地抱着她，一路摸黑走到前台，让前台服务人员安排了车辆，把唐心妍给送到了医院。

医生检查后，简单处理了下崴的脚，对唐心妍说：“腰没什么事，你静养个把月就行了。”

唐心妍掏掏耳朵，生怕自己听错：“医生，您说什么？要静养个把月？”

你这个把月的还是轻的。”医生说完这话，转身就走。

“医生……我……”

“你别喊了。”傅晋辰面无表情地打断她。

唐心妍眨巴眨巴黑眸看着他：“傅先生……”

“你又想干吗？”傅晋辰感到没什么好事。

“我想上洗手间。”

“我去帮你喊护士。”

“好的，谢谢。”唐心妍也反应过来，这是医院，有护士，她还想着麻烦傅晋辰，自己的脑子简直是有“坑”了。

等唐心妍在护士的帮助下上完洗手间出来，病房里也没有了傅晋辰的影子，她的心情不知不觉地失落起来。虽然觉得非亲非故的傅晋辰离开是理所当然的事，但此情此景，她还是忍不住感到悲凉，心酸……

“姐，你什么情况？”冯月盈咋咋呼呼地推门进来，“你怎么进医院了？”

唐心妍扭脸看到一同推门而入的傅晋辰，直白地问：“傅总，您又来做什么？”

“找我的钱包。”傅晋辰熟络地在床头柜里翻出他的钱包，打开看了看。

“放心，我没动你的钱。”唐心妍见状，立马不悦地回了句。

傅晋辰默不作声地瞅了她一眼。

“看我干吗？”唐心妍神色更加不快，“你可别跟我说，你钱包里少钱了。”

“没什么。”傅晋辰默默吞回了那句“你的身份证好像被我弄丢了”，心虚地丢了句“我先走了”，转身头也不回离开了病房。

“就这样走了？”

傅晋辰怎么没跟唐心妍互怼呢？这完全不符合傅晋辰的性格呀！

“姐，你态度这样差，他不走难道等你留他吃饭呀？”冯月盈愤愤不平地瞪了唐心妍一眼，“姐，你这样对傅总是不对的，他好歹是你的救命恩人。”

“我‘呵呵哒’！”唐心妍没好气道，“昨晚要不是你偷懒没送我，我也不至于把自己搞成这样。”

“姐，昨晚我喝多了嘛。”冯月盈立马卖乖，“好了，不提昨晚的事了，我有事找你帮忙。”

“我都这样了，半个残废了，我能帮你啥？”

“姐，你就崴个脚，把自己说成半残废，你也太夸张了。”冯月盈笑着打趣起来，“再说了，就算你真半残废了，我的忙，你也一定能帮得上。”

唐心妍知道自己拒绝不了，干脆道：“说吧，要我帮什么？”

“那你是答应我了！我说了，可不许反悔。”

“我现在就想反悔。”

“姐，我的亲姐，你别这样。”冯月盈开始软磨硬泡，“你都答应我了。昨天傅总在我家莫莫那买了一幅我的刺绣，今天裱起来打包的时候，我发现绣面有点跳线。”她说到这里，语气顿了顿：“姐，我跟莫莫今天陪傅总还有事，你帮我修修可好？”

“不好。”

“姐，你刚答应了。”冯月盈撒娇，“我不管，我把东西拿给你。”不给唐心妍拒绝的机会，冯月盈转身送过来一个绣绷，布料上的苏绣“猫咪耍球”，绣得生动、活泼，只是猫尾巴那边确实处理得稍显粗糙。（“苏绣猫，湘绣虎。”猫是苏绣的看家活和标志性代表作，也是双面绣中最多的系列产品，有“螳螂猫”“扑蝶猫”“波斯猫”“地毯双猫”“沙发双猫”“花篮猫”“三猫”“线球猫”等等。）

“姐，针、线、剪刀都齐活了，我就拜托你了。”

“知道了。”唐心妍只能应下来。等冯月盈走了，她才深深地叹口气，神色踌躇地端起绣绷跟针线，纠结半晌，手指灵巧地开始劈丝线、穿针，认认真真在布料上帮冯月盈修理粗糙处。

因为多年没有接触针线了，她以为自己的动作会生疏，也以为自己会处理不好。但是事实上，抓到针线的这一刻起，儿时的记忆便被激活了。冯月盈这只“线球猫”绣工底子不错，毛发层次均匀，眼睛灵动，很容易上手处理。她上上下下地走针，无比熟稔……

唐心妍脑海里闪现第一次绣小猫时的场景。那时，她很努力地将猫咪的形态绣好了，可冯英英一看，直皱眉头，说绣好不算事，要把猫咪绣活才算合格，让唐心妍拆掉了重绣。

唐心妍当时既委屈，又生气，发脾气将绷架给扔了。冯英英暴怒地揍了她一顿，然后将她一个人关在房内反思，不认错连饭都不给她吃。

后来还是姥姥抱了只小奶猫来说情，唐心妍心不甘情不愿地认了错，将猫咪一针一针含泪拆掉，答应重新绣，冯英英的脸色才缓和：“我给你一周时间跟小猫咪玩，下周你再绣不好，猫咪我就扔掉了。”

为了这只可爱的小奶猫不被扔掉，唐心妍努力观察它的形态动作。

原来，记忆深处烙下的印子，哪怕被岁月蒙尘，一旦被揭开，依旧历历在目。

尽管唐心妍总觉得自己对刺绣是与生俱来地反感，但是这一刻，她不得不承认，她跟刺绣之间有着如此牵扯不清的缘。

放下绣绷，栩栩如生的猫咪似乎正与她对视，唐心妍看看针线，再看看自己的手，久久不敢去触碰。

“姐，你修好了吗？”

接到冯月盈的电话，唐心妍淡淡回了句：“好了。”

“姐，我就知道，你最棒了。”冯月盈嘴上抹了蜜般地夸赞起来，“我一会儿回来，请你吃大餐呀。”

“算了吧，让我静静。”

“唐小姐，你的家属不在吗？”护士推门进来问。

“不在，怎么了？”

“你今天可以办理出院手续了。”

“出院？我？”唐心妍愣了，“不是说我要静养个把月吗？”

“在家静养。”护士笑得和善，“你就是扭伤脚，没有骨折、骨裂什么的，其实敷两天药，不肿了，就可以下地了。”看看唐心妍一脸不可置信的样子，护士又补充了句：“至于你那个急性腰劳损扭伤，平躺休息两天也问题不大的。”

“那昨晚的医生跟我说要一个月？”

“他是看你男朋友紧张。”护士笑着解释，“好了，一会儿你家属来了，就可以办理出院了。”

“好的。”

护士又“哦”了一声道：“对了，这是昨晚你家属落下的身份证，你可千万要收好。”

“谢谢。”唐心妍面带微笑地接过身份证，心里忍不住大骂起来，该死的傅晋辰，竟然把她身份证这么重要的东西给弄丢了，难怪早上心虚了。

“姐，我跟莫莫还有点事没办完，一会儿傅总来接你出院。”冯月盈发完消息，又补了句，“傅总也正好要来拿猫咪刺绣。”

“什么？”

唐心妍的消息刚发出去，傅晋辰便敲门大大咧咧地走了进来：“东西收拾好了吗？我给你办出院。”

“我的身份证你都弄丢了，怎么办出院？”唐心妍收起手机，故意道。

“你知道？”这下换傅晋辰吃惊了，立马道歉，“不好意思，我不是故意的。”

“不是故意的？”唐心妍勾唇，没好气地哼哼，“我看你就是故意的。”

傅晋辰张张嘴，发现解释有些苍白无力，干脆就保持了沉默。

“喂，你这人，你把我的身份证弄丢了，就这态度呀？”

“那你想我怎么样？”

被他这么正儿八经地一问，唐心妍倒是词穷了，踌躇着开口：“我也不想你怎么样，就是想请你帮我一个小忙。”

“小忙？”傅晋辰微挑了下飞扬的剑眉，带着戒备看向唐心妍，“假扮你男朋友？”

“对，你同不同意？”唐心妍用上了冯月盈对她耍赖的招数。

傅晋辰弄丢了她的身份证，这会儿正愧疚，只得应了下来：“好，我答应了。”他叹口气：“回头你把时间、地点告诉我，我陪你去就是。”

“啊？真的！”突如其来的意外惊喜，让唐心妍激动得从床上跳了下来，结果因为脚疼支撑不住，又“嗷——”的一声跌回了床上。

傅晋辰用不屑的眼神看着在床上疼得嗷嗷叫的唐心妍，忍不住嘀咕了句：“你要不要这样蠢？”

唐心妍无力反驳。

“你好像压到刺绣了。”傅晋辰善意地提醒了句。

唐心妍回神，“啊啊啊啊”大叫起来。她不但压到了绣绷，而且好巧不巧的，那把小剪刀直接穿布而过……

“完了。”傅晋辰的口气里带着几分遗憾，“这刺绣完了。”

“谁说的？”唐心妍将小剪刀从绣绷里抽出来，认真地端着绷子看了看，“不就是多个小洞洞么，我补补就好。”

“补补？”傅晋辰顿时嫌弃地蹙眉，“唐小姐，你当着买家的面，说这话，不太合适吧？”

好好的一幅精美、生动的苏绣“猫咪耍球”，扎了个洞，明显就是残次品了，她不想着赔礼道歉，重新换一幅，竟然就想忽悠着随便补补？

“哦，对了，你是这幅苏绣的买家，”唐心妍后知后觉地挠挠脑袋，“我说的补补，不是那种随便补补，我会很认真地给你补好的。”

“谁稀罕。”傅晋辰不满道，“坏了就是坏了，残次品，我不要了。”

“傅先生，我承认，这幅苏绣被我扎了个洞，是坏了，但你没必要一口咬定是残次品吧？我都说了，我会认真地给你修补好的，我保证只会比原来的更精美。”

“不需要。”傅晋辰头也不回，转身离开了病房。

“喂，你还没给我办出院手续啊！”唐心妍扯着嗓子喊了句，回应她的是傅晋辰大力摔门的声音。

“什么人哪！臭脾气。”唐心妍对门气鼓鼓地扮了个鬼脸，将自己心中的火气努力憋回去，转过脸把视线移回到绣绷上，对着扎破的小洞自言自语起来，“猫咪玩球是挺可爱的，再加两只彩蝶飞舞，也不是不可以嘛。等我修好了，保准亮瞎他的‘狗眼’。”

说干就干，唐心妍在盒子里找到白描笔，认真地构了下图，然后在布料上画起了嬉戏的彩蝶。

“你还走不走？”傅晋辰冷着脸进来催了句，“出院手续给你办好了。”

“走，马上走。”唐心妍手脚麻利地将东西收拾好，一瘸一拐地跟着傅晋辰回了绣院。见傅晋辰开他房间的门，唐心妍立马表态：“那个，今天晚上，我还是回我自己屋子去住好了。”

傅晋辰面无表情：“你的房间有人住了。给你退了。”

唐心妍下意识接了句：“那我重新开一个房间好了。”

“这边没房间了。”

“酒店会没房间？傅先生，你是在跟我开什么玩笑吗？”说罢不等傅晋辰开口，唐心妍又火急火燎道，“傅先生，虽然我请你假扮我的临时男朋友，但我并不想再跟你同居一室。”

“谁要跟你同居一室？”这下轮到傅晋辰皱眉，“你想多了吧？”

“你不跟我同居一室，你又说酒店没房间了，那你住哪儿？”

“我住哪儿就不劳唐小姐费心了。”

“你不住这里不早点跟我说。”唐心妍羞愤地瞪着他。她肯定傅晋辰就是故意逗她，故意引她出丑的，她气鼓鼓地进房把门摔上。

冯月盈来电话时，唐心妍端着刺绣在收尾，一针扎在指尖，顾不得疼，悲痛道：“什么？盈盈，你说姥姥她……”后面的话，说不出来，哽咽在喉。

“是的，姐，你赶紧来吧。”

“好，我马上过去。”唐心妍挂了冯月盈的电话就开始打傅晋辰的电话。

姥姥不行了，这个“男朋友”可一定要带出场，让姥姥能够安心、瞑目。

可电话响了一声，傅晋辰就挂了。唐心妍不死心，边跑，边继续打，依旧如此。连续四五次之后，傅晋辰便关机了。唐心妍气得够呛，匆匆赶到医院的时候，姥姥眨巴着混沌的双眼，奋力地伸着脖子往她身后看：“妍妍，你……你男朋友呢？”

“姥姥，我男朋友在赶过来的路上，你别急，等等。”唐心妍握住姥姥那枯木一般干瘪的手，强忍着眼泪，故作平和地安抚。

“我……我……恐怕……等……等不及了。”姥姥气若游丝。

“姥姥，您坚持一下。”唐心妍泣不成声。

“没……没事，只……只要……妍妍……你好……你好好的，姥姥……姥姥……会一直……一直看着……看着你的。”说完这话，姥姥垂手……

“姥姥！”唐心妍失控地大喊，扑到她身上号啕大哭起来，“姥姥，你别走，你别走啊……”

“姐，你别这样。”冯月盈奋力地拉开她，“冷静点。”

冯英英表情带着悲怆，有条不紊地吩咐唐克勤后续治丧事宜，末了转身看着唐心妍，重重叹了口气：“你！”顿了顿，冯英英沉着道：“带着男朋友，回舅舅家戴孝。”

“嗯。”唐心妍这会儿顾不得跟她怄气，泪眼婆娑。舅舅他们赶来，在哭天喊地中将姥姥的遗体运回家。

失魂落魄的她，无力地靠着床沿，执拗地一遍一遍拨着傅晋辰的电话。他还是关机，唐心妍听着客服一次一次机械化的回答，默默地掉着眼泪。

“姐，你干吗呢？”冯月盈折回病房收拾东西，看到这样状态的唐心妍，不免担忧地问。

“我联系不上傅晋辰。”唐心妍讷讷地回答，“他关机了。”

“你先别急，肯定可以联系上的。”冯月盈安抚她，又关心了句，“你的脚怎么样了？”

“没事。”唐心妍咬牙忍痛摇摇头。刚才情急的奔跑中，忘记崴脚这件事了，这会儿脚疼得根本动不了。

“我先扶你起来吧。”冯月盈小心翼翼地伸过手。唐心妍也不好拒绝，在她的帮助下，勉力站起身子，却因为站不住而去扶床沿。这样肯定不行的，唐心妍毫不犹豫地开口：“盈盈，你给我去买一副拐杖吧。”

冯月盈愣住，想到这几天家里事多没人照顾她，忙说：“好的。”

傅晋辰的电话一直没打通，唐心妍披麻戴孝地跪在姥姥的灵堂前，小声说着：“姥姥，对不起。”

冯英英看着她手边的拐杖和她跪地的羸弱姿态，心里荡起涟漪，口气也缓和了几分：“你姥姥这边我们会守夜，你跟盈盈去休息吧。”

“我还想再陪会儿姥姥。”唐心妍眼眶泛红，哽咽着。

冯英英看着神色偏执的她，张了张嘴，把想劝说的话又默默地吞咽了回去。

明明是亲密不可分离的亲生母女，却这样客气、陌生、疏远，到底是为什么呢？

唐克勤走过来，不动声色地拍了拍她的肩膀——女儿这个牛脾气，他们说的根本不会听。

冯英英叹了口气——算了，自己劝不动。

冯月盈紧挨着唐心妍跪了下来。“姐，我知道你舍不得姥姥，我也舍不得奶奶，可是，人嘛，总归会有去的那么一天。”冯月盈相对唐心妍来说，看得淡，也看得开，“奶奶的身体一向结实，也没有在医院遭罪，去得也算平和，我们就别让她放心不下了好吗？”

“姥姥放心不下我的。”唐心妍眼眶含泪，自责起来，“她临走前一直在盼，盼我带男朋友回家。”她胡乱地抹了一把泪眼：“可是，我却没有做到。”

“姐，这事嘛，”一向能言善辩的冯月盈顿时有些词穷，“其实也没什么啦，傅晋辰他……他本来就是……”“假的”两个字实在不好说出口，冯月盈含蓄道：“带不带的，现在真的不重要了，你也别想太多了，去休息吧！”

“那你送我回绣院吧。”唐心妍叹息道。

“不住家里？”

“我行李什么的都在酒店。”唐心妍敷衍了句。

虽然跟母亲冯英英的关系稍有缓和，但她并没有松口让唐心妍回家。

“也是。”冯月盈将唐心妍送回酒店。临走前冯月盈再三关照：“姐，你的脚，你自己小心点。”

“我没事。你帮我找找傅晋辰。”

“好，我马上去找。”

当听到冯月盈说她从莫凌天那儿得知傅晋辰就在绣院，并且住的还是她原来那间房时，唐心妍的脑袋轰的一声炸了。她猛地挂断电话，抄起拐杖就蹦跶过去，嘭嘭嘭地使劲捶门：“傅晋辰，开门！”

“干吗？”房门猛地打开。唐心妍对上傅晋辰不耐烦的俊脸，下意识捂住眼睛：“你能不能先把衣服穿好？”

“有什么事，赶紧说！”

“你答应我，要以男朋友身份陪我回去看姥姥的，你为什么不接我电话？”

“有事。”

“你就算再忙，接一下电话，回我一句总可以吧？”唐心妍气急败坏道，“这一天，我打了你一百多个电话，傅晋辰，你……”

“够了。”傅晋辰冷声打断。

“辰哥哥，谁呀？”一道甜脆的女声从房内传了出来。

傅晋辰穿成那样，房间内还有个娇滴滴的姑娘，唐心妍的面色顿时尴尬得不行：“那你先忙，我晚点再联系你。”

“辰哥哥，”罗嘉雯拧着秀眉狐疑地问，“她谁啊？”

“没谁。”傅晋辰干脆将门打开，慢条斯理地捋了下浴袍，在罗嘉雯面前端坐下来。

“辰哥哥，你告诉我实话，你是不是有女朋友了？”罗嘉雯神色凛然，“你不要敷衍我。”

“算……是吧。”

“什么叫算是？”罗嘉雯眼眶有点泛红，“是就是，不是就不是。”

傅晋辰扫到桌子上那张烫金的请帖，郑重地回了句：“是吧。”

“辰哥哥。”罗嘉雯气恼地跺跺脚，“我给你送姐的请帖来，是为了劝你去阻止她订婚的。你倒好，不努力，不挽回，转头就重新找了个女的，你要气死我呀！”

傅晋辰淡淡地撇开眸光：“我跟你姐，早就不可能了，你就别费心思了。”说到这儿，他郑重道：“订婚宴我会准时参加，你要没别的事，就赶紧回去吧。”

“我还要在苏城玩几天。”

“行，我给你去开个房间。”

“你这个就挺好的，我也懒得再搬行李了。”罗嘉雯大大咧咧往他床上一坐，眉开眼笑道。

“好，这房间我让给你。”傅晋辰爽快道。

“辰哥哥，你去哪？”

“女朋友那儿。”傅晋辰头也不回道。

傅晋辰去前台重新开了个房，很巧，是温庚炎退出的那间。他将手机充上电，一连串的未接电话跟消息冒出来。他眸光淡淡地快速扫过，当看到唐心妍最后那条“傅晋辰，你到底在哪儿？你答应我的，陪我看姥姥，可我姥姥走了，我再也没有姥姥了……”，他动了恻隐之心，鬼使神差地抬脚往唐心妍的房间走去。

唐心妍往他身后看了两眼，问：“你怎么来了？”

傅晋辰深邃的眸光扫过她带着哀伤的俏脸，嘴唇动了动，缓缓出声。“那个，你姥姥她……”他停顿一下，“我今天，很抱歉。”

唐心妍眼眶泛红，忍不住心头酸涩起来：“姥姥……我姥姥她走了……”吸了吸鼻子，她沙哑着嗓子问了句：“傅总，你可以陪我去她的葬礼吗？”

“这……”

“傅总，我姥姥是死不瞑目。”唐心妍的眼泪止不住往下掉，“她最后一刻都在等我带男朋友回去。”

傅晋辰一下怔在那儿。

唐心妍看着他：“我知道，我这个要求有点为难，但我真希望我姥姥能够安息。”

“让我想想可以吗？”傅晋辰敷衍了句，转身便走。

“傅晋辰，你别走。”唐心妍追过去。“哎哟！”她连摔带滚地将傅晋辰拽倒在地。

“辰哥哥，你……你们……”罗嘉雯出来，看到他们亲昵的姿态，不由得气得捂脸便走。

“还不赶紧起来！”

“对不起。”唐心妍爬到一旁，心慌意乱地解释，“我不是故意的，我马上去跟你女朋友解释。”

“不用。”傅晋辰扫了一眼她的拐杖问，“自己能起来吗？”

“可以的。”唐心妍一手撑地，一手扶着拐杖站了起来。她忍着崴脚的疼痛，努力对傅晋辰挤了一个微笑：“我没事了，你赶紧去哄你女朋友。我拜托你的事，回头再说吧。”

傅晋辰转身便走。

唐心妍慢慢地走回房间，心里闷得透不过气。接起冯月盈的电话时，她有气无力：“盈盈，怎么了？”

“姐，那个……”冯月盈纠结地看了眼母亲林月，“我妈准备让傅晋辰披麻戴孝，你那儿，咋说呀？”

“披麻戴孝？”唐心妍一个激灵，惊呼道，“这不合适吧？”

“我们这风俗，男朋友好像都要的。”冯月盈顿了顿，“我妈说，墓碑上再落个你男朋友的名字。”

“等等。”唐心妍打断，“这披麻戴孝就够夸张了。又没结婚，没名没分的，凭啥上墓碑呀？”

“这不是为了讨个吉利，显得人丁兴旺嘛。”

“不行！”唐心妍斩钉截铁地拒绝，“盈盈，你一定要阻止你妈，他的名字绝对不可以上墓碑。”

“我妈那人，你又不是不知道。”冯月盈头疼道，“我是真劝不住。”

“劝不住也得劝。”

“行吧，我尽量。”冯月盈重重叹了口气，“那傅晋辰明天来不来送最后一程？”

“应该会吧。”唐心妍不太确定。挂了电话，她硬着头皮再去傅晋辰那儿敲门。

“你又怎么了？”

唐心妍见他一副生人勿近的抗拒模样，心里有些说不出来的感觉，但眸光瞥见正好奇地盯着她看的罗嘉雯，忙堆着讨好的笑打了个招呼：“你好。”

“你想干吗？”傅晋辰戒备地挡住她的视线。

“你知道。”

傅晋辰不厌其烦地点点头：“我答应你就是了。”要不然，这一晚上的，真不知道她还要出多少幺蛾子。

“好，那我一会儿把时间、地点发你手机上。”唐心妍拄着拐杖往回走。

傅晋辰目送唐心妍回房，转身对罗嘉雯道：“我女朋友跟我闹脾气了，我要去哄她，你自己早点睡，有什么事，你就打前台电话。”

“辰哥哥……”

傅晋辰拉上门，长吁了一口气，亏得唐心妍来得及时，要不然他……算了，吃一堑，长一智吧。

到了第三天，去往墓地的路上，唐心妍委婉地告诉傅晋辰，按照这边风俗，他得给姥姥披麻戴孝，希望他能够配合。

“开什么玩笑！”傅晋辰毫不犹豫地拒绝，“不行，这个忙我真不能帮你了。”

“都到这儿了，你不许走。”唐心妍猛地一把拽住傅晋辰，“你要走的话，我就喊！”

“我……”

“我拜托拜托您了！”唐心妍诚恳弯腰。

“唐小姐，你看看，这是什么地方？你觉得你这样做合适吗？”

唐心妍抬眼看看四周的墓碑，心里突然觉得一阵紧张，撇开视线，讪讪道：“在我心里，你就是我男朋友，真的那种。”

傅晋辰愣住。

“姐，你们聊什么呢？”冯月盈奔跑过来，催促着，“赶紧过来吧，都在等你们了。”

“嗯，我们马上来。”唐心妍不给傅晋辰拒绝的机会，干脆扔了拐杖，主动挽着他，将身体的重心往他身上靠去，“傅总，我相信你是个言而有信的人，咱们走吧。”

“我后悔了。”傅晋辰脚步不动。

“后悔也得陪我演完，不然我真喊了。”唐心妍竭力忍住暴躁，“傅晋辰，我没心情哄你了。”

没心情哄，所以就威胁？

傅晋辰恼了，去就去，谁怕谁啊？他准备在唐心妍姥姥墓前跟所有人大声说出事实真相，他根本就不是唐心妍的男朋友。对付这种不识好歹的女人，就该狠狠拆她的台，让她长长记性。

“姑妈，姐来了。”冯月盈讨好地强调了句，“她男朋友也来了。”

“妈！”唐心妍刚喊出声，冯英英一记耳光狠狠地甩上她脸颊，“啪——”清脆的响声，让众人面面相觑。

“你跪下。”冯英英冷着脸质问，“老实回答，你男朋友是怎么回事？”

唐心妍跪在墓碑前，朝姥姥恭敬地磕了一个头。

傅晋辰冷眼旁观着唐心妍的一举一动，见她没有半句伶牙俐齿的狡辩，而是恭恭敬敬跪着，低垂着眉眼，眼泪无声无息在眼眶里打转。

冯英英气恼地去推她：“你以为，你不说话，装出一副可怜巴巴的姿态，我就不能拿你怎么样了吗？”

冯月盈悄悄压低了声音问母亲林月："妈，姑妈她怎么了？"

"那个傅晋辰，不是妍妍男朋友吧？"

"是男朋友啊。"冯月盈心虚道，"妈，要不是男朋友，姐怎么会带过来，是吧？"她心里默默补充了句："奶奶，你放心吧，有我这个'神助攻'在，这傅晋辰迟早都是咱们家的外孙女婿。"

"你这臭丫头，少糊弄人了。"林月朝冯月盈的脑袋上弹了下，"你姑妈都知道了，傅晋辰跟你姐才认识没几天。"

"谁规定认识没几天就不能确定男女朋友关系了？"冯月盈心里暗叫了一声"糟糕"，面上不动声色地辩解，"这年头，一见钟情，二见倾心，闪婚的都多了去了，别说就谈个男女朋友了。"

"你还狡辩！"林月猛地一把拽住冯月盈的耳朵，"林娘她说了，妍妍跟傅晋辰，就是普通的关系。"

"林娘是谁？"冯月盈一听这个名字，顿时理直气壮起来，"傅晋辰本尊都来了，你听什么阿猫阿狗的胡话。"她忙催促："妈，你赶紧去劝劝姑妈。"

"我怎么劝？她们母女俩的事，我劝得还少吗？"林月有心无力。

"妈，你不劝，那我去劝。"

"你姑妈跟你姐的事，你别掺和。"林月拽住她，"你看你姑父都不敢吭声呢。"

"唐心妍，你怎么能骗姥姥说你有男朋友了？"冯英英伸手指着她，气得哆嗦，“活着的时候骗，现在她走了，你还要忽悠，你是想让她死不瞑目吗？”

“妈，对不起。”

“你别跟我说对不起，不稀罕。”冯英英情绪失控，抬手便摁着唐心妍的脑袋往地上撞，“你给你姥姥道歉……”

“冯阿姨，”傅晋辰见瘦弱的唐心妍丝毫没有反抗，便动了恻隐之心，上前架住冯英英的手，神色坦荡道，“妍妍没有骗你，也没骗姥姥，我确实是她的男朋友。”

冯英英看向唐心妍：“他真是你男朋友？”

唐心妍诧异地看向傅晋辰，见他对自己肯定地点点头，小声道：“算是吧。”

“什么叫算是？”冯英英的声音冷了下来。

“姑妈，是这样的，姐跟傅晋辰认识的时间不长，如果不是姥姥这件事太突然，他们也不会这么早曝光。所以，是男朋友，只是……”冯月盈立马出声解释。

冯英英将信将疑地看了会儿，叹口气，从包里掏出一封信，递给唐心妍：“这是你姥姥留给你的。”说完，冯英英转身便走，其他人也陆续结伴下山。

傅晋辰见唐心妍怔怔地抚着姥姥的遗像喃喃自语，也转身离去。

寂静无声，墓地里空空旷旷的，感觉吹过的风都无比凄凉。

唐心妍颤抖着拆开了姥姥留给她的信，信里姥姥说，给她在小镇上置了一处房产，如果她不想回来的话，可以卖了去外面置换。但是人讲究落叶归根，不到万不得已，姥姥还是希望这处房产不要变卖；因为等唐心妍想收心了，或者准备养老了，可以回来。如果唐心妍跟冯英英依旧没有和好，那姥姥这处房产，便是她落脚的家，姥姥给她的一方庇护。

想到姥姥那么一大把年纪，一针一线，不知道在灯下熬夜绣了多少年，才给她一砖一瓦地添置一套房产，她就心疼得不行，忍不住失声痛哭。

“傅总，那个，你有没有跟我姐在一起？”接到莫凌天的电话，但传出冯月盈的问话时，傅晋辰愣了愣，回道：“没有。”

“那你知道我姐在哪儿吗？”冯月盈的口气焦灼起来，“我打不通她电话。我也去墓地找过了，她的拐杖还在，可人却不见了。”

“不见了？”傅晋辰下意识地看了一眼窗外，原本阴郁的天气，似乎在瞬间乌云密布。他抬脚走到窗边，似乎呼呼作响的风就吹在他的脸上，他心里不自觉地闪过一丝心虚：“这话什么意思？”

“我打不通她电话，也找不到她的人。”冯月盈的声音带着哭腔了，“傅总，我们下山的时候，就你还陪着她，你真的不知道她去哪儿了吗？”

“你们下山之后，我也很快就离开了，我真不知道你姐去哪儿了。”

“那怎么办呀？”冯月盈急得六神无主，“现在去报警，估计警察也会让咱们先自己找找人。我姐，她会不会出什么事呀？傅总，求求你，你如果知道我姐的下落，你可一定要告诉我。”

傅晋辰脑海里莫名浮现出冯英英对唐心妍态度不善、挥手甩巴掌的画面，话锋一转：“大家一起找找吧。”挂了电话，他步履匆匆地寻了出去。

不管怎么说，他是最后见到唐心妍的人。如果她真的想不开，或者出事的话，即使他没有责任，心里总归是过意不去的。

小镇说大不大，但说小也不小。傅晋辰在十字路口徘徊了几秒，冷静地给冯月盈打电话去询问有关唐心妍跟姥姥的事。

冯月盈发热的脑子这会儿也冷静了下来，她按照傅晋辰的引导，说出了两个地址：“傅总，这样吧，我跟你兵分两路，我去马庙桥那边看看，麻烦你去绣乡街 163 号那边看看。如果有什么消息，第一时间再联络。”

傅晋辰应了下来。绣乡街很好找，就在他左手边，沿街两排房子，底楼商铺，二三层住宅。傅晋辰沿着门牌号走到了 163 号门前，笃笃敲门，没人应。他干脆伸手推了下，玻璃门便打开了。

傅晋辰有种强烈的直觉，唐心妍应该在这儿。他抬脚走了进去，房子已经装修好了，但是空荡荡的，并没有摆放任何家具。傅晋辰走到楼梯拐角处，眼尖地扫见坐在天井院子台阶上的唐心妍，她正仰头灌着一瓶啤酒，在她的脚边，散落了好几个空瓶，看来她是一个人在这儿借酒消愁呢。

给冯月盈发完消息，傅晋辰便打算悄悄离开。

“傅晋辰？”唐心妍错愕地看着他，甩甩头，打了个酒嗝，“我好像没喝多呀，怎么产生幻觉了？”说着，她跌跌撞撞地走过来：“傅晋辰，你阴魂不散哪……”

这话听得傅晋辰胸口憋气，好心被当成驴肝肺，这女人竟然说他阴魂不散！也不想想当初是谁死皮赖脸缠着他，现在竟过河拆桥，嫌弃他了？

“住手！”傅晋辰冷眼瞪着朝他俊脸伸出“魔爪”的唐心妍，怒喝道。

“这触感，好真实！”唐心妍丝毫不理会他的恼怒，伸手捏了捏，“傅晋辰，真是你呀？”

“我让你住手。”傅晋辰强硬地将她的手抓开。

“你放开我。”唐心妍委屈地看着他，“疼。”

“呵，还知道疼，那就是没喝多。”傅晋辰淡淡道，“唐心妍小姐，首先我必须得跟你掰扯一下，从头到尾，阴魂不散的人，是你。其次，是你表妹拜托我来找你的。”停顿一下，傅晋辰干脆说教起来：“你是个成年人了，就算心情不好，就算想要喝酒，也不能这样莫名其妙地玩失踪，冯月盈急得都要去报警了。”

第四章：心慌意乱的糊涂账

唐心妍看着他俊朗的相貌，那漂亮的唇一张一合，而伶牙俐齿的她却根本没有反驳的余地，脑子不由得一热，踮脚就亲吻了上去……

傅晋辰愣了一秒，果断地推开她：“唐小姐，请自重。”他大步流星地抬脚离去。

唐心妍一下怔在那儿，许久之后猛地敲了敲自己的脑袋。“魔怔了？”她抬脚追了出去，“傅晋辰，你听我解释。”她刚才就是嫌他话多，才去堵他嘴的，真不是想亲他。

“姐，你干吗呢？”冯月盈猛地一脚刹车，将“甲壳虫”霸道地停在她面前，“你的脚，不疼了吗？”

“啊，疼……”唐心妍捂着脚后知后觉地叫了起来，“好像不能动了。”

“那你还动！”冯月盈动作麻利地从车里出来，小心翼翼地搀扶起她，“要不要送你去医院看看？”

“不用了。”唐心妍摇摇头，“我休息一下就没事了。”

“那行，我送你回酒店。”

“我不想回酒店。”唐心妍拒绝，踌躇了下才指着玻璃门开口，“我今天想住在这儿。”

“住这儿？”冯月盈蹙着秀眉，“这儿啥都没有，怎么住呀？”

“我就想安静地待会儿。”这是姥姥留给她的一方净土，待着就好像姥姥依旧在她身边一样。

“姐，你别闹了。”冯月盈试图再劝。

“我没闹。你能不能陪我喝点？”唐心妍伸手指了指院子，干笑了声，“酒，我都准备好了。”

“喝就喝呗。”

这一晚，唐心妍到底喝了多少酒，她自己也不知道；哭了多少眼泪，她也没数了……反正就是断片，断得彻底……

“哐哐哐”急促的敲门声，伴随着焦急的女声响了起来：“辰哥哥，你起来了没？”

唐心妍不耐烦地将被子狠狠地蒙上自己的脑袋，嘟囔了句：“吵死了。”

傅晋辰低沉的声音响起：“来了来了。”

窸窸窣窣的穿衣声清晰地传到了唐心妍的耳内，这声音，怎么好像是从自己房间传出来的？

唐心妍条件反射地掀开被子，坐起身子，看见傅晋辰正在穿衣服，准备去开门的样子，顿时血气上涌，猛地一把拽住他，激动地质问："你怎么会在我房间？你对我做了什么？"

"这话得我问你。"傅晋辰的俊脸波澜不惊，强调了句，"这是我的房间。"

"你的房间？"唐心妍扫视了一圈，好像真不是她屋子，顿时气势弱了下来，"我们好像有误会。"

"误会？你看看，你对我做了什么！"傅晋辰抬起白净光滑的脖颈，那里密密麻麻地被"种"了好些颗显眼的"草莓"。

"我……我干的？"唐心妍心虚地吞了吞口水，见傅晋辰默认了，顿时尴尬得恨不得挖个地洞钻进去，"我觉得我可以解释……"

"解释什么？"傅晋辰反身朝她挨近，"解释你昨晚上喝多了，然后只是个误会，说声对不起就完事？"

"是啊。"

"你觉得我稀罕么！"

"那你想怎么样？"唐心妍表情无辜道。

"行吧。"傅晋辰后退了一步，不咸不淡道，"看不出来，你还是个讲究的女孩子。"

"那必须的。"唐心妍赔着干笑，"昨晚的误会，咱们可就一笔勾销了。"

"你先帮我一个忙再说。"

"好的。"唐心妍答应得爽快。

傅晋辰也不客气："跟敲门的人说，你是我女朋友。"

"敲门的？"唐心妍蹙眉，"那个你藏在酒店里的姑娘？"不等傅晋辰解释，她就训上了："傅晋辰，你不是吧？你也别拿我做挡箭牌呀，太缺德了。"

"打住。"傅晋辰实在听不下去了，认真地解释起来，"她是我一个朋友的妹妹。"

"真的假的？"唐心妍表示怀疑。

"你觉得我有必要骗你吗？"

"也是。"唐心妍点点头，"那我帮你吧。"说着她朝他伸手："愣着干吗？扶我去开门呀。"

傅晋辰伸手扶起唐心妍，见她开门后对罗嘉雯挤了一抹灿烂的笑："嗨！"

"辰哥哥，她……"罗嘉雯愣了愣，"你们住一起了？"

"我们住一起很奇怪吗？"唐心妍一脸理所当然地看向傅晋辰，嘟囔着，"男女朋友住一起，很正常吧？"

傅晋辰配合地点点头："给你介绍一下，这是罗嘉雯。"

"我知道，你一个朋友的妹妹嘛。"唐心妍故作熟络，笑着对罗嘉雯伸手自我介绍，"你好，我是傅晋辰的女朋友，我叫唐心妍。"

"你好，很高兴认识你。"罗嘉雯强忍着心头的不快，面上维持风度，礼貌地笑。

唐心妍不知道该接什么话了，随口问："你要不要进来坐坐？"

傅晋辰不动声色地拧了一下她的腰，她立马回神，圆了句："屋里太乱了，算了，我觉得我们还是去酒店咖啡厅坐坐吧。"

"我还有事。"罗嘉雯婉拒，然后眸光复杂地看了眼傅晋辰，"辰哥哥，我这么急着找你，是因为我姐来了。"

"嘉韵来了？"傅晋辰的神色微微激动，"她来做什么？"

"我不知道。"罗嘉雯摇摇头，不动声色地补充了句，"她是一个人来的。"

傅晋辰幽暗的眸光闪了闪。

"辰哥哥，既然你忙，那我就不打扰你了。"罗嘉雯礼貌地告辞，"至于我姐，她心情好不好，为什么一个人来，你就别管了。"

"她姐跟你关系不一般吧？"见罗嘉雯的背影都看不到了，傅晋辰的神色还在恍惚，唐心妍忍不住问了句。

"跟你没关系。"傅晋辰冷着俊脸回房。

"好吧，确实跟我没关系。"唐心妍关上门，一蹦一蹦跟在他后面。

"唐小姐，这是我房间。"傅晋辰顿住脚步，一转身，收势不住的唐心妍便撞了上来。

"哎哟。"唐心妍捂着额头，拍拍傅晋辰的胸，"这么硬！疼死我了。"

"唐小姐，礼义廉耻，你懂不懂？"

"我只是……"

傅晋辰压根不给她解释的机会："算了，我懒得跟你说，你要没事，就出去吧。"他大步走向冰箱，从里面拿了一瓶酒出来。

“你喝酒？”唐心妍见他启开了瓶盖仰头就灌，善意提醒了句，“这酒很烈的，你这样喝会醉。”

“要不，你陪我喝点？”

“我不喝，昨天的酒还没醒呢。”

唐心妍话还没说完，傅晋辰已经将酒递到了她的手上，薄唇轻启：“你想不想知道昨天晚上发生的事？”

“不想。”唐心妍猛地摇头。

“真不想？”傅晋辰勾唇一笑，“错过这次机会，那可就永远是一笔糊涂账了。”

“你这话什么意思？”昨晚上断片断得实在厉害，唐心妍一听他这话就淡定不了了。

“喝酒。你喝了，我就告诉你。”

“喝就喝。”唐心妍果断地就着瓶吹了起来，咕咚咕咚猛地一口气喝完了，才对着傅晋辰倒了倒瓶口，打了个酒嗝道，“喏，我都喝完了，你可以说了。”

“其实昨天晚上，”傅晋辰从冰箱里又拿了一瓶酒出来，“我们什么都没发生。”

唐心妍愣住。“什么都没发生？”她指着傅晋辰，“那你的脖子……”

“昨晚你确实对我有想法，但被我狠狠拒绝了。”傅晋辰不以为意地摸了摸脖子，轻描淡写道，“挣扎的时候，我的脖子确实被你啃了几口。”他眼神认真地看着她，举手宣誓：“但除了这个，我们真的什么事都没有。”

“好吧。”唐心妍暗自松了口气。

傅晋辰娴熟地启开酒瓶，再一次朝唐心妍递了过去：“喝完它，我再告诉你个事。”

“还有事？”

“喝酒，我就告诉你。”

唐心妍瞪他：“傅晋辰，你该不会忽悠我吧？”

“喝不喝随你。”傅晋辰的表情相当无所谓，“想不想听，也随你。”

明明想借酒消愁的是他傅晋辰，为啥现在喝得头晕脑热的是她这个无辜的“吃瓜”群众？

“我喝。”唐心妍再一次仰头喝光了一瓶酒，迷迷糊糊地催促傅晋辰，“好了，你赶紧说吧。”

“你喝多了？”傅晋辰肯定地问。

“没喝多。”唐心妍大着舌头逞强，“我……我清醒着呢。”

傅晋辰勾唇浅笑，上前一把抱住她，唐心妍感到温热的气息迎面扑来。“我……你……你别靠我太近。”唐心妍慌乱地伸手去推他。

傅晋辰加大力度抱紧，凑得更近了，低沉着嗓音开口：“我凑得近吗？我觉得还好吧。”伸手挑起她的下颌，眸光含情。

唐心妍瞪大了眼眸，眼睁睁地看着傅晋辰闭眼亲了上来。明明是该推开他的，可是唐心妍闭上了眼睛……

“姐，你醒了吗？”冯月盈推搡着在被子里裹得严严实实的唐心妍催促，“时间不早了，姑妈有事找你。”

唐心妍迷迷糊糊地睁开眼，只觉得自己头痛欲裂，浑身酸痛，看清冯月盈后，结结巴巴道："你……你怎么在我房间？"她下意识地往被子里缩回去。

"傅总给我的房卡呀。"冯月盈随口回了句。

"傅晋辰他人呢？"

"我不知道。"冯月盈摇摇头，"我来的时候他正好出门，顺手就把房卡给我了。"说到这儿，冯月盈似乎发现了什么秘密，指着她大声惊呼："姐，你的脖子……"

唐心妍立马掀开被子朝镜子冲了过去：她白皙的脖颈上，密密麻麻地被"啃"了一片……

"姐，跟我说说呗，啥情况呀？"冯月盈嬉皮笑脸地问。

"没啥情况。"唐心妍强装若无其事，"我发誓，我撒谎天打雷劈。"见冯月盈暗笑，她干脆直接质问："冯月盈，昨晚我们明明在绣乡街那屋子喝酒的，为什么会来酒店？"

"听你这口气，你是断片不记得了？"冯月盈不答反问。

"我要记得，我问你干吗？"

"姐，其实你断片不记得了也挺好的。"冯月盈讪讪赔了个笑，"我怕我说了，会让你不好意思。"

"你说说看。"

"昨晚你喝多了，非要拽着我来找傅晋辰。"冯月盈踌躇着要不要继续说。

"看我干吗？继续说呀。"

"你让我说的啊。"冯月盈清了清嗓子，"你见到傅总后，直接就把他给扑倒了，然后……强吻了他！"

“你别说了。”唐心妍羞愤交加，傅晋辰那脖子就是赤裸裸的“罪证”，难怪后来他忽悠自己喝得醉醺醺的，要“啃”回来！报应，现世报。

“好吧。”冯月盈笑着打住话题，“姑妈找你，你赶紧回去吧。”

冯月盈将唐心妍送到家门口便识趣地告辞：“姐，你有什么事的话，随时打我电话。”

唐心妍目送着她的“甲壳虫”远去，而自己心情忐忑，脚步迟迟不敢往自家院子迈。

而屋内，冯英英跟唐克勤神色凝重地等着。

“你说，她会回来吗？”

“妍妍的脾气，不太好说。”见冯英英的脸色阴郁下来，唐克勤立马圆滑地安抚了句，“我好好劝劝。”

“妍妍的脾气，只怕你是劝不住的。”冯英英口气怅然。

唐克勤沉默了，因为这是铁铮铮的事实。他只能劝冯英英：“其实，儿女自有儿女的命，妍妍她如果真的不愿意回来的话，我倒是觉得，你别把她逼太紧，就由她去好了。”见冯英英没有接话，他自顾自地继续说着：“你看你跟妍妍闹成这样，咱们家不成家的，真是没必要。”

“这么多年，你终于敢说出心里话了？”冯英英的脸色冷了下来。

“我没有。”唐克勤知道自己这话捅了马蜂窝，心里暗叫不好，面上赔笑，讨好道，“我只是不想看到你这样辛苦。”见冯英英脸色稍缓，他再接再厉哄着：“外人看到你对妍妍如此严厉，或许会觉得你专权霸道，但我们自家人心里都明白着呢，你所做的一切都是为了妍妍好，我们都理解。”

冯家有一段鲜为人知的秘辛，也是唐心妍跟冯英英第一次大吵，离家出走后，冯英英才告诉唐克勤的。

其实冯家在冯英英的上面有个姐姐，叫冯淑英，不论性格还是脾气，跟唐心妍如出一辙。她有着高超的绣艺天赋，但却不甘在小村镇生活，一门心思想要往外面走。顾月娥虽然不舍得，但终究松手让她去外面闯荡。结果，冯淑英在外面惹了不该惹的人，别人追债上门，她们的父亲为了护住冯淑英这个女儿，被人活活打死了。

冯淑英被那群债主当着冯英英的面按在地上，撕扯衣服。

冯英英不知道会发生什么，但是六岁的她知道要去护着姐姐，便拿着小板凳冲过去，结果被人抢走不说，她还被打晕了。

等冯英英醒过来的时候，她看到冯淑英浑身是血，一动不动地躺在那儿，惊惧焦急地问：“姐，你没事吧？”

“英英，我对不起爸，我对不起妈，我也没脸活着了。”冯淑英满脸血泪地抚着她的脸颊，“英英，外面的世界很复杂，坏人也很多，你一定要好好陪在妈妈身边。”

“姐，你到底怎么了？你怎么会流这么多血？”

“姐可能要死了。”冯淑英胡乱地擦了一把眼泪，“英英，你一定要记住姐的话，不要出去乱跑。”

“姐，姐你怎么了？”冯英英拼命地摇着她，但她却一动不动了。她又朝着爸爸那边奔过去：“爸爸，你醒醒，你快点看看，姐姐怎么了？”可爸爸的尸体早已凉透。

那一刻的孤独、害怕、彷徨无助，在冯英英心底深深扎根。姐姐的交代，也如魔咒一样，时时刻刻在她脑海清晰闪现——外面的世界很复杂，坏人也很多，在家陪着妈妈。

顾月娥知道消息就晕过去了。如果不是因为怀了冯英雄，她当时就想一头撞死。

冯淑英才十六岁哪，如花一般灿烂，还未绽放的年纪，就这样——没了。

还有自己温柔体贴的丈夫，也没了。

可为了遗腹子，为了活着的冯英英，顾月娥只能咬牙坚强起来。

虽然冤屈得到了昭雪，但为了减轻触景伤情的悲伤，顾月娥大着肚子带冯英英换了个村子生活，也将这段往事封口，不再提及。

往后的日子，母子三人过得踏踏实实、平平稳稳的，姐姐说对象，弟弟娶媳妇，各自成家生了孩子。

不出去乱跑，是冯英英的“紧箍咒”，她不但自己牢记着，也说服了弟弟冯英雄，更是拼命想要控制下一辈的孩子，不去重蹈冯淑英的覆辙。

一场悲剧，两条人命的代价，悲伤实在太深太重了，冯家再也承担不住任何的风雨飘摇。

“你们理解有什么用？闺女不理解呀。”冯英英重重叹了口气，“只怕她恨我恨得要死。”

“不会的，母女之间不会真有仇的。”唐克勤安慰了句，看看时间，“妍妍应该来了，我去门口看看。”刚打开门，撞上唐心妍神色踌躇地张望，他招呼道：“回来了，怎么不进来？”

“来了来了。”唐心妍赔了个笑，走到唐克勤身边压低了声音问，“爸，我妈她……她情绪还好吧？”

“还成。”唐克勤点点头，“你自己识趣点，顺着她。”

“爸，要能顺，我肯定顺着，可我也是有原则跟底线的好不好？”唐心妍口气透着委屈。

“说到底，你还不肯回来？”

“爸，我真觉得在外面做什么都好，就是不想回来做刺绣。”见唐克勤的眉头深深拧了起来，她干脆鼓足勇气道，“我是真烦刺绣，所以你跟妈就别劝我了，我死也不会回来。”

“你这孩子，你说的什么胡话。”

“爸，我没有说胡话。刺绣对于我而言，就是这样痛苦，就是这样会让我生不如死……”

“你放心，我们不会逼你去死的。”冯英英推门出来冷声道。

“妈！”唐心妍手足无措地看着冯英英，心里不禁微微发怵，不过想到自己的话说出口了，态度也摆着了，干脆跟她挑明，“我知道我这样说，你可能会生气，但我不想骗你——我就是不想回来做刺绣。”

“妍妍，你别说了……”唐克勤劝阻。

“闭嘴，让她说。”

“妈，我是真的厌恶刺绣，我也不想一辈子就跟绣花针打交道。”唐心妍憎恶道，“小时候我愿意跟着你绣，并不是因为我喜欢，而是我绣了你才会给我钱，给我买画画稿子，买书看……长大一点了，无论我要做什么事，都得把你安排给我的绣样做好了才能出去。我烦死了这样的生活、这样的人生。”唐心妍的表情激动起来：“当初我选择离开，我以为你会觉悟，我以为你会心疼我，成全我。”说到这里，她的眼泪控制不住地流了出来。“可事实证明，我想多了。”唐心妍吸了吸鼻子，冷笑一声，“你为了逼我回来，对我不闻不问，也不许家人救济我。你知道我最苦的时候，没钱的时候，一天只吃一个包子吗？”说到这儿，她强忍心底涌起的悲哀，倾诉道：“可我还是咬牙坚持了下来，我觉得，做我喜欢的事，无论怎样吃苦受累都是值得的。”

冯英英面无表情地冷嘲了句：“你现在是跟我们炫耀，就算没有我们，你自己依旧能从事喜欢的事，对吧？”不等唐心妍回答，她自顾自道：“也是，我们算哪门子的父母。没有我们的养育，你不但长大了，还从事了自己喜欢的事业。我们想对你好，却是把你往死里逼，真是可笑。”她转身边关门边说：“唐心妍，从今天开始，你是生是死，都跟我冯英英没半毛钱关系。我们母女关系，到此结束。”

被冯英英猝不及防地甩了这段话，唐心妍愣住了。她回神去拍门叫妈：“妈，我没有跟你们炫耀，我……”

冯英英从里面打开门，毫不留情地泼了一盆水出来：“你给我滚，以后就算我死了，也不要你回来戴孝。”

冰冰凉，透心凉。

“妈，我不是那个意思。”唐心妍浑身湿透，语气里带着恳求，“你能不能好好听我解释？”

回应给她的，又是一盆冰凉的水：“滚，你给我滚！”

“英英，你干吗呀？”唐克勤壮着胆子在第三盆水泼来之前，挺身护在了唐心妍面前。

“唐克勤，你要么现在进来，要么就永远都不要进来了！”冯英英愤然威胁。

“妍妍，我先进去一下。”唐克勤抬脚跟着冯英英进门，见她难受得蹙眉，倒地捂着发疼的心口，面色苍白地直喘气，忙上前搀起她，“你别激动，我去给你拿药。”

“你……你不想……看我死的话，让她……让她滚。”冯英英猛地打翻唐克勤拿来的药丸，态度坚决道。

唐克勤只能应下：“我马上让她走，你先吃药好不好？”

“滚了再吃。”冯英英喘得不行。

“好，我马上去，你自己吃药。”唐克勤没办法，只能重新将药丸塞她手里，大步朝门外走去。他看到唐心妍苍白瘦削的身影，浑身湿漉漉的狼狈样，不由得放软了语调：“妍妍，你要不……先去换个衣服吧。”

“爸！”唐心妍焦急地张嘴，她想解释，却不知道该怎么解释。

“爸懂。”唐克勤安抚地拍拍她的肩膀，“你妈这会儿在气头上，你别惹她了，回头等她气消了，爸再帮你说说好话。”

“你怎么……怎么还……还不滚？”冯英英虚弱地站在门口，摇摇晃晃地指着唐心妍，“滚哪！”

“你吃药了吗？”唐克勤眼疾手快地扶住她，“你别生气了。”

“滚。”冯英英吐完这个字，整个人就晕了过去。

“英英！”

“爸，妈她怎么了？”唐心妍惊恐地问。

唐克勤脸色大变：“愣着干吗？赶紧打 120！”

父女两个手忙脚乱地将冯英英送入医院急诊，还好问题不大，吃过药便稳住了，转移到普通病房观察。

一阵凉风袭来，吹得唐心妍打了个冷战。她对唐克勤解释了起来：“爸，我不是故意惹她生气的。”

在路上，唐克勤跟唐心妍说了一嘴，冯英英之前做过心脏搭桥手术，受不得刺激。

“那你现在知道她的状况了，她要让你回来，你还回不回？”唐克勤问。

“爸，我……”唐心妍的秀眉蹙了起来，“我……不知道。”

“我知道你的答案。”唐克勤叹了口气，“你现在就算人回来了，你的心也不在，做事不走心，只怕会惹你妈更生气。”

“对不起。”

“你不用说对不起。这么多年，我们没照顾好你，是我们做父母的错。以后，你走你的路，我过我的桥，互不相欠。”冯英英睁开眼睛，口气平淡地开口，“我希望，我们之间老死不相往来。”

“妈！”

“你别叫我妈，不想让我那么早死的话，你赶紧滚吧。”

“妍妍，你赶紧走吧。”唐克勤立刻将她连拖带拽地赶出病房，“你妈还在气头上，别惹她了。”

“爸，对不起。”唐心妍勉强挤出一抹笑，“你好好照顾她，我先走了。”

唐克勤眷恋不舍地目送唐心妍离开。这对母女之间的隔阂越来越深，他真的不知道该怎么劝才好。

“妍妍，我回来了，你怎么不在家呀？”苏曼茹的电话打来时，唐心妍正坐在回沪城的火车上。她看着一处处疾驰而过的景致，熟悉又陌生，眉宇间是遮掩不住的彷徨。

“妍妍，你在哪呢？信号怎么断断续续的？能听到我说话吗？”

“听到了。”唐心妍收起心底涌起的悲伤，口气尽可能若无其事，“我休了个假，现在在回去的路上。”

“那你几点能到？”

“怎么了？”

“晚上约你吃饭呀，顺便介绍我未婚夫给你认识。”

“未婚夫？”相对苏曼茹的口气轻快，唐心妍这边却激动得被口水呛了，“曼曼，我听错了吗？”

“没听错，就是未婚夫。”苏曼茹大方地承认。

“可我如果没有记错的话，你好像是因为失恋才去马尔代夫休假的吧？这未婚夫哪里冒出来的？”

“我爹妈送的。”

听到苏曼茹这回答，唐心妍愣得不知道该接什么话，好半晌才找回自己的舌头，尴尬地回了句：“叔叔阿姨送的礼物，可真别出心裁。”

“可不是？”苏曼茹有气无力地应了声，“好了好了，一会儿跟你见了再聊。我把地址发你手机上，你赶紧过来哈。”

唐心妍来不及拒绝，就被苏曼茹果断地挂了电话。没办法，她只能踩着点赶去苏曼茹约的火锅店。推开门，隔着火锅腾腾的热气，模糊不清地看到傅晋辰时，她立马说了句：“对不起，走错地儿了。”她转身动作利索地拉上门，抬眼看了看包厢号，又拿出手机对了一遍，生怕自己看错，狠狠地揉了揉眼睛。

第五章：再次奇妙邂逅

“妍妍，你干吗呢？”苏曼茹笑着走过来，“傻乎乎站在门口，进去呗。”她勾着唐心妍的手臂将她亲昵地带入包厢，向包厢里的人介绍说：“这是我的好闺蜜，唐心妍。”又转过脸向唐心妍介绍：“喏，这是傅晋辰。”

唐心妍只觉得脑袋嗡了一声，神色陡然一紧，心里忐忑地打鼓，抬脸看向傅晋辰，只见他眉目淡雅，皮肤白皙，温润如美玉，此时嘴角微微上扬，带着几分不羁，正温和有礼地向自己问好：“唐小姐，你好。”

唐心妍紧张得手心都冒汗了，那句“傅先生你好”，就生生地卡在喉咙口，愣是说不出来。

“妍妍——”苏曼茹拽了拽她的衣角，“傅先生跟你问好呢。”

唐心妍回神，挤了一抹笑出来：“傅先生您好。不好意思，我刚才在想事情，有点走神。”

“不知道我们想的是不是同一件事。”傅晋辰淡淡道。

“开什么玩笑。”唐心妍矢口否认，“我跟你又不熟，怎么可能会想到同一件事？”

“不熟吗？”傅晋辰俊脸上浮起一抹略带嘲讽的笑。

“熟吗？”苏曼茹的视线在傅晋辰跟唐心妍的身上打了个转，口气疑惑地问。

“不熟。”唐心妍毫不犹豫地摆手解释，“我跟傅晋辰先生今天第一次见，怎么会熟呢！”

“嗯，今天确实是第一次见。”傅晋辰意味深长道。

“我怎么听着这话，感觉有点怪怪的？”苏曼茹疑惑更甚了。

“怪什么怪！”唐心妍面上强装镇定，默不作声地看了眼傅晋辰，“傅总，你说呢？你觉得怪吗？”她强忍着想扑过去，将他嘴巴堵上的冲动，心里祈祷着傅晋辰别胡说八道。

“我不觉得怪。”傅晋辰薄唇轻启，不疾不徐地回了句。

“我去拿调料。”唐心妍想也不想道。

“我跟你一起去呀。”苏曼茹跟着起身，亲昵地勾着她的手臂走出包厢，“亲爱的，跟我说实话，你跟傅晋辰不是第一次见吧？”

唐心妍被问得心虚，不敢抬脸看苏曼茹，轻声回了句：“嗯。”

“见几次了？”

“几次啊？”唐心妍避重就轻道，“也没几次吧。”

“那你跟他什么关系？”

“没关系呀。”唐心妍回得干脆。

“没关系？”苏曼茹审视了她半晌，郑重地确认一遍，“真的没关系吗？”

“真的没关系。”唐心妍嘴里否认着，但她的脑海里想起那晚上的吻，脸就忍不住开始发烫，对苏曼茹越发愧疚起来。

“那你跟他是怎么认识的？”苏曼茹打破砂锅问到底了。

“就前几天我撞了他的车，帮他修车，请他帮了个忙，就这样误打误撞地认识了。”唐心妍竭力轻描淡写。

“嗯。”

唐心妍被她看得浑身不自在，心虚道：“你不相信我吗？”

“信啊。”苏曼茹挑挑眉。

唐心妍强颜欢笑：“那你呢，你怎么突然跟傅晋辰好上了？”

“打住。”苏曼茹做了个手势，“我跟他没有‘突然’好上，我们是在娘胎里就被定了娃娃亲的人。”

“娃娃亲？”唐心妍惊呼。

“小声点。”苏曼茹眼疾手快地上前捂住她的嘴，“这件事我回头再跟你说！”

“好吧。”唐心妍心里顿时五味杂陈。傅晋辰是苏曼茹的未婚夫，唐心妍作为苏曼茹最好的闺蜜，“醉酒强吻”真的是罪大恶极的事了！

要不要坦白？该怎么坦白？好在苏曼茹跟傅晋辰的话也不多，唐心妍心不在焉地陪他们吃完饭，一路恍惚着任由傅晋辰将她们送回家，憋得自己快要爆炸了。

而苏曼茹这边，见她神色疲倦，便也打消了找她闲聊的念头，安安分分回屋打游戏去了，临睡才想到给傅晋辰发个消息去："傅晋辰，我警告你，不许招惹我的妍妍，不然我对你不客气。"

傅晋辰则回了一个句号。

唐心妍整晚翻来覆去地睡不着。直到第二天早晨迷迷糊糊稍有些困意的时候，蓉姐的电话便打来了："唐心妍，我的小祖宗，你今天要不要来公司上班了？新 BOSS（老板）第一天到。"

唐心妍拍了拍自己的脸，瞬间清醒："蓉姐，我正在去公司的路上，快到了，你别急哈。"

"赶紧的。"蓉姐急促地挂了电话。

唐心妍深呼了一口气，麻利地起床化妆，将镜子里那个眼窝发青、面色苍白的女人很快收拾妥当——精致的妆容，合体的职业套裙，配上八厘米的高跟鞋，瞬间让她气场全开，整个人神采飞扬。她打车急吼吼地赶到公司楼下时，眼尖地看到傅晋辰跟罗嘉雯正举止亲昵地在交谈，顿时气不打一处来，哒哒哒踩着高跟鞋便猛地冲了过去："傅晋辰，你个……"

"渣男"还没来得及骂出声，她细高的鞋跟卡了下，整个人便收不住地往前扑去。傅晋辰剑眉微挑，果断地伸手揽着罗嘉雯侧身避开，想伸手去拉唐心妍的时候，却拉不住了，只能眼睁睁看着她就这样直直地狼狈地摔倒在地。

傅晋辰见她挣扎着起身，好心地朝她伸手，却被她没好气地挥开了：“不用你假惺惺。”傅晋辰无所谓地耸耸肩，转脸对罗嘉雯道：“我们走吧。”

“等等。”唐心妍伸手拽住他，“你过来，我有话跟你说。”

傅晋辰转脸朝罗嘉雯看了眼，交代了句：“你先去酒店等我吧。”然后任由唐心妍将他往一旁的角落拉过去，他那句“你有什么话想说”还没说出口，迎面便被她结结实实地甩了一巴掌，附赠一句：“渣男，负心汉。”

傅晋辰清隽的眉眼带着遮掩不住的怒意。唐心妍这会儿热血上头，口气憎恶地谩骂道：“你是苏曼茹的未婚夫，你怎么能这样厚颜无耻地约别的女人去酒店？”

傅晋辰两眼微微眯起，周身散发出冷冽的气息，动作利落地将她靠墙“壁咚”，居高临下地看着她，咬牙切齿道：“唐小姐，我约别的女人去酒店是‘渣男，负心汉’，那么你几次三番进我房间，非要跟我睡一起，是什么？”

“我那是意外。”唐心妍的俏脸僵住，结结巴巴地解释，“再说了，我跟你清清白白，什么事都没有。”

傅晋辰挑眉，看她的眼神有些让人摸不透。“清清白白？什么事都没有？”他顿了顿，嘲讽道，“你确定？”

唐心妍心里咯噔了下，面上继续逞强：“傅晋辰，以前我跟你不熟，现在也不熟，将来更不会熟，所以请你别拿这种故作暧昧的口气来恶心我。”

“唐小姐，死皮赖脸缠着我的时候，你怎么不说我们不熟呢？”傅晋辰讨厌死缠烂打的女人，唐心妍能说出“不熟”并且否认认识他的话，正合他的心意。但是，傅晋辰还是很不爽她过河拆桥的行为。

“那当初，你还说你自己单身呢，臭不要脸的。”

“我是单身呀，我跟……”

傅晋辰的话还没说完，唐心妍就堵住了他话。“傅晋辰，当初我真是眼瞎了才会觉得你是好人。你就是个渣男，人人得而诛之。”唐心妍气得俏脸通红，“你等着，我会告诉曼曼，你是个大骗子！”她恼怒地伸手推他，见他不动，她一咬牙，干脆用尖细的鞋跟狠踩了下他的脚背，趁他吃疼，反身跑进公司，气都没喘匀，坐下第一件事便给苏曼茹打电话：“曼曼，我跟你说，傅晋辰真不是什么好人……”

“妍妍，小祖宗，别打电话了。”蓉姐抱着一叠材料过来，“赶紧熟悉下这些资料，还有十分钟，BOSS 在一号会议室集中开会。”

“好的。”应下了蓉姐，唐心妍不得不先挂了电话，“曼曼，我现在有事，晚一点再跟你说。”

苏曼茹这边蹙起了秀眉，心想：“未婚夫这件事，妍妍该不会真信了吧？”

唐心妍还没上手翻资料，蓉姐就过来拽她：“开会了。”

“人到齐了吗？我们现在开会。”唐心妍推开会议室的门，听到这耳熟的淡漠的声音时，她有一种强烈的不好的直觉。当她抬头看到稳坐主位的傅晋辰，她整个脑子就“宕机”了！

傅晋辰竟然是新来的 BOSS？

十分钟前，唐心妍不但气焰嚣张地骂了他，还动手打了他。就傅晋辰这傲慢的性格，往后只怕没有唐心妍的好日子过了，现在去写辞职信来得及吧？

“赶紧坐下。”蓉姐眼疾手快地拽住下意识想逃跑的唐心妍，将她结结实实按住，“别给 BOSS 留下冒冒失失的印象。”

唐心妍僵硬地赔了个笑。整个会议室静悄悄的，傅晋辰声音温润磁性，一个人侃侃而谈。

唐心妍一句话都没有听进去，最后自我介绍的环节，还是蓉姐捅捅她提醒道：“发什么呆呢？赶紧向傅总说句介绍自己的话呀。”

唐心妍攥起拳头，站起来：“我是设计部的唐心妍。”

傅晋辰淡然地看着她。“设计部是吧？”他直白地说，“回答一下锦城项目的构思跟设想。”

唐心妍的脸色一僵——锦城项目是什么玩意儿？

“不知道？还是没想法？”傅晋辰又问。

唐心妍想回“不知道”，但傅晋辰两眼微微眯起，快一步说：“我记得资料上周就发你邮箱了。一个星期了，你一点想法都没有？”

“傅总，唐主管上周休假了，资料还没来得及看。”姜芳芳小声插话。

“周主管，我记得公司有规定，休假不能耽误重要项目的进度吧？”

“是的。”周主管点头应和。

“就——是的？”傅晋辰清冷的声音故意拖了个调，来表达自己对这个回答不甚满意。

“傅总，是这样的，唐主管的问题，我们要好好研究一下，看她的耽误造成的后果，具体再做出相应的惩罚。”周主管立马表态。

唐心妍秀眉挑了挑。

“等你们研究完，项目也该黄了。”傅晋辰周身散发出冷冽的气息，果断道，“唐心妍，你先写一封检讨书，然后抓紧时间看资料，下午一点前，给我一个初步的计划方案。”

这明摆着公报私仇！

唐心妍心头涌起怒意，瞪眼看向傅晋辰：“傅总，检讨书我不写，因为我没错。”蓉姐在一旁不断地拉扯、阻止她。唐心妍却不管这些，梗着脖子继续抗辩：“公司的明文规定是休假不能耽误重要项目的进度。这锦城公司跟咱们公司只是在洽谈阶段，并没有实质性的项目进展。”

“呵，唐主管对明文条款解读得倒是很透彻。”傅晋辰勾唇冷嘲了句，“你要是把那些个乱七八糟的心思都花在工作上，我想，你前途一定无量。”

唐心妍义愤填膺地怼他：“傅总，如果你把对付我的这些心思放在工作上，那咱们公司也一定会前途无量。”

“我对付你？”傅晋辰看着她，一板一眼地说，“唐小姐，我们初次见面，有一说一，你确实因为私事耽误了工作，我让你写检讨书，批评你几句，这就叫对付你吗？你这心胸未免也太狭隘了！”

听他一口一个“唐小姐”叫着，唐心妍觉得实在是有些刺耳，但偏偏傅晋辰那句“初次见面，有一说一”的话，让她只能生生吃着闷亏而不能表现出来。她只能心不甘情不愿地承认错误：“傅总，您说得对，我错了，是我心胸狭隘了。”等这个会议结束，她要辞职，马上，立刻辞职。

傅晋辰见她总算服软认错，用淡漠的声音继续道：“唐小姐，你这次顶撞我就算了，但是请记住，下不为例。”说完，傅晋辰的视线在会议室不动声色地扫了一圈，两眼微微眯起，不紧不慢道：“我也希望在场的各位能引以为戒，因为没有一个老板会喜欢顶撞自己的下属。”

“是。”众人齐齐应声。

“散会吧。”

唐心妍气呼呼地回到座位上，一气呵成地打下辞职申请，然后直奔傅晋辰的办公室，往他办公桌上狠狠地一拍：“傅总，我辞职。”

傅晋辰看了她一眼：“你确定要辞职？”

“我确定，肯定，我要辞职。”唐心妍回复得麻溜。她心里叫嚣着：“我多一分钟，哦不，多一秒都不想看到你！”

“行吧，我准了。”傅晋辰轻描淡写地应下，低头又专注地看起资料来。

“我……我真可以走了？”

傅晋辰不客气地嘲讽了句：“难道你想玩欲擒故纵，希望我挽留你不成？”

唐心妍面无表情地在心中对他“呵呵”了声：“我可不

敢，傅总，那行，麻烦您签个字，我好去人事部办理手续。”

傅晋辰并没有伸手接唐心妍递过来的辞职申请：“字我可以给你签，但不是现在，你放下吧。”

“那你什么时候给我签字？”

“唐小姐，离职有离职的正规流程，你可以先去人事部递交材料，等他们审核签字了，最后才是我这儿签字，OK？”

“傅晋辰，你明知道我不想看到你，我想立刻就离职，你让我去人事部，审批一个月，不是要多膈应我一个月吗？”唐心妍愤然上前抢过他手里的文件，换上自己的辞职申请，咬牙切齿道，“我要你——马上给我签字。”

“威胁我？”

氛围瞬间冷下来。

“我只是希望傅总能马上签字，我这是特殊情况，需要特殊办理。”

“无理取闹是特殊情况？如果每个人都像你这样的话，我还怎么管理公司？”傅晋辰压抑住不快的情绪，“我都说了，会按照流程给你签字的。你觉得你能耐，能逼我是吧？”他的俊脸泛着寒意，幽深的眸光盯着她，忽然轻笑出来：“那我还真就不签了。”说完，当着唐心妍的面，他面无表情地将她的辞职申请优雅地撕掉，威胁了句：“锦城项目，你要是谈不下来，就等着挨罚吧。”

“傅晋辰，你耍无赖……”

“耍无赖的是你吧？”傅晋辰嘴角勾起轻蔑的笑，“知道自己完不成佳禾项目，所以拿辞职来逃避？”

唐心妍下意识地反驳："傅晋辰，你别胡说八道，我什么时候拿辞职来逃避了？佳禾项目我们组早就完成了。"

"唐心妍，我建议你看看资料再回答。"傅晋辰的语速不疾不徐，伸手在桌面上叩了叩。

唐心妍顺着他手指方向瞅了过去，是佳禾项目的资料。她跟傅晋辰已经撕破脸，所以干脆毫不避讳地大大咧咧伸手取过资料，快速浏览起来。

原来甲方突然换了总经理，佳禾项目现在并到锦城这边了。

那完善计划，重新谈下锦城项目，派遣给唐心妍，确实有理有据。

唐心妍开始做思想斗争。她是恨不得马上离职，多一秒都不想看到傅晋辰，但佳禾项目关乎她们小组半年的业绩，她不能因为自己的个人原因，害大家跟着遭殃。而且听傅晋辰这挑衅的话，说她是因为害怕完不成项目，为了逃避才辞职的，这让唐心妍心里一万个不服气。

唐心妍在心里摩拳擦掌——不行，不能辞职，至少目前绝对不能辞职，要不然铁定被傅晋辰这"渣男"看不起了。

好半晌，唐心妍才轻咳了一下嗓子，可傅晋辰丝毫不为所动。她故意"咳咳咳"地咳了好多声，傅晋辰这才把脸抬起，看向她："唐小姐，你还有事吗？"

唐心妍对傅晋辰摆出一个标准的下级对上级谄媚的笑脸来："傅总，为了证明我不是完不成佳禾项目而辞职，我主动请缨，我一定会把锦城项目给谈下来。"

她知道难度有点大。佳禾原本只是一个地产概念宣传册的项目，而锦城这边，原有的佳禾宣传设计不变，还多加了一块墙面软装设计。这个就有点超范围了，但，也不是不能做。

“那现在还辞职吗？”

“不辞了。”唐心妍违心地摇头。

傅晋辰随手将撕碎的辞职申请仰天一扔：“麻烦唐小姐把你的辞职申请清理干净。”

“傅晋辰，你够了啊！”唐心妍看着漫天飞扬的白色小纸片，怒瞪着他，“你故意的！”

“对，我就是故意的。”

唐心妍气得直捶桌。

傅晋辰的嘴角缓慢扬起：“唐小姐，你如果不想收拾，可以走了。”

“傅晋辰，我说了，我不会辞职，你别激我了。”唐心妍眼神厌恶地赏了他一个大白眼，麻利地蹲下身子去捡碎纸屑，“清理干净也不是什么难事。”

“清理干净是不难，但锦城项目组的人下午一点半就要来公司会谈，你连初步的方案构想都没有的话，你拿什么跟别人谈？”傅晋辰漫不经心地开口。

“锦城项目组的人下午就要来公司？”

傅晋辰懒得回答她。

“傅晋辰，那你让我走，是真的让我走？”

“门在那边，你可以滚了。”傅晋辰不耐烦地伸手一指。

“好的，我马上去构想方案。”唐心妍头也不回地奔了出去。

锦城项目因为是佳禾项目转移过去的，所以双方会面后的初步洽谈，唐心妍算是应付过去了。但瞅着对方的表情便知道，对方肯定不是很满意，尤其是那块墙面的软装设计，本来就不是唐心妍擅长的，所以甲方那句“回去再考虑考虑”，基本上表示被踢出局的可能性很大了。

唐心妍想到自己之前付出的努力，便不甘心。

等送走锦城项目组的人后，唐心妍居然拽着傅晋辰认真地表态：“傅总，这个设计方案我会重新好好构思，我一定争取……”

“放手。”傅晋辰清俊的眉眼带着公事公办的疏离。见唐心妍呆滞着没动，他干脆面色冷然地将她的手拿开，对一旁跟着的蓉姐吩咐道：“通知设计部 A、B 两组一起开会。”

唐心妍的表情瞬间有些沮丧。当傅晋辰宣布让唐心妍主管的设计 A 组跟周主管的设计 B 组重新进行方案竞争，择优录取时，唐心妍心里的火气嗖嗖往上冒。好不容易忍到散会，她踩着高跟鞋噔噔地快步追上傅晋辰，不快地质问：“傅晋辰，咱们不是说好了，锦城这个项目给我们 A 组吗？你现在让 A、B 两组竞争，择优录取，你什么意思？”

傅晋辰停住脚步，眼神淡漠地扫向她：“唐小姐，需要我提醒你一遍吗？我是你上司，我做的决定，轮不到你在这儿置喙！”

“傅晋辰，你说话不算数。”

“唐小姐，我从来都没说过要把锦城这个项目交给你们A组。”傅晋辰面色肃然、态度平和地回复道，“是你自认为可以谈下，结果，啪啪啪被打脸了。”

“我也不算谈崩啊！”唐心妍顿时不再盛气凌人，小声道，“对方不是说再考虑考虑吗？我还是有机会再争取一下的！”

“我不反对你去争取，但是多加B组一个选择，择优录取，不管是对你，还是对B组，都是绝对公平的竞争。你凭什么搞特殊？”傅晋辰的口气是严厉的，态度也干脆。

“傅总，对不起，我错了。”唐心妍真诚地鞠躬道歉，“我以后不会再顶撞您，也不会再怀疑您的决策了。”

“回去好好想想策划案，机会是公平的。”

“好。”唐心妍点头应了下来，快步回到自己的办公桌。

“妍姐，你跟咱傅总之前是不是认识呀？”姜芳芳立马凑过脑袋，八卦地问。

“你还有时间八卦？”唐心妍威胁了句，“要是锦城这个项目拿不下来，我们这组的年终奖可就泡汤了。”

“不是吧？”姜芳芳哀嚎起来。

“好了，赶紧做正经事。”唐心妍快速将资料分类，交给莫晓桑，“这份设计就不要用了，B组知道我们底牌，对我们不利，我们就干脆推翻重新做。”

莫晓桑点点头，提议了句：“妍姐，这次先从甲方的性格、喜好以及定位做分析吧。”

见唐心妍点头，莫晓桑挑出资料分析道：“锦城地产精装修本来就是高端项目，这面墙的软装设计，我们当初做佳禾概念宣传册时就吐槽过，不知道当时的设计师到底是怎么想的，既不实用，又不美观，而且放在整体效果里，也显得非常突兀跟碍事。”

“对，我们当时集体吐槽来着。”姜芳芳立马笑着应和，“妍姐，你还说我们吃着萝卜——操闲心呢。”

唐心妍对这件事有印象。但因为她们只是做宣传册的概念设计，跟房屋设计、装修没关系，所以吐槽完就完事了。但现在佳禾并入锦城项目后，这新来的甲方也发现了这个问题，并且嫌弃这面墙。锦城项目说白了，就是甲方想要概念宣传册的同时，还捆绑了一个棘手的问题让他们解决。

真不知道甲方是故意为难他们公司，还是特别看得起他们公司。

总之，这是个需要救急的项目。

但是一旦谈成的话，那可比单单做概念宣传册牛多了。

那也将给唐心妍他们公司在软装设计领域打开新的空间。

“妍姐，我听说甲方新换的那个总经理性格比较儒雅，爱好也是那种比较风雅的。”莫晓桑斟酌着措辞，“我觉得按照他的性格，他应该会走高端路线。”

“有道理，我们一定要设计出独特感、高雅感来。”唐心妍她们之前的设计就比较中规中矩，走的是大众化路线，她认真地对众人说，“这个后加的墙面软装设计是重头戏，只要解决了这个墙面，我们的概念宣传册就容易做了。”

“那咱们直接往高端墙面软装市场方向去做调研？”

“嗯，真假让芳芳去核实，我们其他人就往高端市场去找数据、找元素，尽快把自己的点子拿出来。”唐心妍果断地安排任务，说完不忘记给大家打气，“大家压力也别太大，别觉得是给人擦屁股。其实乐观点想想，我们是在帮他们锦上添花，做得更好罢了！”

姜芳芳的办事效率极高，很快核实到甲方经理的性格、爱好确如莫晓桑说的那样。可是高端墙面软装市场的元素很多、很杂，众人“脑洞大开”，却始终没有一个合适的设计构想。B 组周主管几次三番来 A 组这边溜达，话语里更是一副胜券在握的样子，唐心妍便气不打一处来。

“妍姐，你别气了，我知道个小八卦说你听听呀？”姜芳芳给她端了杯咖啡过来，笑吟吟地哄道。

“说吧。”

“周主管跟甲方好像私下有接触。”姜芳芳压低了声音，“我看到他跟锦城项目组的几个人一起出去吃饭了。”

“难怪敢来叫嚣，原来是有小动作，有底气。”刘成飞听了，气得摔了手里的画稿，“妍姐，那咱们在这儿拼死拼活地浪费脑细胞做啥？我们根本竞争不过呀！”

唐心妍横了他一眼：“不战就退，懦夫，你以后出去别说是我组里的人。”

“妍姐，你看，我们四个人，四种大相径庭的思路，完全融合不到一起，我们自己连起码的设计都做不好，拿什么跟人家去竞争？”刘成飞重重叹了口气，“我也想且战且胜啊，可是，时间也不够了。”

“其实也不是弄不出来。”唐心妍凝神看着刘成飞的设计稿，“刘成飞这版的构图就不错，这P出来的繁体字图腾跟锦城的图标挺相配的，而且也符合家居整体的装修风格，乍一看，挺别出心裁的。”

“图是挺别出心裁的，色调也抓眼球……”姜芳芳小声提醒了句，“但换成装饰画，那跟B组的方案相似，到时候抄袭不抄袭的，B组肯定要扯皮。”

“可是不用画吧，这么大片空白的地方，用别的墙纸装饰，就跟甲方原来嫌弃的一样了。”莫晓桑比划着说，“我们要给锦城锦上添花，在它的高端中增添高雅，一定要有特色，并且让人过目不忘。”

“如果这墙面嵌入式订制苏绣呢？”唐心妍郑重地问。

“可是妍姐，苏绣可以做嵌入式吗？我只知道有挂着跟摆着看的那种。”姜芳芳的口气里遮掩不住疑惑。

“对哦，妍姐，你该不会想要把这面墙敲掉了，换成苏绣屏风吧？”刘成飞问。

“我的话表达有问题吗？嵌入式，就是挖开点，把苏绣在这儿埋进去……”唐心妍简单给他做了解释，末了拍了下他的脑袋，“再说了，这面墙是承重墙，要能敲掉，甲方至于把这头疼的问题交给我们来处理吗？”

“妍姐，你太厉害了！”

选稿反馈，唐心妍A组的设计果然更称甲方的心。几个小伙伴暗自窃喜，唐心妍也心情颇好地勾起嘴角。

“你们也别高兴得太早，合同没签之前，都不作数的。”傅晋辰口气淡然，配着他一如既往的高傲与严谨。

“傅总，您放心，我们会积极跟进，争取早日把合同签了。”唐心妍嘴角带着信心满满的笑，扬扬得意地扫了一眼正对她瞪眼的周主管，“我们一定会笑到最后的。”

“等你们好消息。”傅晋辰俊脸上仍旧一派淡漠，“先散会吧。”

“主动去盯锦城那边，这件事谁来？”唐心妍再次安排任务。

“妍姐，你不亲自盯吗？”莫晓桑疑惑地问。

“我要请假回去苏城两天。”唐心妍随口解释了句，“我怕耽误事。你们要盯紧一点，我觉得周主管不是很甘心。”她请假回苏城一是要处理姥姥的遗物，按照舅舅的想法，家里本打算都烧了算了。她舍不得，就干脆整理了出来，放在绣乡街那边的房子里了。二自然是母亲那边，要赔礼道歉去。

不过眼下这些不是重点。重点就是，她觉得该捋一下她跟傅晋辰的事。

“苏曼茹，这未婚夫不是你说的吗？”

“是我说的，可我就是随口开句玩笑。”苏曼茹表情无辜地看着她，“妍妍，你该不会是真信了吧？”

“那不废话。”唐心妍气鼓鼓地瞪着她，“苏曼茹，我还以为傅晋辰是你男朋友，他约别的女人，我就上前揍了他，还骂他渣男……”

“妍妍，你对我真是真爱啊！”苏曼茹叉腰笑得花枝乱颤，“唉，好可惜，我没看到你暴揍他的场面。”

唐心妍翻了个白眼，生气道：“你还笑。未婚夫是假的，可傅晋辰是我 BOSS 是真的，我为了你暴揍了他，你竟然还幸灾乐祸！”

“啊？那他没有为难你吧？”

“你说呢！”

“好吧，妍妍我错了！”苏曼茹能屈能伸，鞠躬道歉，“你别生气，好不好？”

“那你赶紧给我说清楚。”

“我说他是我娃娃亲对象，这是真的。”苏曼茹轻咳了一下嗓子，娓娓道来，“我爸妈跟他爸妈是好朋友，小时候见过，就随口指了婚。”她小心翼翼地瞄了一眼唐心妍的表情，见她蹙眉，忙咋咋呼呼地解释：“但绝对不作数的。因为我爸妈随口帮我指的娃娃亲，没有十个，也得有七八个。”

“苏曼茹，讲重点。”唐心妍心里松了口气。她珍惜苏曼茹这个好闺蜜，自然不想因为自己跟傅晋辰那笔糊涂账，而产生隔阂。

“重点就是我跟他没关系。哪怕这世上其他男人死绝了，我喜欢女人都不会喜欢他。”苏曼茹轻描淡写地解释，因为傅晋辰家人都生活在国外，最近落叶归根回来了，跟苏曼茹的父母约见后，看到各自孩子男的俊、女的俏就有心撮合，重提了提小时候娃娃亲的事。

苏曼茹刚失恋，就被逼着去相亲，自然不乐意，但父母之命难为，她只能硬着头皮去了，结果发现傅晋辰也是心不甘情不愿的。两人一拍即合，在双方父母面前相互打掩护，免得再被逼着去应对无聊的相亲。

苏曼茹约唐心妍吃饭那天，故意当着父母面说“未婚夫”，也是要让父母觉得，苏曼茹跟傅晋辰在交往，并且到了见闺蜜的地步。

至于傅晋辰，刚开始跟着只是为了做“道具”用的，后来看到唐心妍了，才真的留下一起“尬聊”、吃饭了。之后几天，因为心虚，唐心妍故意避开了苏曼茹，所以害苏曼茹没找到解释的机会。

再后来嘛，苏曼茹就忘记要去解释了，毕竟在她眼里这件事无关紧要。

“妍妍，你跟傅晋辰到底怎么回事呀？”苏曼茹好奇地反问。

“一言难尽。”

苏曼茹干脆拉着她坐下，笑着说：“漫漫长夜，你如果说不完，没事，我明天再听完。”

“还是你先说，为啥世界上其他男人死绝了，你都不会喜欢他？”唐心妍不答反问。

“小时候他就自以为自己长得好看，把我说得一无是处。我这人心眼小，记仇着呢。”苏曼茹气鼓鼓道，“他现在虽然没那么自恋了，但一张脸给人冷冰冰的感觉，我才不稀罕用热脸去贴呢。”尤其吃完火锅那天晚上，她说不许招惹唐心妍，他竟然很“敷衍”她——高傲又冷漠的男人，苏曼茹可伺候不了。

“好吧，你长得好看，你说什么都对。”

“你少忽悠我，”苏曼茹扬眉，“别转移话题，赶紧老实交代。”

“交代是没什么好交代的，最多，我把这几天的事跟你捋一捋呗。”苏曼茹都那么坦白了，唐心妍也没有对她隐瞒的必要，干脆老老实实地从撞车说起，当然略过了面红耳赤的“种草莓”等亲密细节，简要说了一遍“睡”了一夜的乌龙事。

苏曼茹听得那叫一个目瞪口呆：“妍妍，这件事，你必须好好找他捋捋。”

“没必要再捋了。”唐心妍小声嘟囔，“过去都过去了。”

“什么叫没必要捋了？”苏曼茹立马瞪眼表示不快，嘴里叭叭叭如机关枪似的开口，“这吃亏上当受骗的是你，你要不捋明白了，你说，这万一有啥把柄在他手上，到时候，他想对付你，你就算想逃都逃不了。”

“他不会……”

“你又不是他，你怎么知道他不会？”

唐心妍下意识地辩解：“我觉得傅晋辰不是那种人。”

“你又了解他了？”

“他吧，虽然高傲，又腹黑，说话也刻薄，但我觉得他还挺君子的，所以……”

“唐心妍，我认识他多少年了，你才认识他多少天，你就帮他说话？”苏曼茹痛心疾首地打断她，“我今天说了这么多，还不是为了你好？你倒好，跟我唱反调。你跟我老实交代，你是不是喜欢上他了？”

“我没有。”唐心妍立马摇头否认，“我就是就事论事罢了。”她讨好地上前哄苏曼茹：“我知道你是为了我好，我也没有跟你唱反调。你不喜欢傅晋辰，我也不喜欢他，说明我们‘三观’一致，志同道合对吧？”

“你这话还能听听。”苏曼茹伸手点了一下她的额头，“不过你要记住，可别因为他是你 BOSS，你回头给我叛变了。”

“不会，我肯定跟你统一战线的呀。”唐心妍识趣地保证。其实她心里打了个大大的问号，她很想问苏曼茹，傅晋辰到底什么时候把她得罪了。吃火锅那天，虽然气氛不是特别融洽，互动少，但是至少表面上还是很和谐的。现在苏曼茹敌对情绪浓烈得有点过头，是发生了什么她不知道的事吗？不过唐心妍知道，苏曼茹今天把话说到这份上，她不说的事，就算再问，也问不出来了。

就像唐心妍自己守着跟傅晋辰“种草莓”的小秘密一样，再好的闺蜜，心底都有无法分享的隐私。

第六章：“相爱相杀”开始

找傅晋辰捋捋这个念头，像是“种草”一样扎根在唐心妍的心里，让她欲罢不能。可真打定主意找傅晋辰时，她瞬间又冈了。

“你有事找我？”傅晋辰也是忍了又忍，还是没忍住，去找唐心妍问。

“没有。”

“那你帮我把这些文件送到周主管那边去。”傅晋辰递过一摞文案。

“我帮你送文件？”唐心妍低头胡乱扫了一眼——是有关锦城项目宣传册改进的建议，便抬脸看向傅晋辰俊朗的脸，绷着小脸不客气道，“傅总，不是我们 A 组的设计更称甲方的心吗？B 组这是在做什么？”

那个重头戏——墙面软装设计拼不过，开始抢宣传册吗？

傅晋辰薄唇微抿，浑身透着冷淡："原本是你们组的设计别出心裁，甲方也确实挺喜欢的，但送样的时候出了点意外。现在甲方不考虑你们组的方案了，那 B 组改进、争取，你觉得有问题吗？"

"出什么意外了？为什么我不知道？"

傅晋辰冷哼一声，面无表情地转身回了办公室，顺带着关上了门。

唐心妍看着傅晋辰紧闭的办公室门，硬生生忍住了抬手敲门的冲动，暗自咬咬牙，抱起文件直接回 A 组，将文件狠狠地往桌上一摔，厉声道："你们几个过来！"

"妍姐怎么了？"

唐心妍直白地问："我们 A 组送样的时候出了什么意外？为什么甲方直接否决了我们？"她凌厉地瞪向刘成飞："我记得是你准备的材料吧？"

"妍姐，对不起，这件事是我不好。"刘成飞不安地认错，"我去工艺品商店买样品的时候，没搞懂机绣跟苏绣的区别，B 组那边的小燕给我推荐了一个，我看纹样什么的挺符合我们的设计稿的，我就直接送过去了。"他的声音越来越低："原本是项目组接洽的，还能过关，可没想到甲方老总意外撞见了，当场就给否决了，说我们弄虚作假，没有合作的诚意什么的……"

"出了事，你们怎么没人打电话跟我说？"唐心妍恼怒。

"我们打了。"姜芳芳立马掏出手机，"你看，我给你打了十几个电话了，但你电话停机了。"说着当着她的面又拨了一遍："对不起，您所拨打的电话已停机……"

"当时傅总还让我们给你手机充了两百元话费，可就是联系不上。"莫晓桑跟着补充了句。

唐心妍见刘成飞愧疚不已，忙缓和了口气："小飞，你别自责了，外行人分不清楚机绣跟手工苏绣，也是正常的。"她叹了口气："让我想想这事还能不能挽救吧。"原本一手好牌，现在真是打得稀巴烂。

甲方肯定是喜欢带有苏绣元素的设计，老总才会亲自过目。现在样品出了问题，那如果解决好样品问题，并且带着诚意去道歉，不知道甲方老总是不是能谅解。

不管行不行，总归要试试才能知道。

唐心妍是个行动派，一旦打定主意，便开干了。她先让姜芳芳打探甲方老总的作息规律，然后亲自将设计资料精修了一番，最后从保险柜里郑重地取出她人生的第一件珍藏品——这也是花光了她积攒多年的积蓄，第一次上拍卖会拍到的作品，冯英英大师为献礼 2008 年奥运会所创作的精品《花团锦簇》。

唐心妍小心翼翼地摊开布卷，入眼便是五彩缤纷、花团锦簇的鲜活景象。那一针一线，都仿佛被赋予了生命力，让花儿在鲜艳的绽放中，显得明媚动人。

无论唐心妍多么厌烦做个手艺人，多么讨厌母亲冯英英给她安排的人生道路，她都不得不承认，母亲的作品，就是好，就是好得让她骄傲。

如果将这一幅苏绣嵌入那面墙，那绝对是高端大气上档次，低调奢华又有内涵。

唐心妍相信，甲方老总如果真是个有品位且风雅的人，那他一定懂得欣赏A组的设计与用心，那么她还有机会挽救这个项目。

按照姜芳芳探得的情报，唐心妍成功在甲方老总下班的路上将他堵住了：“肖总，我是璀璨广告公司设计部A组的主管，我叫唐心妍。首先我要跟您道个歉；其次很冒昧地拦下您，我只希望您能给我五分钟的时间，让我解释一下锦城项目的误会。”

“唐小姐，关于锦城项目你不用解释了，我们不会再用你们A组的方案。”甲方的肖总很不耐烦地挥手，然后径直拉开车门上车，“唐小姐，麻烦你让开。”

唐心妍见状干脆往他车前一堵：“肖总，我真的只需要五分钟，哦不，三分钟的时间，请您给我一个机会解释好不好？”

“唐小姐，我说了，我不听。”

“肖总，就算您不听，我也要说。因为这个项目我们从佳禾跟到锦城，我们组的成员熬了无数个夜，花了无数的心思与时间，如果真跟您的理念不合，那我们也认了。”唐心妍一鼓作气道，“可我们的设计方案明明已经得到贵公司认可了，现在您说，不会再用我们的方案，那不是太寒我们的心了吗？”说到这里，她积攒的委屈也爆发了出来：“虽然你们财大气粗，但就算拒绝，也得让我们心服口服不是？"

"唐小姐，你不但刁蛮无礼，还牙尖嘴利。你要心服口服是吧？那我就说一句，你们的设计稿是高端苏绣，结果给我们的样稿却是机绣。你们是觉得我傻，还是觉得我们锦城好糊弄？"肖总嘴角带着不客气的嘲讽，"就冲着你们这份不诚实的投机取巧劲，我们能跟你们合作吗？敢合作吗？"

"肖总，我知道这件事是我们不对，所以今天我带着诚意来道歉。你生气，你想怎么骂，我都受着。"唐心妍摆出一副豁出去的姿态，楚楚可怜道。

"谁稀罕骂你。"

"肖总，您不想骂我，是您仁厚，但我却想骂自己；因为我的不仔细，所以才会出现苏绣变成机绣的乌龙。"唐心妍顺着他的话往下解释，"但肖总，这真的是我们办事不严谨才造成的，并不是我们投机取巧。"说到这儿，见肖总的神色有所松动，她又端正态度道："我们跟贵公司合作是抱着绝对的真诚，我可以用人格跟您保证，最后的成品，绝对是百分百苏绣，不会有一丝一毫的更改。"

"唐小姐，虽然你很能说，但我心意已决，请你让开。"

"肖总，我知道，再说下去您只会厌烦，那我也不说了，就给您看一眼我带的样稿——如果您觉得不合理念，那我马上就走，并且，以后再也不会打扰您了。"唐心妍说完，不等肖总开口拒绝，直接朝他摊开《花团锦簇》苏绣作品。

"我说了，我不……"肖总话没说完，余光扫到冯英英这幅作品时，默不作声地又看了几眼，脑海里想象了一下这幅苏绣作品嵌入到墙壁上的画面——整个屋子增添了鲜艳的色泽，显出春意盎然的温暖。

片刻沉默后，肖总没有开口。其实唐心妍心里忐忑得直打鼓，就这样让他仔仔细细端详了半晌，手都酸得快要抬不动了，肖总才出声："你是打算用这个苏绣元素跟图案吗？"

听这话，应该是有谈的余地了，唐心妍长长地舒了口气，稳稳情绪回道："肖总，我跟您说实话，我的苏绣元素灵感确实来自这幅绣品，但具体的图案纹样，我们会做提取跟设计。"

"锦城项目我可以给你们A组，也可以由你负责，但我就一个要求，就是要在这幅绣品的师傅那里私人订制。"肖总直接提出要求。

唐心妍愣住，第一次遇到谈项目还能这样谈，这甲方真是有钱任性！

"唐小姐，就一句话：行不行？"肖总抬手看了一眼手表，"你要不行，那也别耽误我时间了。"

"行是行的。"唐心妍没办法，只能硬着头皮答应下来，"可是肖总，这个师傅，现在是苏绣大师，她的作品单价不低，成本相对不好控制。"她偷瞄了两眼他的表情："肖总，我还是不含蓄了，直接说了吧，这幅作品，我当时是在拍卖会上拍来的，这个数呢。"她伸出手翻了翻。

"我们锦城本来就是以打造高端项目为理念，里面装修都是用的最好的设计。这苏绣作品是点睛之作，不怕贵。"肖总顿了一下，表情认真道，"还有，唐小姐，越是大师的作品，越具有收藏价值，这或许能够成为我们锦城项目的一个卖点也说不准。”

“大师的作品是具有收藏价值，但批量化出来的，也就不稀罕了。”唐心妍快言快语。

“那我要你们设计部做什么？”肖总勾唇淡笑。

“肖总，您该不会是想每套住宅都用这个大师的私人订制作品吧？”唐心妍不等肖总回答，忙摇头说，“不行，肖总，我不知道您了解苏绣多少，这个苏绣是手工绣的，特别耗费时间。就算咱们有钱任性，撇开成本不说，如果要每套住宅都用这个大师的私人订制作品的话，那估计大师一辈子都绣不完了。”

“看来你对苏绣了解得挺多？”

“还好吧，我的老家就是苏绣之乡。”唐心妍见肖总对苏绣是真的喜欢，便笑着回他，“我看了十几年苏绣，好坏一眼就能分辨出来。”也是让他放心的意思，她是土著，对苏绣质量的把握相对专业。

“唐小姐，你这种态度很诚恳，我比较欣赏。”肖总轻咳了下嗓子，“我知道让锦城所有的住宅都用这位大师私人订制的作品，那是不现实的。”见唐心妍点头，他不疾不徐道：“可我们有个楼王，里面墙饰的设计，我想交给你做，唯一要求就是，必须用这个大师的高端私人订制作品。这没问题吧？”

唐心妍轻咬着唇，神色踌躇起来，竟不敢轻易应下。

“唐小姐，其他的墙面软装，我可以全权交由你负责把关质量，但楼王这个万万马虎不得。你如果不行的话，那我们就没必要再浪费大家的时间了。”

毕竟他是甲方，乙方还是来负荆请罪的，他都宽宏大量地重新给予机会了，自己不感恩戴德就算了，还吞吞吐吐不爽快。唐心妍知道自己表现不好，立马点头应下来：“肖总，我行的，我一定圆满完成任务。”

“那行，明天我让项目部的人再去你们公司谈一下，将这个补充条件列进去。”肖总说完，见唐心妍让开了路，一脚油门疾驰了出去。

顺利签约。带着纠结，唐心妍直奔傅晋辰办公室，表达了自己要休假的想法：“傅总，我知道我一直请假不太好，但是我这腰啊脚啊的伤，确实没好利索，现在一直很疼。我如果不静养，回头真积劳成疾出事了，那我可就完蛋了。”

傅晋辰抬起头：“唐心妍，你如果真想静养，我建议你辞职。”

唐心妍一下顿住了，讪讪道：“辞职也不是不可以。”如果不是为了A组能保住这个佳禾并过去的锦城项目，唐心妍早就辞职了好吧！

“那做完锦城项目，我会第一时间给你批辞职报告。”傅晋辰表情无比严肃地保证，“你放心，我绝对不会为难你。”

“傅总，我真是哪哪都不舒服。锦城这个项目现在既然已经签约，我先前对您的承诺也算是完成了。所以，请您允许我辞职吧。”

“唐心妍，你费尽心思把这个项目给谈下来，就为了履行对我的承诺？"傅晋辰的剑眉不动声色地拧了起来，"就为了让我允许你辞职？"

唐心妍咬着唇点头。

"唐心妍，这个甲方指定的苏绣大师叫冯英英。我如果没记错的话，你母亲，好像就是这个名字吧？"傅晋辰用了肯定式的问话，压根不给唐心妍开口的机会，"如果你没失忆的话，那你一定记得求我帮你忽悠你母亲的事吧？"

"我不太记得了。"

傅晋辰干脆地对她"壁咚"，垂下眉眼，似笑非笑："再给你一次回答的机会，你是记得还是不记得？"

他离自己这么近，身上淡雅的香味钻入鼻子，竟是那么好闻，似是陌生却又那么熟悉。唐心妍的俏脸腾地一下子红了，讪讪道："傅总，这件事都过去那么久了，咱们还是不要提了。"

"那看来，你是记得的。"傅晋辰轻声说。

"记得。"唐心妍僵硬地赔笑，推开他，"傅总，咱们有话好好说，您别靠这么近，有点热！"

"本来呢，事情过去了，确实没有再提的必要，但现在，不得不提。"傅晋辰利落地回到自己的座位，"毕竟冯大师对我是她准女婿的事，印象不好。我们要合作的话，是有一定难度的。"

唐心妍识趣地没有吭声——何止有难度，简直是不可能完成的任务好吧！

"往'阴谋论'的方向想，我有权怀疑，你故意拿冯大师的作品跟甲方谈，就是挖坑给我跳。”

“怎么可能呢，傅总，这个你是真想多了。”唐心妍打断他，解释道，“当时发生了苏绣变成机绣的乌龙，才害得甲方拒绝，所以我也是被逼得没办法了，想着只要拿精品的苏绣给甲方再看看，哪怕不能说服甲方回心转意，至少能给个解释机会也好。”见傅晋辰认真听着，唐心妍舔了下唇，换了一口气继续说：“可我当时手边也没别的精品苏绣，也来不及回去苏城准备，只能拿冯大师这个孤注一掷试试。”说到后面，她声音也越来越小：“我哪知道甲方是这样爽快的性子，说定合作就合作了，连调换苏绣大师的机会都不给人。”

“所以锦城项目是你谈下的，你就得负责到底。”傅晋辰不管三七二十一。

“傅晋辰，我不管，我就要辞职。”唐心妍恼了，口气强硬道，“你要刁难我，不批的话，我现在，立刻，马上就走。”

傅晋辰停笔，抬脸看向她：“如果你不怕被自己履历上的评价断送整个职业生涯，你可以试试。”

“你威胁我！”

“我不过是实话实说。”傅晋辰不紧不慢地转了一下手里的笔，清冷地出声，“唐小姐，现在不是我在为难你，是你在为难自己。”见唐心妍不服气地张嘴，他堵住了她反驳的话：“公归公，私归私，你现在公私不分，还拿自己的职业生涯开玩笑，你好好想想吧。”

唐心妍突然就词穷了，因为她现在的态度，就不是一个正经对待上司的态度，这就是公私不分。可她忍不住犯倔：

"傅晋辰，你明知道我跟……"话还没说完，对上他淡然的眸光，她心神一愣，突然就止住了话头——没必要将自己的悲伤揭给别人看，你觉得委屈难受极了的事，指不定在别人眼里就是个笑话。

"锦城项目的事，我再想想吧。"

"只怕没那么多时间给你想了。"傅晋辰用笔敲了敲桌子，清爽道，"肖总这周内要看到你对楼王墙面的设计稿。"

"怎么这么急？"唐心妍惊愣。

"还不是因为你能干？"傅晋辰性感的薄唇透出几分冷淡，"因为你的样稿，肖总非常满意。"

"肖总就算满意，也不用这样急吧！楼王的资料我都没看过，我一点头绪都没有啊，我……"

"拿去。"唐心妍的话还没说完，傅晋辰便直接递上了一叠资料，"这里是楼王的资料。"

唐心妍眼瞅着傅晋辰的俊脸黑下来，立马一把接过资料，在他出声前，拔腿就跑了出去："傅总，我抓紧时间去看资料了。"

设计稿要得急，只能加班加点。在熬了几个通宵后，唐心妍总算把设计稿勉强交了上去："傅总，您之前答应我的还作数吧？我交完设计稿，可以休息两天……"

傅晋辰接过设计稿，不动声色地扫了一眼脸色苍白、挂着青黑色眼圈的唐心妍，淡淡地应道："理论上是可以，不过具体要看肖总那边。"

"好。"

傅晋辰有些意外唐心妍没有伶牙俐齿地反驳，还答应得这么爽快。

“傅总，那我先走了，有问题，你随时联系我吧。”

傅晋辰对唐心妍的印象首次发生改观，看来这个咋咋呼呼的女人，在对待工作上，也有严谨、敬业的一面。

“妍妍，我总算见着你了。”刚进家门，苏曼茹便热情地拥抱了上来，“你说你最近干吗去了，早出晚归的？”眼尖地看到她颓然的脸色，苏曼茹夸张地叫了起来：“我的天哪！你脸色怎么这么差？病了吗？”

“没有。”唐心妍摆摆手，“‘大姨妈’来了。”

“不是刚走没几天吗？怎么又来了？”

“这个问题，很深奥哎，我也想知道，怎么又来了……”唐心妍苦哈哈地耸了耸肩，“可能跟我关系好吧。”

苏曼茹一把拽住她：“‘大姨妈’不调这件事，可大可小，我带你去医院。”不容唐心妍拒绝，苏曼茹便带她去了医院。

“你干吗呀？”在医院里，唐心妍见苏曼茹缩头缩脑，好笑地问。

“我看到傅晋辰进去了。”苏曼茹侧过脸对唐心妍小声道。

“傅晋辰？”唐心妍的眉头微皱，“他进去了？”马上她不以为意道：“可能也是来看病的吧。”随即她反应过来，这是妇科，于是讪讪道：“陪女朋友呗。”

苏曼茹神秘兮兮道：“我看到他自己一个人进去的。”

“那又怎么样？曼曼，跟你有什么关系？”唐心妍眼疾手快地拽住欲往诊室那边凑的苏曼茹，“你先别过去。”

“跟我当然没关系。”苏曼茹扫了一眼唐心妍，“那不是跟你有关系嘛！”

“跟我有什么关系？”唐心妍表情不快地瞪了她一眼，“我说最后一次，我跟傅晋辰真没关系！”

“现在是没关系，但那一晚的关系，你说得清道得明吗？”苏曼茹挣扎了下，“你松开我，我得赶紧过去确认下。”

“苏曼茹，够了你！”

在医院妇科撞见傅晋辰就够尴尬的了，如果还要去拆穿他的什么秘密，那唐心妍以后该怎么面对傅晋辰？这八卦绝对不能往深处挖。

“唐心妍？”傅晋辰推开诊室的门走出来，便看到正在拉扯的唐心妍跟苏曼茹。他的俊眉立马就拧成了“八”字：“你们怎么在这儿？”问完，他的视线带着压迫感看向唐心妍：“难道，你跟踪我？”

“嗯，就是跟踪你，还发现了你的秘密。”苏曼茹唯恐天下不乱地插了句话。

“曼曼！”唐心妍瞪她。

“你跟我来。”傅晋辰冷眼扫了下苏曼茹，一把拽住唐心妍，将她连拖带拽地往一旁的楼梯口带去。

“傅晋辰，你干吗呀？拽疼我了。”唐心妍不满地抗议。

“傅晋辰，你别乱来。”苏曼茹快步跟了上来，拦住他，“你松开妍妍。”

“你们两个为什么要跟踪我？”傅晋辰松开手，隐忍着不耐烦问。

“跟踪你？”唐心妍气笑了，“傅晋辰，你脑子有病吧？我们跟踪你做什么？我是来看病的。”她没好气地朝他扬了扬手里的挂号单。

傅晋辰默不作声地瞅了瞅唐心妍跟苏曼茹，下一秒又直接抓着唐心妍的手腕，将她拖着走。

“傅晋辰，你干吗呀？”

“闭嘴。”

唐心妍被他带进了幺乃耐的诊室。

“你咋又回来了？”胡子白花花的幺乃耐蹙着眉毛，张口问。

苏曼茹紧跟进来，见状立马关上了门。

“看病的。”

“朋友？”幺乃耐问。

傅晋辰勉为其难地点点头。

幺乃耐并没有说他插队什么的，对唐心妍说：“你把手伸出来，我先把个脉。”

唐心妍面色踌躇地看了眼傅晋辰。

“有没有点眼力见儿？人家姑娘看病，你凑啥热闹？滚出去滚出去。”幺乃耐快言快语道。

“知道了。”

“好了，你把手伸给我。”

唐心妍忐忑地伸出手。

“你最近作息不太正常？”幺乃耐一边把脉，一边开始问诊。

“嗯，熬了几个通宵。”

“唉，年轻人哪！”幺乃耐语重心长地叹口气，“不要仗着自己年轻，就透支身体。这熬夜啊，可真不好。”

唐心妍点头回应。

“从你的脉象上看，气滞血瘀……”幺乃耐说了一大堆专业名词，听得唐心妍云里雾里。最后见他在病历上唰唰地开了一堆药，交代了句：“吃完这一周药，你记得来复诊，我帮你调下方子。”

唐心妍跟苏曼茹走出幺乃耐的诊室，下意识地四周找了找，却没有看到傅晋辰的身影。

苏曼茹伸手捅捅她：“找他呀？”

“没有。”唐心妍忙摇头否认，“我在找缴费窗口呢。”

苏曼茹亲热地挽住唐心妍的胳膊，心里悄悄松了口气。她硬逼着唐心妍来看病，就是怕她那一晚跟傅晋辰发生了什么，然后欲盖弥彰地乱吃药……不过现在她放心多了。

吃过药，唐心妍便上床补觉了。睡得正迷糊，苏曼茹不耐烦地哐哐敲门叫她：“妍妍，电话！”

“我……电话？”

“可不是？”苏曼茹直接将手机塞她手里，“‘傅扒皮’打来的。”

唐心妍皱眉接了起来：“喂，傅总您好。”

“唐心妍，你带好电脑、楼王墙面设计的所有资料，马上来××酒店。”傅晋辰清冷的声音丝毫不带感情地补充了句，“改稿。”

“傅总，改稿为什么要去酒店？”

苏曼茹则竖着耳朵凑了过来，蹙眉告诫：“你可千万别答应。”

“你问我，我问谁？”傅晋辰哼了声，“小肖总定的。”

唐心妍想了想，又硬着头皮问：“就我一个人去吗？”

“难道你还想点一群人陪你加班？”

“不是的，傅总，我不是这个意思。”

“我不管你什么意思，赶紧过来。”傅晋辰的口气带着不耐烦，“给我想办法搞定小肖总。”

“傅总……”唐心妍还想说，你这话有歧义，什么叫想办法搞定小肖总。但是傅晋辰不给她机会，很干脆地挂断了电话。

“妍妍，他平时就这样对你呀？”苏曼茹义愤填膺道，“我实在看不下去了！”她撸起袖子，火爆道：“就算是你老板，这非工作时间喊你去酒店加班，这个心思就不单纯！还要你去搞定那个什么总，他什么意思呀？”说着她在唐心妍的脑袋上狠狠地戳了戳：“这就是明摆着欺负你啊！”

“曼曼，你说怎么办。”

苏曼茹口气严肃道：“今天要么我陪你一起去，要么，你就别去了。如果傅晋辰敢找你麻烦的话，我帮你搞定！”

唐心妍踌躇。

“别犹豫了，一会儿又要打电话来催了。”

“好吧。”唐心妍麻利收拾了下自己，半个小时后，坐着苏曼茹的车到了 ×× 酒店。“曼曼，等一会我先进去看看情况，你要是十分钟，哦不，五分钟内没收到我报平安的消息，你就直接冲进来救我！”毕竟“搞定小肖总”这话确实让人不得不防。

“知道，我停好车就上去候着。”苏曼茹朝她比划了一个“OK”的手势，目送唐心妍进了酒店。她绕了一圈才找到一个车位，刚挂好倒挡，不想一辆明黄色的“骚包”的跑车唰的一下干净利落地插了进去，抢占了她的车位。

“喂，你什么情况呀？没看到这车位是我要停的吗？”苏曼茹气鼓鼓地下车，拦住那个相貌清逸的男子，“先来后到，你懂不懂呀？”

那男人神色傲慢道：“我赶时间。”他朝苏曼茹递过几张红彤彤的人民币：“这车位就当我花钱向你买了。”

苏曼茹果断地将他的钱推回去：“谁稀罕你的钱？我也赶时间，我要停车好不？”

“你既然赶时间，就别跟我磨叽，赶紧找车位去。”那男子神色不耐烦地推开苏曼茹，“让让，你挡着我道了！”

“你这个人要不要脸？抢占别人车位，连句对不起都没有？”苏曼茹的倔脾气上来了，猛地一把拽住他，“你今天要不把车位还给我，那你就别走了。”

苏曼茹这边脑子发热地跟这个男人正面杠了起来，把保护唐心妍这事彻底抛到了脑后……

拍了拍自己通红的俏脸，稳稳心神，深呼吸了好几下，唐心妍才抬手敲酒店 VIP 房的门。

“进来吧。”傅晋辰清冷的声音传来的同时，门便打开了。

唐心妍不动声色地看着他侧过身让出了一条道，她视线快速在套房内扫过，并没有其他人在的样子。她的心里瞬间忐忑起来，脑袋里不自觉想起之前跟他相处的暧昧画面，顿时紧张得心脏咚咚跳，迟迟不敢迈步。

“杵在门口干吗？”

见他一脸不耐烦地催促，唐心妍只能硬着头皮拎着电脑进屋，心慌意乱得手脚都不知道该往哪里放，磕磕巴巴问了句：“小肖总……他不在吗？”

“小肖总还没来。”傅晋辰神色坦荡地往沙发上一坐，“等会儿吧。”

“傅总，小肖总到底什么时候来？”跟傅晋辰独处，让唐心妍有些透不过气来，之前的画面在脑海里怎么都挥之不去。

傅晋辰也等得不耐烦了，给小肖总打电话想催催，结果几次电话都打不通，他的剑眉都快拧成麻花了。

“小肖总电话打不通吗？”

“嗯。”

“那咱们还要等多久？”唐心妍表情纠结地问。倒不是她没耐性，而是刚才出门太急，没想着上个厕所，这会儿尿意袭来，憋得慌。

“不知道。”傅晋辰表情淡漠。

唐心妍羞愤地咬着唇，实在是憋不住了：“那我先出去一下，马上回来。”等她再回房的时候，小肖总还是没到，她便神色惆怅地看着傅晋辰：“傅总，咱们到底要等多久？”

傅晋辰见她面色苍白，倒是问了句：“你身体不舒服？”

唐心妍轻咬着唇摇头否认："没有。"

"如果身体不舒服，就别强撑。"

唐心妍的秀眉拧了起来，她打算如实相告："傅总，我身体确实不太舒服，如果……"话还没说完，房间门便被敲响了。

傅晋辰快步走过去开门。唐心妍也不好再说什么，跟着他。门口站着一位容貌清隽的男子，傅晋辰礼貌地打招呼："小肖总好！"

小肖总，名叫肖彦成，就是肖总的儿子。这对父子的长相相似度挺高的，唐心妍脑袋里很容易就对上了号。

肖彦成抱歉道："不好意思，刚出了点意外，耽误时间了。"

他不就是抢了个车位嘛！那女人实在太难搞了，有生之年，他第一次见这样不依不饶的女人，非逼着他把车开出来。结果那女司机自己停车进去的时候，把别人车擦了……

"没事，我们也没等太久。"傅晋辰客气地将他迎了进来，介绍了句，"这是我们设计部的唐心妍。"

"唐小姐，您好。"肖彦成朝她热络地伸手，握了握，"我一会儿还有事，我就简单把要求提一下。"

"好的。"唐心妍不由得松了口气，蹲在茶几旁，打开电脑，"小肖总，你说，我来记，回头就按照你的要求改。"

"唐小姐，虽然我赶时间，但还是有点时间的，你坐吧。"

傅晋辰皱着眉头看她面色绯红，便打了个圆场："小肖总，她蹲着更有灵感。"

“这样啊！”肖彦成点点头，“那行。”他翻出原先的设计稿，对唐心妍认真地交代起来：“这里，我父亲的意思是……”

唐心妍乖乖把甲方的意见都记了下来。

“唐小姐，我父亲的性子比较急，他让我问问，你这设计稿最快什么时候能改出来？”临走前，肖彦成直白地问。

“其实改动并不多，都是细节问题没处理到位。如果我加班加点的话，明天下午应该就可以改好了。”

“嗯，设计稿其实也不是太重要，说白了，我父亲更关心私人订制那块儿的进度。”肖彦成不动声色道。毕竟第一次做这个跨界的合作，锦城想要靠着这个高端私人订制来做噱头，形成一定影响，吸引有品位、档次高且不差钱的顾客。

“小肖总，事情得一步一步来，咱们必须把设计稿敲定了，才能安排私人订制。”傅晋辰不紧不慢地接话，“反正你让肖总放心好了，私人订制这块儿，我们一定会盯好质量的。”

“傅总，还是你懂我爸。随时保持沟通吧。”肖彦成说完，步履匆匆地离开了。

“就这样？”唐心妍抬脸质疑地看向傅晋辰。

“你还想怎么样？”傅晋辰揶揄，“让你全部推翻了重新做？”

唐心妍耿直道：“你不是说要我想尽办法搞定他吗？可事实上，这个肖彦成实在太好说话了吧？”

“你的意思是，我不好说话？”

"没有，我没有这个意思。"

傅晋辰懒得跟她计较，话锋一转，问："你是想在这儿改，还是想回去改？"

"回去改。"

"那走吧。"傅晋辰随手抓起外套说了句，"我送你回去。"

"不用麻烦您了，我自己打车就行。"唐心妍礼貌地拒绝。

"不麻烦，顺路的事。"傅晋辰难得坚持，他也是想到白天唐心妍去看病的事，突发善心了。

唐心妍扭扭捏捏，被他看得浑身不自在，只能硬着头皮道："傅总，我想起来了，曼曼送我来的，她说一会儿来接我的。"

"那我陪你一起等她吧。"傅晋辰折回，干脆在沙发上坐了下来。

唐心妍心里真的好想骂脏话。谁要你假惺惺了？你瞎不瞎呀，看不出来我一点都不想跟你独处一个空间吗！

"你打电话催一下苏曼茹。"

"好。"

"妍妍！你没事吧？"苏曼茹接起电话，总算想起唐心妍的安危了。

"我没事。你还在酒店吗？接我回去吧。"

"我是在酒店，可我车撞了，现在在等保险公司呢。"苏曼茹的声音清脆地传了出来，"你等我会儿，我处理好了，就过来找你。"

“好吧。”唐心妍无奈地挂了电话，“傅总，我跟曼曼一会儿一起回去，你有事就先走吧。”

“没事，我送你们俩好了。”

看来傅晋辰今天打定主意不给她拒绝的机会，唐心妍识相地止住了话题：“那行，咱们等曼曼吧。”说完，她悄悄给苏曼茹发消息：“曼曼，你来的时候，给我买条裙子。”

下一秒，苏曼茹的电话便打了进来，口气焦灼地询问：“妍妍，你发生什么事了？被欺负了吗？”

“没有啊！”

“妍妍！”苏曼茹越发激动，“说，是不是傅晋辰欺负你了？还是那个小肖总？”压根不给唐心妍开口的机会，她直接道：“报警，妍妍，你一定要留好证据报警。”

“不是，曼曼你听我说。”唐心妍反应过来苏曼茹指什么，张嘴要解释，可苏曼茹已经快一步挂了电话。下一秒，傅晋辰的手机便响了起来，他一接起，苏曼茹连气都不带喘地一阵劈头盖脸地破口大骂，末了道：“傅晋辰，你给老娘等着，我要告诉你爸妈，让他们给个说法！”

“苏曼茹，你脑子有病吧？”傅晋辰蹙眉，忍不住怼了句，“我跟唐心妍什么事都没有。”说完气呼呼地挂了电话，扫了一眼面色尴尬的唐心妍，吐槽了句：“我真是好心被雷劈，送什么送啊，你们自己回去吧。”他头也不回地快步离开了房间。

听着那愤然的大力摔门声，唐心妍的心跟着颤了颤。刚才这段对话，明显就是情侣之间的质问与解释。唐心妍对苏曼茹说的她“跟傅晋辰之间没什么，不是那种关系”开始产生怀疑。

不过这会儿唐心妍也没追出去解释。她直奔洗手间，将自己忍了又忍，快忍出“尴尬症”的脏裙子脱下来，准备匆匆洗个澡。

第七章：情起而不知所措

门铃响起，她以为苏曼茹来了，随手披了条大浴巾去开门。“曼曼，你可算来了，我的……”看到是傅晋辰时，她立马羞愤地吞下了后面的话，面红耳赤，瞪着他，结结巴巴道，“你……你怎么回来了？”

傅晋辰尴尬地回了句：“我车钥匙没拿。”

“哦。”

“你倒是让一让。”傅晋辰竭力平和地开口。

唐心妍忙伸手紧紧地捂着浴巾侧身让开。

傅晋辰进房间刚拿到钥匙，苏曼茹咋咋呼呼的声音便传来了。“我可怜的妍妍……”抱住唐心妍的同时她眼尖地看到傅晋辰，立马松开唐心妍冲过去，对他气鼓鼓道，“傅晋辰，你欺负人了，还敢留在这里？”苏曼茹果断地一把拽住他的衣领，摩拳擦掌道："你是觉得我不敢揍你吗？"

"曼曼，你误会了！"唐心妍见状，追过去拽住苏曼茹，"你松手，我没被欺负！"

"你都这样了，还帮他说话！"苏曼茹不悦地甩开她，"这事，你放心交给我处理好了。"

"我是……"唐心妍羞愤地给了苏曼茹一个眼神。

"好吧，那我走了。"苏曼茹来去一阵风，说走就走了。

"曼曼！"

"别叫了，她压根就不打算搭理你。"傅晋辰口气凉凉道。

"你赶紧追出去解释下。"

"没必要。"傅晋辰一脸不以为意。

唐心妍沉默了会儿。"那我怎么办呀？"她神色为难地看向傅晋辰。

"那你就住酒店吧。"

"你给我去买条裙……"唐心妍的声音越说越小，最后她不安地咬住嘴唇，抬脸可怜巴巴看着他，不给他拒绝的机会，"帮帮我好吧？"

傅晋辰避开唐心妍的眼神。

"傅总！"唐心妍气血上涌，窘迫得无地自容，但又不得不厚着脸皮出声，"我这样也没办法工作。看在曼曼的面子上，我拜托您了。"

傅晋辰不耐烦道："你等着。"

"谢谢。"唐心妍忙不迭鞠躬道谢。丢脸就丢脸吧，反正在傅晋辰面前，她好像也没有什么好的形象可言。

唐心妍换好裙子，道："您有事的话，先走好了，我这边收拾好了就回去。"

"我顺路捎你一程吧。"傅晋辰有些愧疚道。

唐心妍犹豫了下，自己总坐别人的车，好像也不太好，不过反正都欠傅晋辰人情了，干脆就欠到底算了："那谢谢傅总了。"

半个小时的车程，对唐心妍而言，真是痛苦的煎熬。

傅晋辰不动声色地扫过她的脸，觉得有点好笑，又觉得尴尬不已。

下车的时候，唐心妍因为脚麻，几乎是连滚带爬地摔出去的。

"你没事吧？"傅晋辰无语极了，有生之年，他真是头回见这么奇葩的女人。

"我没事。"唐心妍狼狈地撑起身子，尴尬道，"我就是脚麻了，缓缓就好！"

傅晋辰将车熄火，绕过车头搀住踮脚慢走的唐心妍，淡然道："我送你上去。"

"不用了吧？"

傅晋辰脸色一沉，嗓音透着不快："跟我假客气做什么！"

"傅总，我不是跟你假客气。"唐心妍琢磨着该怎么委婉地说比较合适，叹了口气，"我是怕你撞上曼曼……"

这两个人明明有天时地利，有缘能成佳偶，却不知道哪里不对，成了见面就"相杀"的怨偶。

傅晋辰果然眉头一皱："你打个电话给她。"

"啊？"

"看看她在不在。"傅晋辰正色道，"在的话，让她下来接你。"

唐心妍听话地给苏曼茹打电话，得知她不在，敷衍了两句就挂了电话。傅晋辰便直接搀住她："走吧。"

唐心妍觉得有点说不清楚的怪，莫名心虚，但也确实没有了拒绝的理由。傅晋辰将她送进门，安置在沙发上后问："你好点了吗？"

"好多了，谢谢。"

"那改稿工作应该能完成吧？"

"可以的，我今晚熬夜就可以完成了。"唐心妍积极表态。

"你电脑给我。"

"什么？"唐心妍感觉自己跟不上他的节奏。发愣这会儿，傅晋辰干脆伸手拿过她的电脑直接开机了。

电脑里还有隐私文件，唐心妍见状，下意识伸手去抢："傅总，你想干吗？"

"怕你耽误进度。"傅晋辰道，"我来改稿。"

"真的吗？"唐心妍不可置信地盯着他，确认道，"傅总，你确定能帮我改稿？"

"废话。"傅晋辰哼了声，高傲地问，"在哪个文件夹里？"

"喏，这个。"唐心妍靠过去，伸手给他指了出来，"资料跟设计稿都在这里。"

"行了，我来弄。"傅晋辰鼻子钻入一阵馨香，他默不作声地看了一眼半蹲而几乎倚在他身上的唐心妍，口气不自然道，“你离我远点，不用看着。”

唐心妍眼神无辜地伸手指了指自己，咬着唇默默地挪开了一点点：“傅总，我怕你不太熟悉我的电脑，我还是在旁边……”

“我不习惯别人盯着我工作。”傅晋辰表情肃然地看着她，保证了句，“你放心，我不会动你电脑里的其他东西。”

话说到这份上，唐心妍只能硬着头皮点点头：“那麻烦傅总了！”她仍旧不放心，又不敢坐下来，就磨磨蹭蹭在他身边打转。

“你不用去换衣服吗？”

唐心妍的俏脸唰的一下通红，窘迫得无地自容，磕磕巴巴道：“要……换的……”要不是傅晋辰在，她早换了好吗？

“那你还不快去！”

听傅晋辰催促，唐心妍内心泪流满面了，她只能僵硬地开口：“好，我这就去。”转身奔进房间，摔上门，她捂着怦怦乱跳的心口，不断深呼吸，好一会儿才缓过劲，拿了换洗衣物跟做贼似的轻手轻脚地穿过客厅，瞄了几眼全神贯注在她电脑上改稿的傅晋辰，心烦意乱地奔进洗手间……

苏曼茹拎着几盒宵夜欢欢喜喜打开门，看到傅晋辰时，笑脸僵住了：“傅晋辰！”她的眼睛飞快地在屋内扫了一圈：“妍妍呢？”

“卫生间。”傅晋辰头也不抬地回了句。

“卫生间？”苏曼茹快步走过去敲了敲，“妍妍，你在干吗？”

听到苏曼茹咋咋呼呼的声音，唐心妍便利索地打开门，对她露出白牙灿灿一笑：“洗衣服呢。”说完将她随手一拽：“走，陪我晾衣服去。”边走边解释了句：“傅总在帮我加班改设计稿呢，你可千万别去打扰！”这句话包含的意思是，也别找茬吵架。

“他帮你加班改设计稿？”苏曼茹不可置信。

“真的。”唐心妍随后对她做了个拜托的手势，“傅总不帮我，我可能熬夜都干不完了！”

苏曼茹不动声色地看了过去，见傅晋辰面无表情，手指飞快地在键盘上敲着，确实是认真工作的模样，便点点头：“你放心，我有数。”

唐心妍可不放心，晾完衣服忙机警地守到了傅晋辰身边，殷勤地问：“傅总，你需要我帮忙吗？”

“不用。”

“傅总你要喝点什么？”

苏曼茹看得直翻白眼，扯着嗓子喊了句：“唐心妍，过来，吃宵夜了！”

“对哦，傅总你饿不饿？要不要吃点宵夜？”

“不要。”话音刚落，傅晋辰的肚子却“咕——”响了声回应，他清冷的俊脸顿时浮现出一丝尴尬。

“人是铁，饭是钢，一顿不吃饿得慌。傅总，我猜你晚上肯定没吃饭。”唐心妍朝他展露一口白牙，笑着讨好，“咱们将就着随便吃点吧。”

“嗯。”傅晋辰点头应了。

“你喊他做什么？我又没买他的份！”苏曼茹口气不快道。

“曼曼！”唐心妍秀眉微蹙，不悦地瞪了她一眼，告诫她不要使小性子。

“好吧好吧，我去拿碗筷。”

“傅总，不是要吃宵夜吗？”唐心妍见傅晋辰拎着衣服朝门口走，出声唤住他，“你去哪儿呀？”

“吃宵夜。”傅晋辰拉开门，转身扫了一眼愣在那儿的唐心妍，面无表情地催促，“赶紧的。”

唐心妍不可置信地指了指自己：“我们去外面吃？”转身看到苏曼茹端着碗出来，脸色不善地盯着她，不由为难起来，她试探着商量：“傅总，去外面吃挺耽误时间的，我们还是在家吃吧。”

傅晋辰面色一沉。

唐心妍暗叫不好，赔着灿烂的笑：“傅总，你看，家里买了宵夜的。”她边说，边将他往屋里带，顺手拉上门：“您看，曼曼买得很丰盛呢。”

“不合胃口。”傅晋辰面无表情道。

“切！爱吃不吃，不吃拉倒。”苏曼茹摆着碗筷，不客气地怼了句。

“曼曼，你够了！”唐心妍呵斥了声。她有一种情侣吵架，她被夹在中间的别扭感，便深呼吸了口气，转脸对傅晋辰谄媚道：“傅总，那您想吃什么？我马上给你去买。”

“不用麻烦了。”傅晋辰口气冷冷道，“你简单给我弄碗面就行了。”

“面？”唐心妍讪讪道，“你想吃什么口味的？”

“什么口味？”傅晋辰有种不太好的感觉。苏曼茹已经欢快地抱了好几桶泡面过来，幸灾乐祸道：“喏，随便挑，随便选，我们妍妍煮泡面的技术还是可以的。”

傅晋辰看向唐心妍：“只有泡面吗？”

唐心妍尴尬地点点头：“或者，蛋炒饭可以吗？这个我也会。”

“那就蛋炒饭吧。”傅晋辰重新坐回电脑前，勉为其难道。

“好咧！”唐心妍应声钻入厨房。苏曼茹快步走到傅晋辰的身边，压低了声音问：“傅晋辰，你什么意思？”

“什么什么意思？”傅晋辰头也不抬地反问。

“我什么意思，你心里清楚。”苏曼茹难得正色道，“我们没戏，我不蹚你的浑水，你也别来祸害我的生活！”

“苏曼茹，你放心，我对你没意思。”

“你对我没意思，那你来我家干吗？”虽然这个答案是苏曼茹想要的，但听傅晋辰这样云淡风轻说出来，她瞬间感觉自尊有点受伤，瞪着傅晋辰质问了句，“莫非，你对妍妍有意思？”

傅晋辰勾唇冷笑：“你想多了。”

苏曼茹并不好打发，她干脆搬了把椅子坐到傅晋辰对面：“我想多了？傅晋辰，你这话摸着点良心说！”见他俊脸波澜不惊，她干脆直白道：“如果你对妍妍真没意思，那请你以后保持点距离，下班时间，别随随便便约女下属去酒店，也别进女下属家里来蹭吃蹭喝。”说到这儿，见他张嘴，她又堵了句：“就算是工作，也是要避嫌的。”

“我避不避嫌，与你无关。”傅晋辰回得漫不经心。

“怎么与我无关了？你现在在我家！”苏曼茹咬牙切齿地警告，“傅晋辰，你给我记住，如果你对妍妍没意思，就别招她惹她，不然，我跟你没完。”

“如果有意思呢？”

两人对上眼后，苏曼茹气急败坏道：“有意思那就更不能招惹她了，别以为你跟罗家的破事儿我不知道……”

苏曼茹是彻查过傅晋辰的底的，所以一开始就明显不来电，后来两个人相看生厌，越看越不爽。

傅晋辰表情微变，竭力神色平和地打断她：“苏曼茹，你很在乎唐心妍？”

“这不废话！”苏曼茹狠狠剐了他一眼。

“那你最好对我友善点。”傅晋辰口气冷冷道，“不然别怪我不厚道，欺负她来膈应你！”

苏曼茹气结：“卑鄙！”

捕捉到他们的最后一句谈话，唐心妍心里五味杂陈，但眼瞅着他们要吵起来，她挺身而出走过来，招呼着：“傅总，蛋炒饭好了。”

“你给我端过来吧。”

“好的。”

苏曼茹皱眉看着唐心妍，快步跟她进了厨房，直白道：

“妍妍，我跟你说，傅晋辰是个阴险的家伙，你以后跟他接触，多长个心眼知道不？”

“我知道了。”唐心妍敷衍着点点头，只当她吃醋，压低声音解释了句，“今天他帮我加班加点呢，你就给点面子，别找他茬了行不？”

“行行行。”苏曼茹气鼓鼓地瞪了她一眼，“我眼不见为净，乖乖回房总行了吧？”

“谢谢。”唐心妍恭敬地鞠躬送走她，端着碗筷走向傅晋辰。他俊美的五官带着淡漠的冷意，神色专注地盯着画面，不时移动鼠标反反复复地修改，末了口气淡淡道：“需要改动的地方我都标注出来了，细节上的处理跟润色，你自己来吧。”

“这么快？”唐心妍果断地将碗筷往他手里塞，探过身子就看向电脑屏幕，却因为动作太急，傅晋辰又没接稳，整盘蛋炒饭就这样在他身上撒翻了。

“对不起。”唐心妍边道歉，边手忙脚乱地抽纸巾在他身上胡乱擦。

“你别擦了。”

“那你自己擦吧。”唐心妍面色尴尬地将纸巾给他递过去，见他瞪着自己，不安地低头，“我真不是故意的。”她咬着唇又嘟囔了句：“再说你自己也不接稳……”

“怪我咯？”傅晋辰冷哼。

“怪我。”唐心妍抬眼看了下傅晋辰，忙不迭认错，“都怪我！”她吞咽了下口水道：“要不，傅总您去清洗一下，我重新去炒一份饭？”

“不必了。”傅晋辰抄起外套便头也不回地摔门而出。

“傅总，那我送您一下。”唐心妍急急忙忙地跟上去，“哎哟——”她收势不住撞上等电梯而毫无防备的傅晋辰，正巧电梯门打开，他打了个踉跄，几乎是跌进去的。

“你离我远点。”傅晋辰冷声道。

眼睁睁地看着电梯门关上，唐心妍懊恼地捶头：“唐心妍啊，你真是笨手笨脚！”给傅晋辰发了个道歉的短信，等了会儿不见他回复，唐心妍想跟苏曼茹聊会儿天，但她装睡不理自己。唐心妍的注意力便专注到改稿上面了。

接到程艺星的电话时，唐心妍熬了大半个通宵，睡得正迷糊：“什么，你在我家？”

“确切地说，是你们小区门口。”程艺星看着小区名字，念了遍。

“你怎么来了？”

程艺星口气轻快地解释：“正好来沪城出差，我看了下，距离你挺近的，就自作主张跑来了。”说到这儿，他故作随意道：“我就想给你个惊喜，请你吃个饭！”

“是挺惊喜的。”唐心妍打了个哈欠，“那你等我会儿，我收拾下就出来。”

“好的，没事。”程艺星默默松开了紧攥的拳头。

唐心妍认真地选了套衣服，动作麻利地化了个妆，跟迷迷糊糊起床的苏曼茹交代了句便匆匆地出门，气喘吁吁地奔向等候许久的程艺星，嘴里大声致歉：“星星，对不起！让你久等了。”

程艺星勾唇温和地笑笑：“没事没事，你别跑了。”见她在自己面前站定，黑白分明的眼睛里透着焦急，他又安慰了句：“我不赶时间。”

“你想吃什么？我请你！”

“我随便，你就近找个呗。”程艺星回得无所谓。吃什么真的不重要，他就是想见她。

“好，那你跟我走吧。”

程艺星二话不说跟着她，没话找话聊：“妍妍，这么多年，你过得好吗？”

“你说呢？”唐心妍俏皮笑笑，“我挺好的，你呢？”

“我也挺好的。”

然后，就不知道该聊什么了。

似乎所有的久别重逢都是这样，明明有千言万语想说，但是话到嘴边，都会变成千篇一律的几句问候：

“你好吗？”“我很好，你呢？”“我也很好。”

然后，话虽太多，却不知道该从哪里开口说起。

回忆便瞬时如潮水一般地袭来，那些失去的、错过的、遗憾的，都纷至沓来。看着眼前的人，明明是那么熟悉，却被时间硬生生划出无法跨越的鸿沟，似乎又陌生得遥不可及……连呼吸都得小心翼翼，生怕惊扰了这来之不易的再次相遇。

两个人干脆默契地选择沉默着专心走路，直至到餐厅落座，服务员上前咨询。

“星星，你想吃什么，你只管点。”唐心妍将菜单往程艺星面前推过去，不忘介绍句，“她家是苏帮菜为主。”抬脸对上程艺星温和深邃的黑眸，她愣了一秒道：“当然，我也不知道你是不是还吃得惯苏帮菜。”

“怎么会吃不惯？”程艺星轻快地笑了，意有所指道，“越是离开家乡，对家乡的人跟事就越怀念。”说完他眸光灼灼地看着唐心妍，郑重道：“妍妍，你是不知道，我……”——我有多想你！

“不好意思，我接个电话。”唐心妍见傅总来电，立马对程艺星比划了个“嘘”的手势，才谄媚地接起来，“喂，您好，我是唐心妍。”

“设计稿改完了吗？”傅晋辰一如既往直白地问。

“改完了呀，我昨晚上就发您邮箱了。”

傅晋辰打开邮箱，视线在唐心妍的发件时间上停留了下，很快打开文件，边浏览边问了句：“肖总那边呢，你发过去没？”

“没。”唐心妍挠挠头，“我是想着先给您过目一下，您这边没问题了，我再给肖总发过去。”

“行，你发吧。”

“好咧。”唐心妍的神情瞬间愉悦起来，“我一会儿吃好饭回去就发。”

“肖总那过了的话，我批你三天假，回苏城去找冯大师谈合作。”傅晋辰清朗的声音再次传来，“唐心妍，就这样定了。”不给她拒绝的机会，他利落地挂了电话。

唐心妍将手机放到一边，转脸对上程艺星的眸光。他白皙的脸庞棱角分明，深邃好看的眼睛含情脉脉地看着自己，不知道为何，她有些不自在起来，立马讪讪道："我们刚才说到哪儿了？"

"刚……刚才啊？"看着她璀璨的眸光，程艺星突然失去了勇气，"好像聊到苏帮菜吧。"见服务员端了一盘桂花莲藕过来，他立马笑着岔开话题："桂花莲藕，你还记得吗？小时候我们总是一起去掰桂花，然后给冯奶奶处理后，她会给我们做好多好吃的，像桂花小圆子、桂花年糕、桂花……"见她的眼眶红了，他心里暗叫不好，挫败道："妍妍，对不起，我不该提起冯奶奶的。"

唐心妍深呼吸了一下，情绪稍微平缓了一些才开口："没事，跟你没关系。"她垂下眼眉，小声道："我只是想起姥姥了。"她抬脸对他挤出一抹笑："姥姥做的桂花莲藕，是真的好吃。"

"是啊。"程艺星认同地点点头。看着眼前这盘桂花莲藕，明明色香味俱全，程艺星却没了下筷子的念头，他跟唐心妍之间，有很多话题是没办法开聊的，比如分开的这些年，比如刘梦琦，比如那个叫傅晋辰的"未婚夫"。

唐心妍也不知道该跟他聊什么，两人安静地吃着饭，偶尔你发一言，我回一语，既礼貌，又像是过分礼貌的客套。尴尬地持续了个把小时，直到傅晋辰给她来电话，告诉她修改过的方案肖总那边定了，她还傻愣愣地回了句："可我还没发呢！"

傅晋辰轻咳了下嗓子："你还知道自己没发？"不等唐心妍开口解释，他干脆道："肖总那边催促的电话都来了好几个了，我帮你发了。"

唐心妍后知后觉地道谢。

"不用道谢，你一会儿就去苏城。"傅晋辰理所当然地吩咐，"顺便帮我把修的车取了。"

"车？你的车还没取吗？"

"嗯。"傅晋辰声音低沉地应了句。

"那好吧，一会儿我帮你去取车。"唐心妍爽快地答应。

"我晚一点也会去苏城，你方便的话，开车接我下。"

"晚一点是什么时候啊？"

"还不清楚，一会儿联系。"傅晋辰再次利落地挂了电话。

唐心妍转脸对上程艺星探究的眸光，琢磨了下开口道："星星，那个，不好意思，我工作上还有点事要处理，要不，咱们今天就到这儿结束吧？"虽然这顿饭吃得有点尴尬，两个人心照不宣地在避开某些话题，但久别重逢，唐心妍也不想这么匆忙地结束，可傅总下命令了，她没得选，末了又抱歉道："回头在苏城，有机会我再请你吃。"

"苏城？你最近打算回去吗？"

"回啊，我今天就要回去的。"唐心妍干脆地回答，但想到要面对冯英英，脸色不免恹恹的，"不过我是去办公的。"

"真的？"程艺星黝黑的眼眸中闪过一丝亮光，"那巧了，跟你吃完饭我本来也准备返程回苏了，那搭伴一起走呗。"

回家匆忙地收拾了下行李，唐心妍坐上程艺星回苏城的车，两人这会儿没有刚见面那会儿的局促了，有一搭没一搭地闲聊着："对了星星，你知不知道咱们镇上现在哪个绣娘的作品比较有特色呀？"

程艺星淡笑着反问："你说的特色，是指什么？"

"就是比较厉害，有名气，有特点！"

"你妈咯。"程艺星笑容可掬。

"除了我妈以外！"

"那这个我得好好想想了。"程艺星认真道。

唐心妍淡淡扫了他一眼，撇嘴安慰了句："要想不到就算了，你不清楚，也正常。"

"妍妍你这话什么意思？小瞧人哪！"程艺星不满地哼哼，"你的手能够到后座吗？"

"后座？"唐心妍转脸看过去，有几幅卷起来的东西，"能够到，怎么了？"

"你看看，有没有特色。"程艺星笑而不答。

唐心妍费力地抓过来，打开认真地端详起来，是半成品的绣片，跟以往那种繁琐的绣艺不同，整幅绣面干净整洁，又带着令人耳目一新的别样风姿，还别说，挺有特色的。她忙笑着问："星星，这是哪位绣娘的作品？"

"我。"程艺星自豪道。

唐心妍目瞪口呆："你？开什么玩笑！"

"真的是我。"程艺星再次强调，"这幅作品叫《炎阳》，是我准备参加这届百花绣展比赛用的。"

"你做绣郎了？"唐心妍不可思议地瞪着他。

“是啊，我做绣郎了，有证的哦。”程艺星笑着补充了句，“我跟你们家盈盈同一届考的初级工艺师。”

“可你不是去国外学金融了吗？”

“谁规定学了金融就不能回来做刺绣的？”程艺星嘴角微微上扬，神色坦然地看着她。

唐心妍愣愣地问：“你怎么会去做绣郎的？”要知道绣郎真是凤毛麟角的存在，程艺星还是出国喝过洋墨水的金融高才生，这简直颠覆她的“三观”，是打死她都想不到的事。

“我想想。”程艺星脸上挂着温和的笑意，“大概要从两年前我妈接到的那件原创订单开始说起了……”

（背景摘录：2004 年，苏州刺绣研究所有限公司举办了首次“苏绣艺术创新论坛”，同年苏州成立“中国苏绣艺术创新中心”；2006 年，苏绣被列入国家第一批非物质文化遗产保护名录，同年中国工艺美术协会、苏州高新区管委会共同主办了“首届中国刺绣文化艺术节”，此后每两年举办一次；2009 年，在“中国创意城市文化名片评选”活动中，苏绣被选为苏州的城市名片。）

唐心妍认认真真听程艺星侃侃而谈，不时好奇地插话：“那你说你要回来做刺绣的时候，你妈是什么反应呀？”

“什么反应？没什么反应呀。”程艺星疑惑地看了眼唐心妍，后知后觉道，“哦，你是担心我妈是不是有那种传统观念——学刺绣没前途，年轻人就应该好好读书呀？”

“这是传统观念吗？”唐心妍撇撇嘴，埋怨了句，“在我妈眼里，女孩子念什么书，乖乖在家学刺绣才是真的。”

“你就真的没考虑过回来继承她的衣钵？”程艺星试探着问。

“我压根就不会绣，继承不了她的衣钵。”唐心妍敷衍了句。

“不会绣可以学呀，我记得你小时候就很能绣了呀！”程艺星扭头看她，“你还记得吗，小时候我的穿针、劈线可都是你妈教的？”

唐心妍听他提起小时候，她的脑袋里不自觉地闪现回忆。刺绣是传统技艺，是一代一代的手艺人用普通而温暖的双手，一针一线地将上千年的技艺心手相传。母亲冯英英在唐心妍很小的时候，就从最基础的穿针引线开始，一步一步给她打下扎实的基本功。

程艺星是个男孩子，他母亲不让学。可冯英英却觉得好玩，让他凑热闹一起学。这些年，唐心妍很努力地去淡忘，但母亲严厉的声音却不时地会在心头浮起：“这穿针引线是极其讲究的，必须用反捻的那一头从细小狭长的绣花针孔里穿过去，这样丝线就不会因为反捻而卷曲打结了，绣出的纹样便能够平、光、齐、匀；还有这个劈线，双手皮肤一定要光滑干净，小指最好留长指甲，分线要匀，劈好的线一定要从上到下捋一遍，用力也要均匀，不能捋断线或者捋毛丝线……”

唐心妍不自觉地伸出手，看着自己修剪得平整光洁的手指甲，唯有小指留了指甲，不由得自嘲地勾唇一笑——这习惯，还是改不掉。

“你笑什么？”程艺星不明所以。

“我突然想起你小时候翘着兰花指学劈线，结果被你妈追着打了半天的事。”唐心妍打趣了句。

“可不是？戒尺都打断了。”程艺星跟着笑了。

“现在你妈倒是肯让你学了。”

“时代在进步，我妈思想也在进步。”程艺星笑着挑挑眉，“自从我帮她完成那件原创订单后，她倒是很认同我的理念，也默许我回乡学绣艺。”

“你的理念？”唐心妍好奇地问。

“我们年轻人就是要让传统工艺焕发新的光彩。”

“传统工艺焕发新的光彩？”唐心妍细细地咀嚼这几个字。

“随着当今社会经济和文化的不断发展，人们生活品质的提高，审美需求日益成为焦点，很多传统手工艺都融入了时代的气息，从单一模式向多元化模式发展。我觉得我们苏绣也应该顺应这股潮流……”

唐心妍听得津津有味，程艺星的电话却响了起来。他说了声抱歉，接起电话：“梦梦，什么事？”

电话那头是刘梦琦。

“我知道。”程艺星抬眼瞄了下时间，估算了下，“我现在在回苏城的路上，大概还有一个小时可以到家了。”然后他挂了电话，继续方才的话题：“妍妍，我们刚聊到哪儿了？”

“苏绣的创新与发展吧。”

“对，你这总结很是精辟。”程艺星兴奋道，“苏绣艺术自清末民初发生深刻变革以来，无论在表现题材、表现技法还是表现风格上都有了新的面貌。改革开放后，如今苏绣发展又进入了新的前所未有的发展阶段。”

唐心妍敷衍着笑笑。

“妍妍，作为中国传统工艺之一，苏绣市场很繁荣，也很有前景，你真的可以考虑回来发展呢！”程艺星铺垫了半天，说到底还是有私心，想鼓动唐心妍回来。

“不了。”唐心妍拒绝得干脆。

“为什么呀？”

“没有为什么，不想就是不想。”唐心妍口气不耐烦道。

程艺星尴尬地道歉：“妍妍，对不起。”

唐心妍意识到自己反应过激，勉强挤了抹笑：“跟你没关系。”

气氛一下子就尴尬了。

程艺星眼观鼻，鼻观唇，大气也不敢喘，更不敢提他想拜冯英英为师的事。

狭小的车厢内，唐心妍亦是如坐针毡，几次欲言又止，最后干脆把脸一扭，闭眼假寐——后来是真睡着了。

程艺星不时扫一眼她酣甜的睡颜，安静地开着车，心里荡起阵阵细碎的满足。如果可以，真希望能载着她，一直、一直这样开下去。

幸福的时光总是短暂的，一个小时眨眼即逝，进了苏城境内，程艺星温和地唤醒她：“妍妍，到苏城了。你去哪？我先送你。”

唐心妍揉着惺忪的睡眼，张嘴就报了个地方：“×× 车行。”

“那地方不远，这高架口下了就是。”说完这话，程艺星又故作轻松地问，“你今晚上住哪儿？”

“我还不确定。”

“你们公司没给安排酒店吗？”程艺星眯了眯眼，“你回绣乡住吧！”不等唐心妍拒绝，他又补了句：“你不是要去看有特色的绣品、绣娘吗？回绣乡住，那是最方便了。”

“也是。”唐心妍点点头，“那我让盈盈给我订房间。”

程艺星安静地听她给冯月盈打电话订房间，末了她又犹犹豫豫加了一句：“你帮我多订一间吧，一会儿我有同事也要来。”

“同事？男的女的？”冯月盈八卦地问。

“男的。”唐心妍翻了翻白眼，“要是女的，就不用另开房间了好吧！”

“男的也可以住一间啊，绣院的套房可大着呢！”冯月盈打趣，“主要是要看对象是谁！”

唐心妍的俏脸唰的一下就红了：“冯月盈，胡说什么呢！”

“好了，不逗你了。”冯月盈柔声安抚了句，“绣院 1001、1002 两间房，傅总刚才就打电话来让莫凌天给你们留好了。”

“他打过电话了？”唐心妍愣愣地问，“那他有没有说什么时候到？”

“你跟他一起来，你问我？”冯月盈哼了哼，“姐，你就继续装吧。”

“我装什么了我？我是真不知道……”

“姐，解释就是掩饰，你别解释了。”冯月盈打断她，“傅总就傅总呗，你还扭扭捏捏说同事，真是受不了你。”

“他真是我同事！”

“OK，你说同事就是同事吧。我有点事，先挂了。”冯月盈挂了电话，唐心妍感觉程艺星若有所思地看着她，顿时有些不自在，她稳稳心神抬脸看过去：“怎么了？”

“没事。”程艺星自觉失态，忙笑着打岔，“4S店到了，想提醒你一下。”他心里五味杂陈——唐心妍这个同事，只怕真不是简单的同事。

“谢谢。”唐心妍等他停稳车，便利落地打开车门下去。

“那我在这儿等你？”

“不用了，我一会儿帮同事取了车，直接开去绣院那边。”

“去绣院？那一会儿我喊了梦梦，咱们一起吃个晚饭呗？”

“晚上啊？”唐心妍歪着脑袋想了想，“恐怕不行，我今天还有事呢。”傅晋辰不知道什么时候来，她还得做好随时接他的准备。见程艺星的情绪有些低落，她有些不好意思道：“要不改天？”

“改天是哪天？”程艺星笑容里带着一丝兴味。

“要不，明天晚上吧。”

程艺星眼睛一亮，笑吟吟道：“好的，那明天我来定地方。”

“OK，拜拜。”

目送程艺星的车远去，唐心妍才掏出手机给傅晋辰打电话：“傅总，车我取好了，请问你什么时候到苏城？”

“我现在有点忙，回头再说。”傅晋辰匆忙挂了电话后，发了条消息来：“我在绣院订了房间，你可以先去那边。”

唐心妍手指飞快地给他回了条消息：“傅总，绣院到火车站大概四十五分钟的车程，你出发前，记得提早告诉我时间。”

“知道了。”

唐心妍看完傅晋辰的消息，小心翼翼地开着他的车直奔绣院。停稳车，她才发现自己紧张得手心都冒汗了，刚刚松口气，冯月盈脆甜的声音便清晰地传入耳内：“姐，真的是你呀？”

“你怎么在这儿？”

“给客户送样品来的。”冯月盈将包装袋朝她扬了扬，眨巴了下滴溜溜的黑眸，玩笑地问，“你呢？真跟傅总一起出差呀？”

唐心妍坦然道：“是的。”

“姐，你就别跟我装了！我知道你跟傅总的关系。”冯月盈说着故意朝她挤眉弄眼，调侃道，“开两个房间，你们钱多烧得慌啊？”

“盈盈，傅总他真是我老板。”

冯月盈笑容里带着玩味：“姐，原本我还担心你跟傅总节奏快，感情不牢固，现在知道你们是一个公司的，那我真是一点都不担心了。”说完笑着拍拍她的肩膀：“姐，近水楼台先得月，我看好你哦。”

“冯月盈，你到底要我解释多少遍，我跟傅晋辰，真的不是你想的那样！”唐心妍有点抓狂，“我跟你说，傅总跟我闺蜜的关系挺复杂的。你打趣我，其实我很尴尬，以后别开这种玩笑。”

“闺蜜？”冯月盈挠挠头，“苏曼茹吗？”见唐心妍点头，又问：“怎么复杂？”

“他们从小定了娃娃亲，前段时间两个人正式被安排相了亲，现在双方父母默认他们是未婚夫妻关系。”

“不复杂呀，我看你表述得清清楚楚的。”冯月盈笑着戳戳她，“不过表姐，你真心话是一句都没说。”

“什么意思？”

“在父母眼里他们是未婚夫妻关系，那他们两个自己是什么意思呢？”冯月盈一针见血道。

“傅总什么意思我不清楚，但好像挺依着曼曼的。”唐心妍认真地想了想，“曼曼虽然嘴里说对傅总没意思、没想法，但她表现得有点怪怪的。”

“怎么个怪法？”冯月盈八卦之心熊熊燃起。

“就是处处跟傅总作对，没事怼几句。”唐心妍认真地看着冯月盈说，“依我对曼曼的了解，我觉得，这是她故意吸引傅总的一种手段！”

“那他们彼此对眼咯？”

“可能吧。”唐心妍回得不太确定。要说对眼的话，既然父母都认可了，正正经经谈个恋爱不香么？可苏曼茹跟傅晋辰还真不算情侣，尤其苏曼茹还信誓旦旦跟她说自己跟傅晋辰绝对没戏。

“什么叫可能？是就是，不是就不是呗。”冯月盈对这个回答相当不满意，“姐，感情的世界里，没有‘可能’这种状况。”

“我又不是他们当事人，我哪里知道得那么清楚。”

“这种事有时候当事人糊涂，旁观者才清楚啊。”冯月盈挑眉看着她，调侃了句，“算了，你整不明白也正常，毕竟你也是当事人！”

“我当事人什么呀，你再胡说八道我真揍你。”

“姐，我没胡说。”在唐心妍凶狠的瞪视下，冯月盈依旧嬉皮笑脸，“姐，我知道这么说，你可能想揍我，但是作为你表妹——亲的，我这话还是必须得说。”她故意绕了一个圈：“姐，在我这个旁观者眼里，你跟你闺蜜好像同时对傅总产生了感情哦。”

“不是，我没有。”唐心妍矢口否认，“天地良心，我对傅总真没想法，更别说他跟曼曼是这种复杂的关系，我更不会去掺和。”深吸了一口气，她郑重表态：“反正我以后会跟傅晋辰保持距离，不会让曼曼有误会的。”

“姐，要说复杂的关系，你跟傅总在这绣院同吃同住的，早就说不清楚了好吧！”冯月盈撇撇嘴，“你现在跟他保持距离，不觉得晚了吗？”

“去你的。”唐心妍恼羞成怒地伸脚去踹她，“冯月盈，你是没带脑子？还是耳朵聋了？我刚跟你说的那些话，都是废话吗？我都说了，现在傅晋辰是苏曼茹名正言顺的未婚夫，我跟他以前没有任何关系，现在也没有，将来更不会有，

OK？”

“OK、OK！”冯月盈敷衍着比画了个手势，小声嘟囔了句，“姐，那我再问你最后一句，你跟傅晋辰之前的事，苏曼茹知道吗？”

“我跟曼曼讲过，我跟傅晋辰之前的事，其实都是误会。”这会儿她心里有点庆幸，跟傅晋辰亲密的事，她藏着没告诉苏曼茹，要不然以后苏曼茹跟傅晋辰在一起了，这始终是个绕不开的心结。

“你觉得她信吗？”

唐心妍的脸色僵了下：“应该信的吧。”脑海里瞬间想起苏曼茹那么紧张地带她去看医生，又那么巧地遇到傅晋辰。还有关于傅晋辰身体的隐私，苏曼茹那么激动跟紧张。这一瞬间，唐心妍感觉自己好像窥视到了真相。

冯月盈笑着拍拍唐心妍的肩膀：“姐，还别说，你们三个人的关系确实挺复杂的。”

“打住，这个话题到此为止，以后你也别提了行不？”她最烦的就是“三个人的关系”，反正只要遇上，她肯定是毫不犹豫地退出，对暗恋的程艺星如此，对没想法的傅晋辰更是如此。

“咱聊点正经事。”唐心妍转移了话题。

“啥呀？”

“你现在刺绣技术怎么样？”

“我啊？”冯月盈歪着脑袋认真想了想，“还好吧。”

“学了我妈几成？”唐心妍眼睛一亮，问得直接。

“两三成吧。”

“你怎么才学两三成？”唐心妍的眼神毫不遮掩地带着嫌弃。

冯月盈被噎了一下。“姐，这话你让我怎么回你？”她不服气地反驳，“姑妈绣了多少年了，她可是咱们绣乡第一批国家级艺术大师，我能学到两三成精髓，已经很不容易了好不？”

“你那八卦的劲头如果用来钻研绣技，起码能多学两成。”唐心妍随口损了句。

“切，你是站着说话不腰疼！”冯月盈干脆吐起苦水来，“姑姑教人有多严厉，你又不是不知道？先是劈线，她绣国礼那次，我帮她劈了整整两个月的线，后来看到丝线，我都习惯性地要劈几把才算过瘾！”她顿了顿，又吐槽起来：“还有细平绣，也是咱们从小就会的基本功是吧？她硬磨了我两年才准我绣别的……”

唐心妍当然知道，初学绣花，她是从“别梗”开始的。那时候花枝、树枝，她绣了无数，想绣别的，还得偷偷去姥姥的绷架上悄悄绣。等她熟练地绣出叶子、花瓣的时候，冯英英非但没有夸赞她，反而说她做事不踏实，并且说了一堆长篇大论，告诫她，做刺绣必须要脚踏实地。后来见她在姥姥绷架上绣的那些，基本功确实过关了，才开始教她平针以外的套针、戗针等针法。冯英英对唐心妍的严厉教导，那真是一把血泪史。如果不是被冯英英的高要求、高目标逼得走投无路，唐心妍也不会毅然决然地离家多年，更不会深恶痛绝地远离苏绣这行当……

冯月盈见状，试探着问："姐，你是不是知道你妈准备收程艺星做徒弟了，你才关心地问我的情况？"

"我妈准备收程艺星做徒弟？"

冯月盈笑着将她因惊诧而张大的嘴巴轻轻地推上："姐，看你的样子，像是真不知道啊！"

"真不知道！"唐心妍连连摇头，"怎么回事，你跟我说说呢！"

冯月盈抱怨了句："怎么回事？还不是因为你。"

"我？"

"姑妈绣技好，但她一心想栽培你继承衣钵，所以一直不肯收徒弟。哪怕是我，也只是跟着她学，而没有正式拜师。"冯月盈踌躇了下，"可你们上次吵过后，她见你实在不肯回来，估计就真对你死心了。"

"哦。"唐心妍心里不是滋味地应了声。

"程艺星那边又是自己上，又是托人去，诚意满满地找了姑妈好多次。姑妈先前也是婉拒的，不过前两天松口接了拜师帖，等程艺星准备好拜师宴，就正式收为徒弟。"冯月盈见她神色低落，干脆前因后果都说了。

"那程艺星的绣技是不是很好呀？"先前知道程艺星回来学刺绣，唐心妍只是惊讶。但是能被母亲看得上，并且肯收作徒，那么他学刺绣不但是认真的，且天赋肯定不错。

"挺好的。"冯月盈中肯道，"最近乡里的全能技手比赛中，他拿了一等奖。也是咱们乡里这次备战的百花绣艺展得奖的热门选手之一。”

“这么厉害！”

“可不！”冯月盈跟着赞叹，“原来几乎没有男人做刺绣，就算有，也会被人歧视说‘娘气’啥的。他程艺星倒好，一上台，绣郎成了别具一格的风景线，别说评委觉得稀罕，就是我们都觉得不可思议，原本就95分的绣艺，图个新鲜，我也得给他凑个100分。”说到这里，她又感慨了句：“没办法，谁让绣郎是‘稀缺动物’啊！”

“酸！”唐心妍捂着嘴笑，“我看你‘羡慕嫉妒恨’哪！”

“羡慕、嫉妒我是肯定有的，这恨嘛，还真没有。”冯月盈正色说，“我得感谢他。他一入门，姑妈肯定就盯着他磨绣技，那我就可以好好松口气了。”

“盈盈，你会不会不开心？”唐心妍担忧地问。

“我为什么不开心？”冯月盈见她表情凝重，挠挠脑袋，“哎哟，我是不是忘记说了，程艺星拜师宴后，我也有拜师宴？”不等唐心妍发问，她倒是主动说起来：“我要去刺绣研究所拜人物绣的顾大师为师。”

“刺绣研究所？”唐心妍的秀眉微蹙，思绪纷飞，当年冯英英的计划里便有送她去那里学习这一环节。

“对，刺绣研究所。”冯月盈神情尽是骄傲，“姐，你肯定是知道这地方的，咱们绣乡现在好几个大师，都是在那边拜师学艺进修的。”

“嗯，那机会不错，你可一定要好好学习。”唐心妍鼓励。

“学习不学习的倒是无所谓，我就想换个环境。”冯月盈抬脸不动声色地看了眼唐心妍，“姑妈这个人呢，什么都好，就是对绣技太较真了，对自己要求严格，对跟着学的人也严格。”见唐心妍认同地点头，冯月盈就继续说下去：“我呢，你也知道，半吊子水平，当初愿意回来学刺绣，是因为我学校里成绩实在太烂了，有门手艺总不至于饿死。”她长长叹了口气：“可现在我的想法变了。有门手艺固然好，而苏绣市场现在机会也特别多，我想长长见识，看看是不是有别的路可以走。”

第八章：友情之上，恋人未满

傅晋辰打电话告知她——他出发了。

唐心妍交代了声："盈盈，我要去火车站接傅总，咱们回头再联系。"

去火车站的时候，有段路在修，唐心妍绕开了，结果一绕直接绕上了高速，跟鬼打墙似的，她绕来绕去地绕了好久，等开出高速的时候，傅晋辰已经催了两个电话了，口气相当不耐烦："唐心妍，你什么情况？我在火车站出口等了你十分钟了！"

"傅总，对不起，我开错路了，现在在往火车站赶呢！"唐心妍连连道歉，"您先找个地方坐坐，我到了联系你。"

"赶紧的。"

唐心妍忙中出乱，刚出高速就不小心追了前车的车尾。看到那车标，唐心妍惊慌失措地道歉："对不起，我不是故意的。"

车主是位二十出头的小伙子，莫名有种挺眼熟的感觉。

他从车窗里微微探出头来，皱眉看了一眼唐心妍："报警吧。"

唐心妍瞄了一眼傅晋辰的车头，两道杠子不算太明显，重新刷一下漆就可以了，再看看对方的车尾，犹豫了下开口："先生，我现在有急事要处理，报警太麻烦了，我们私了吧。"

"你确定？"对方挑了下眉，口气听起来挺好说话的样子。

唐心妍的心腾地激动了下，看看那车标，又看看眼前西装革履的年轻男子，艰难地吞咽了下口水，不敢打肿脸充胖子，谨慎地问了句："要不，您先大概给我估个价？"

"算了，你走吧。"那男子踌躇了下，摆摆手，"不用你赔了。"

"什么？"唐心妍倒是愣了，"先生，你是在开玩笑吗？"不等他出声，她自己倒是脑补上了："你现在让我走，也不谈赔偿，该不会准备回头讹我吧？"

那人张了张嘴，眸光扫了一眼唐心妍。

唐心妍这会儿"智商上线"，喋喋不休道："先生，我看您气质非凡，车也豪气，做讹人这种事有点掉身价吧？"她挑眉干脆道："我不占你便宜，我们报警处理。"

那人皱眉看着唐心妍："事后讹人？你想多了吧！"接着冷哼一声："我既然开得起这车，就不差你赔的那几个修车钱。"

唐心妍一想也对，人家刚刚就说算了让她走，是她自己在这儿脑补。唐心妍懊恼地捶了捶脑袋，忙摆出恭敬的态度，朝他鞠躬赔礼："先生，是我不好，我想岔了，我给您赔礼道歉。"

"我看你这态度是非要给我赔钱，不拿的话你倒是不踏实。"那男人朝唐心妍伸出手，"那就拿个一千块吧。"

一千块修他的那个车尾，真的一点都不多。

唐心妍甚至肯定，多加一个零，都不一定够。但想着他说不差这修车钱，她心里便清楚，他是有心放自己一马，顿时感激得不行："好的，先生。"

"拿钱来呀。"那人催了声。

唐心妍赶紧赔笑，解释："先生，是这样的，我现在身上没那么多现金，要不你给我一个银行账号，我一会儿给您打过去好吗？"

"一千块现金都没有啊？"

唐心妍一听这话，顿时羞愤得无地自容。今天来苏城太匆忙了，她根本没来得及取钱。

"那你身上有多少？"男人再次退步。

"大概还有七八百吧。"唐心妍不太确定地回。

"行吧，你就给我拿个五百，这事算了。"那人干脆道。

"这合适吗？"长这么大，遇到的好人不少，但像今天这么好说话的好人，简直闻所未闻，唐心妍神色复杂地看着他。

"你不是赶时间吗？赶紧的。"那人也焦急，"我也赶时间。"

“好吧。”唐心妍忙在钱包里掏了掏，还有八百块，一股脑往他手里塞去，“这里有八百，还差两百，你给我留个手机号吧，我……”

“不用了。”那人快速关上车窗，然后调了个头，重新上了高速。

“这人怎么感觉怪怪的！”唐心妍自言自语了句。傅晋辰的电话又催了过来，她忙硬着头皮哄：“傅总，我到了，我在找地方停车呢，您再稍微等我会儿。”

还好离火车站确实不远了。唐心妍急吼吼地停好车，按照傅晋辰给的地址匆忙跑过去，在 KFC 找到坐得不耐烦的傅晋辰，忙识趣地道歉加解释：“傅总，不好意思，这个地方停车太难了……”

“走吧。”傅晋辰皱眉起身，打断她。

“傅总，那个行李我来拿吧。”唐心妍眼尖地看到他的行李箱，忙主动伸手去提。

“不用了。”傅晋辰快一步提起，唐心妍的手便抓到了他手上。温热的触感，让唐心妍像触电似的松开，讪讪道：“对不起。”

傅晋辰默不作声地看了她一眼：“走了。”

唐心妍愣愣地跟着他走了几步，意识到方向错了，忙叫住他：“傅总，你走反了。”

“那你带路呀。”

“这边。”唐心妍忙低着头引路，心里却矛盾挣扎着。刚才撞车的事，要不要跟傅晋辰坦白？话到嘴边，她又㞞了。

这刚修好的车，又被她给祸祸了，别说傅晋辰要生气，就是她自己都被自己蠢哭了。

“傅总，请。”唐心妍开了车门，伺候他上车。

傅晋辰觉得她今天殷勤得有点怪怪的。

唐心妍决定坦白从宽，从后视镜里偷瞄了一眼傅晋辰，“咳咳”清了清嗓子道：“傅总，对不起，我刚才来接你的路上，把你的车不小心擦了！”

“单车事故还是跟别人擦的？”傅晋辰问得认真。

“我追尾了。”唐心妍摸不准傅晋辰的态度，老老实实交代完又补充了句，“擦得不是很厉害，就是两条杠。”

“报警了吗？”

“没有。”

“你又肇事逃逸了？”傅晋辰的俊脸一下黑了，“唐心妍，你多大的人了，你做点事怎么这么没脑子？肇事了能逃逸吗？你能逃到哪里去？”

“不是，傅总我……”

“你别说了，马上报警。”

“不是，傅总你听我说，我们没报警，私了了。”唐心妍见他误会了，忙解释，“我们都赶时间，我赔了他钱。”说到这儿，她转脸对上傅晋辰幽暗的眸子，小声道：“就是你这车，可能这次拿不了，我帮你再送回4S店重新喷一下漆。”

傅晋辰没有吭声。

唐心妍心里有点打鼓，忐忑道：“傅总，我真的挺不好意思的，但是事情发生都发生了，我也只能说——对不起。”咬了下唇，等了会儿，她不安道："这是杀是剐的，您倒是给句痛快话呀！"

"先开车吧。"傅晋辰波澜不惊道。

"不是，傅总，您这不表态，我不敢开了。"唐心妍开得实在战战兢兢，她干脆熄了火。

"你让我表什么态？"傅晋辰不答反问。

"就是……"唐心妍捏自己手，踌躇道，"你想让我赔你多少？"英雄也会气短，比如囊中羞涩的这种时候。

傅晋辰挑了下眉，轻笑了声："我差你这几个修车钱吗？赶紧开车吧。"

这一笑，风华绝代，又平添了几分平易近人。

"傅总，您这意思是，不需要我赔偿了？"

"你这么想赔的话，我是不介意的。"

"不，傅总，我不想赔。"唐心妍快言快语，意识到自己这样说挺不合适，讪讪地赔着笑，"傅总，我的意思是我会赔偿您修车钱，但其他的折损费什么的，咱们都这么熟了，谈钱伤感情，就算了吧……"她越说越觉得没什么底气，后来干脆就不说了。

傅晋辰皱眉，隐忍着不耐烦："说完了？"见唐心妍点头，他淡淡道："好好把这单活干完，赔不赔的，算了。"

"傅总，一码归一码。我不是唱衰咱们，这单活，不一定能成！"唐心妍给傅晋辰打预防针，趁着他这会儿心情不错，想试试商量下拿程艺星的作品来替代冯英英的。

"唐心妍，今天我把话撂这儿，这单活，必须成。"傅晋辰的眼神凌厉起来，“我不管你用什么办法，一定得给我谈成了。”这是他接手公司谈的第一个大项目，对他而言意义重大，当然对公司而言，也是开启软装设计这一全新领域的好时机。

“我妈那个臭脾气，你也见识过。我觉得，我们其实可以试试别的路子。”

“你倒是说来听听。”

“傅总，我们能不能探一下肖总他们的口风呀？”唐心妍心里是打定主意想替换为程艺星的作品，嘴上卖着乖，“我们能不能拿另外一个绣郎的作品给肖总他们看看，让他们再有个对比的选择？”

“这个你就别想了，肖总他们不会考虑的。”

“傅总，一般人的作品肖总是不入眼，也不考虑，但这个程艺星的不一样。”唐心妍据理力争，“首先，他的东西我看过，绣得非常有特色。其次，他也拿了不少奖，是颗冉冉升起的星星，收藏他的作品，肯定货超所值。最后，他是冯英英大师即将入门的徒弟。”说到这儿，她偷瞄了两眼傅晋辰的表情，一鼓作气：“我们如果选择跟他合作的话，不是也借上了冯英英大师的名头吗？”既可以不用面对冯英英，又能借她的名头，唐心妍瞬间觉得自己机智得不行。

“唐心妍，如果程艺星的作品这么好，那你一开始为什么不拿他的做样品呢？”傅晋辰声音带着冷意。

“我原先不是不知道嘛！”唐心妍表情有些委屈，见傅晋辰沉默，她壮着胆子开口，“傅总，趁着现在还没下订单，我们问一问肖总那边，万一他瞧着更合心意了呢？”接着又尽可能轻描淡写：“我们也就是多句嘴的事，就说找冯大师谈的时候，突然发现了更好更适合的绣品，”

“唐心妍，你知道我们公司合作的原则是什么吗？”傅晋辰那双漆黑的眸子认真地看着她，“真诚跟信用。”

“傅总，我没有不真诚，也没有不讲信用，我就是……”

“你就是觉得给客户多一次选择的机会不算什么大事对吧？”傅晋辰打断唐心妍，并且将她的心里话说了出来，“甚至可能会觉得，这个选择更好，毕竟免除了你私下的麻烦。”

唐心妍撇撇嘴，没吭声。

“唐心妍，见异思迁、心思活络对甲方来说，那就是不靠谱。”傅晋辰的口气带着严厉，“因为你个人的原因，让合作方觉得我们公司不靠谱的话，这损失你觉得你承担得起吗？”

“傅总，我知道你说的都对，但这不是特殊情况吗？”

“什么特殊情况？”傅晋辰的神色不耐烦起来，“就因为冯英英是你妈，你就觉得自己得被特殊对待吗？”

细品这话相当不对味。“傅晋辰，你明知道我不是这个意思。”唐心妍听出他话里的嘲讽，气鼓鼓地回头瞪了他一眼。

“那你是什么意思？”

“我没什么意思。”

不快的僵局，这氛围让人心头发怵。唐心妍咬唇忍了又忍，还是没忍住沉默：“傅总，您去哪儿？”

“绣乡。”傅晋辰又随口说了个饭店的名字。

唐心妍想了想，就是冯月盈曾带她去吃饭的地方，斟酌再三，她开口问："傅总，您这次来，是跟我一起去找冯大师谈合作的吗？"

"不是。"傅晋辰随口诌了句，"我另外有事。"

"哦。"

"不过，顺便也监督下你，看你办事卖不卖力。"傅晋辰话锋一转，还是绕了回来。

唐心妍无语地对着后视镜赏了个白眼给他，朝绣乡的农家乐直奔而去。

"傅总，到了。"唐心妍停稳车，见傅晋辰没有动静，小声提醒了句。

傅晋辰回神，推开车门的时候不忘叫了句："一起下去吧。"

唐心妍脸色微变，知道拒绝不了，只能目不斜视地跟在傅晋辰身后，脸色明明白白地挂着——我很不情愿。

"傅总，姐，你们来了？"冯月盈笑着在门口迎接，热络地勾上她的手，咬着她的耳朵问，"什么情况呀，跟傅总吵架了？"

"没有。"唐心妍矢口否认。

冯月盈瞥她一眼："姐，男人在外人面前总是要面子的。你跟傅总吵架了不可怕，回头记得给他个台阶下就行，反正咱们小女子能屈能伸是吧？"

"没吵架，我身体有点不舒服。"

"那你自己当心点。"

唐心妍刚坐下，莫凌天端着酒壶开始挨个倒酒了。

“哥，我不喝酒，我喝个养乐多吧。”陈实羽挡住酒杯，笑着拒绝。

“你喝养乐多，谁陪傅总喝酒呀？”莫凌天瞪了他一眼。

“表姐呗，表姐酒量好。”陈实羽毫不犹豫地朝唐心妍伸手一指，然后开始卖惨，“哥，我前几天感冒发烧，吃了头孢呢。”

“那表姐，您喝点啥？”莫凌天走过来，冲她灿烂一笑，“白的还是红的？”

唐心妍神色犹豫地看向傅晋辰，见他杯子里倒了白酒，便硬着头皮说：“稍微来点白的吧。”

“好嘞。”莫凌天笑着给她倒满，“表姐，一会儿喝完了，我再给你加。”

唐心妍僵硬地挤了抹笑，“谢谢”还没出口，只见傅晋辰修长洁白的手臂朝她伸过来，端走了她面前的白酒：“给她换热饮吧。”

“表姐不喝酒？”莫凌天愣了下。冯月盈反应快：“姐，你要喝什么热饮？这里红枣山药汁很好喝。”

“那就红枣山药汁吧。”傅晋辰见唐心妍没吭声，做主点了。

“傅总，那上热菜了？”点完饮料，莫凌天便让上菜。

“傅总，你现在跟我姐在一个公司呀？”冯月盈自来熟地聊着，不等他回答，干脆道，“我看你们一起来出差，真是羡慕你们。”傅晋辰这扎壶热饮，莫凌天、陈实羽是看不出什么名堂，可冯月盈心里门清。这可不是普通的热饮，是一份细致的关怀跟体贴。那么这样看来，傅晋辰对唐心妍的感情，只怕别有深意，所以冯月盈忍不住开始试探。

“有什么好羡慕的？”唐心妍清脆地插话，瞪了一眼冯月盈，警告她别乱说话，“傅总办什么事我不清楚，我是来办苦差事的。”

“苦差事？”冯月盈挑眉，“什么苦差事？说来听听？”

“就是，说说看，我们能不能帮得上忙？”陈实羽殷勤地开口。

“帮不了。”“或许能帮。”唐心妍跟傅晋辰同时甩出截然相反的回答，相互对视了一眼，唐心妍识趣地低下头。

“姐说帮不了，傅总说能帮，那到底是什么事呀？”冯月盈好奇地问。

傅晋辰不紧不慢地出声：“唐心妍这次过来，是想跟冯英英冯大师谈点合作”

“冯……冯……冯英英？冯大师？”冯月盈结结巴巴，激动得菜都撒了，“就是我想的那个冯大师吗？”她视线看向唐心妍，不敢置信道：“姐？”

“就是你想的那个冯大师。”

“你们想跟她谈合作？”冯月盈惊诧到合不拢嘴。

“是她找冯英英大师谈。”傅晋辰神色淡然地指了指唐心妍，“公司的项目是她主管、负责的。”

这锅甩得那叫利索，这下唐心妍垂死挣扎都不想了。

“姐，你这是多想不开啊！”冯月盈快言快语，然后意识到傅晋辰是唐心妍的老板，立马解释，“傅总，冯大师这个人呢，我还算是有点了解的。你们公司这个项目呢，如果是我姐去谈，肯定不成。”

上次傅晋辰跟唐心妍在姥姥葬礼上假扮情侣，本来傅晋辰当场承认是“男朋友”，把事情应对过去了。都怪那个该死的林娘，后来特意找出了跟温总他们的短信证明自己没有瞎说八道，傅晋辰跟唐心妍就是假的。

冯英英当时就气得脸黑了。现在傅晋辰也好，唐心妍也罢，都在冯英英的黑名单本本上记着呢，别说合作，就是见，冯英英都不会见他们。

冯月盈又善意道：“其实咱们绣乡这边有名有姓的大师挺多的，除了冯大师，你们有没有考虑别人？”生怕他们误会自己有挖墙脚的嫌疑，冯月盈又解释了句：“冯大师是好，但其他大师也挺好的。如果是唐心妍去谈的话，只要不是冯大师，她都可以轻易谈成功。”

“我们只谈冯英英大师，其他人不考虑。”傅晋辰回得斩钉截铁。

“可冯大师……”冯月盈撇撇嘴，“难搞呀。”

“不管怎么样，我们都是要试试的。”傅晋辰挑了下剑眉，“我相信，事在人为。”说完还赞了句唐心妍：“我相信她一定能成的。”

“很乐观啊。”冯月盈直言。

“冯小姐，求支招。”傅晋辰忙接话。

“要么死马当活马医。”冯月盈快言快语道，“后天是程艺星的拜师宴，中午有个仪式，请了业内不少大师来见证。她买点礼物回去，服个软，哄哄她，她气消了的话，那什么合作都好谈了。”

当着那么多外人的面，唐心妍去服软的话，给足冯英英面子了，母亲于情于理应该不会太为难女儿。母女两个就有个缓和关系的台阶了。只要把关系缓和好，那后面的合作就有的谈了。

唐心妍没有吭声。服软这件事她想做的话，早做了，现在真是拉不下这张脸，尤其当着那么多业内大师的面。她这一软，往后可能再也硬不起来了。

“万一她不消气呢？”傅晋辰多嘴问了句。

冯英英大师的脾气确实很硬，当着那么多人的面，万一不给面子，那事情就更僵了！傅晋辰脑海里浮现出唐心妍在医院下跪的那幕，还有在姥姥墓碑前被按着磕头的狼狈姿态……

“那你们就别想合作了，真的。”

“冯小姐有没有办法让冯大师在拜师宴前，见见她？”傅晋辰伸手指了指唐心妍，口气平和道，“让她提前去服软，道歉……”

唐心妍果断拒绝：“我不去。”

“由不得你。”傅晋辰的神色淡淡的，“你如果想承担违约损失，进入业界黑名单的话，你尽管跟我杠。”

唐心妍瞬间气短：“我去，我去还不成吗？”

冯月盈看得目瞪口呆。问世间，情为何物，真是一物降一物。唐心妍现在这模样，真是被傅晋辰吃得死死的。

傅晋辰转过脸，恢复一贯的温文尔雅："冯小姐，不知道你这边能不能安排上呢？"

"我不敢打包票说能，但我尽量好吧？"冯月盈表情少见地严肃，还解释了句，"傅总，您是不知道，最近也不知道冯大师怎么回事，脾气变得有点古怪，不太爱见人，尤其客户。"说完，偷偷瞅了眼唐心妍，见她竖着耳朵听得认真，干脆又多说了几句："能推的客户都推了，实在推不了的，她就算见了，也都不接绣活，客客气气把人送走。"

"不接绣活？"陈实羽忍不住插话，"她好端端的绣庄，养那么多绣娘，不接绣活，什么意思呀？"

"我怎么知道？"冯月盈耸耸肩，"冯大师不但不接绣活，而且绣庄里还减了不少人。要不是她要收程艺星，我都差点怀疑她不想做这行了。"

"她不想做这行？"唐心妍挑眉浅笑，像是听了个天大的笑话一般，"盈盈，你越说越夸张了，就算全世界的人都不想做绣娘了，她肯定是唯一坚持的那个。"

"我说的是不想做绣庄。"

"不会的，她把绣庄看得比自己命还重要。"唐心妍调侃了她一句，"你就放心吧，你不会失业的。"

"姐，这不是失业不失业的问题，我跟你说正经的呢。"冯月盈立刻争辩，"她最近这状态是真的不太对劲。"

"那会不会是因为她身体不好呀？"陈实羽跟着瞎猜测。

唐心妍的表情微变，想起上次气得她进医院的事，瞬间愧疚起来。

“不可能，我姑妈那身体，健壮如牛。”冯月盈神色不快地瞪了他一眼。冯英英被唐心妍气得进医院的事，在冯家是被下了封口令的，谁都不许提半个字。生怕陈实羽还要说，冯月盈干脆警告他：“陈实羽，我警告你啊，你可别乱说话。”

陈实羽是个实心眼的，他较真地回了句：“怎么不可能？最近我陪我爷爷去过几次医院，好像碰见冯大师的频率还蛮高的。”说到这里，他挑挑眉：“我告诉你，不开玩笑，我爷爷看的那位中医专家是肿瘤科的。冯月盈，你可是亲外甥女，你就长点心吧。”

唐心妍的脸色唰的一下惨白。冯英英心脏不太好，自己不去气她，一般没什么大事。可是如果是肿瘤的话，那……唐心妍完全不敢想象了，她嘴唇颤抖着问陈实羽：“你……说的是真的？”

陈实羽被她的神色吓了一跳：“我说的是真的呀，我真遇到她好几次了。”

“你才身体欠佳。”冯月盈没好气地怼陈实羽。

“冯月盈，你这过分了啊！”

“陈实羽，冯大师是表姐的亲妈。”莫凌天打断陈实羽，朝他丢了个眼神过去。

陈实羽呆住，立马改口道：“唐小姐，其实那个专家也看消化调理的。我觉着吧，冯大师可能就是看个胃不舒服什么的，也不一定是那什么的……”

“你闭嘴。”冯月盈恼怒地打断他，“不会说话，你就别说话了。”她转脸关切地安抚唐心妍：“姐，你没事吧？”

“我身体有点不舒服。”唐心妍看向傅晋辰，口气虚弱道，“傅总，我能不能先回去？”

“一起回吧。”傅晋辰转脸对莫凌天道，“今天就这样吧，回头再聊。”

上了车，傅晋辰生硬地安慰她：“你妈应该没事，上次见她，气色挺好的。”

唐心妍闷闷地说：“她是挺好的，不过我后来把她气得抬进医院了。”

傅晋辰也不知道该说什么了。

“傅总，我不想回来，一怕谈不拢，二其实更怕谈崩，刺激她。”唐心妍神色恍惚，“我都竭力不想去惹她生气了，可我就是长了张她见了就生气的脸，我能怎么办？”

“你别这样想，你跟冯大师之间说到底，就是有误会没解除。”傅晋辰淡淡道，“只要解除误会，就没事了。”

“傅总，我跟我妈的误会，只怕解除不了了。”唐心妍悲观道，“她现在已经彻底放弃我了。”

“那你放弃她了吗？”傅晋辰不动声色地反问。

“我放不放弃，好像不重要。”唐心妍自嘲地笑笑，“因为结局已经摆在那儿了。”

“结局？什么结局？”傅晋辰不认同地反驳，“你妈不认你？”不等唐心妍开口，他干脆道：“她是你妈，生你养你的人，就算她不认你，你们的关系谁都取代不了。”

“傅总，对不起，项目的事，我真的不知道该怎么推进了……”唐心妍重重叹口气，“我想先捋一捋跟我妈的关系。”

“你确实需要好好捋捋。”傅晋辰淡淡道，“但是切记，不能因为你一个人捋关系而耽误整个公司项目进度。你说我黑心也好，但做事前，多想想，公司里每一个人都是不容易的。”

“我知道了。”唐心妍沉闷地应道。生活不易，谁都不容易，她懂。

傅晋辰一路沉默地开回酒店，各回各屋。

唐心妍脑海里越想越怕，忍不住给程艺星打电话，想问问他是不是知道冯英英身体情况。电话一接通，她还没开口说话，电话那头刘梦琦娇柔的声音便传了出来：

“妍妍？你找阿艺吗？”

“我想找他问点事。”

“阿艺现在不在家，他去酒吧了。”刘梦琦报了个地方，“你要去找他吗？我们一起呀。”

“我不去了。”唐心妍摇摇头留了句话，“梦梦，等他回来了，你告诉他一声，我找他。”

“好的。”刘梦琦口气轻快地挂了电话，下一秒脸色阴翳起来。

唐心妍等到晚上十点多，终于等到了程艺星的回电。震耳欲聋的音乐声响中，他略带醉意的声音传了过来：“妍妍，你找我有事？”

“嗯。”话到嘴边，唐心妍却又不知道该怎么开口了。

“什么事？”程艺星问。

唐心妍突然觉得自己有点可笑，自己母亲身体的好坏，她竟然要拐弯抹角地去向别人打听，看来要上点心的不是冯月盈，而是她。稳了稳心神，她强装若无其事道："其实也没什么事，我听盈盈说，你要拜我妈为师，有点意外。"顿了顿又道："这么大的事，你怎么都没跟我说呀？"

"我是很想跟你说，但又不知道该怎么开口。"程艺星的口气带着不安，"妍妍，我不是故意要瞒着你的。"

"我妈最近好吗？"

"你妈最近挺好的呀。"程艺星认真地想了想，"倒是你，你跟你妈这气要怄到什么时候才结束呀？"他语重心长道："就算你不喜欢苏绣，不想回绣乡，那你也得跟冯阿姨把话说清楚，沟通好。你这一生气就直接往外跑，清净是清净了，但你跟冯阿姨之间的隔阂却越来越深。"

唐心妍没吭声。

"妍妍，你想过没有，冯阿姨也不年轻了，心脏也不太好，不说要让你在跟前端茶倒水地伺候着，但至少，也不能在头疼脑热生病的时候，你连个影子都找不见吧？"

唐心妍试着解释："星星，我知道，我不孝。我也想跟她好好沟通的，可她根本不听。"她吸了吸鼻子，努力将鼻尖的酸涩吞咽回去："星星，我都不知道该怎么办。"

"如果你真想跟她沟通，但冯阿姨不听的话，回头我找机会帮你们说说，把心结早点解开。"

"谢谢。"唐心妍跟着叹口气，听见刘梦琦在电话那头喊程艺星，便识趣道，"星星，回头再聊吧。"挂了电话，她心里越想越烦闷，干脆从冰箱里抱出几瓶酒，直接去敲傅晋辰的门。

门打开，裹着酒店浴袍的傅晋辰边擦着湿漉漉的头发，边神色平静地问她：“怎么了？”

傅晋辰站在唐心妍跟前，不但身高对她有压迫感，而且他胸膛袒露着，让她窘迫得面红耳赤起来。唐心妍别扭地转过脸，结结巴巴道：“没……没事。”

“没事你拿这么多酒来敲我门做什么？”傅晋辰的眼神依旧平静。

“其实真不算事，我就想问你要不要一块儿出去赏月。”说到这儿，唐心妍干脆硬着头皮继续邀约，“顺便喝点小酒。”

“赏月？”傅晋辰朝外面黑漆漆的院子扫了一眼，“今天是初一还是十五？”

“你要不高兴就算了，当我没来过。”唐心妍神色不耐烦地转身就走，暗自懊恼，真是昏头了，明明要跟他保持距离的，竟约他喝闷酒。

傅晋辰挑了挑眉，没有接话，目送她去院子里坐下，见她冻得哆嗦，不由得撇撇嘴，果断地将房门摔上，实在不想看她发蠢。

月朗星稀，院子里空空旷旷的，夹着凉意的风吹得唐心妍一个激灵。她将酒放在桌子上，拢拢双臂，连续几个深呼吸，稳住心神，然后抬手将桌上的酒全启了，仰着脖子咕咚咕咚一口气喝光了一瓶酒，咂咂嘴，味道还不错；又拿了一瓶……喝闷酒的速度是非常快的，等她脑袋开始发沉的时候，桌子上已经倒了好几个空瓶子了。

唐心妍甩甩这个，摇摇那个，抓了好几个空瓶子，嘟着嘴："怎么都喝没了呀？"她干脆拿着酒瓶子当话筒，唱起歌来："其实不想走，其实我想留，留下来陪你每个春夏秋冬。你要相信我，再不用多久，我要你和我今生一起度过……"

傅晋辰躺在床上，房间内很静谧，所以屋外的声音清晰地传到他耳朵内。他刚勾起嘴角轻笑，下一秒屋外便传来唐心妍的呐喊："死了都要爱，不淋漓尽致不痛快。感情多深……"

傅晋辰不由得挑了挑剑眉，重重地吸了口气——不跟酒鬼计较，忍。

等唐心妍唱第三首歌的时候，傅晋辰真是忍无可忍了，冷着脸大步走过去，听见她撕心裂肺地吼着："呀啦索，那就是青藏高原——"他忍无可忍地暴喝："唐心妍，你要闹到什么时候！"

"我没闹啊。"唐心妍笑得憨厚，"我就想唱唱歌，发泄一下心里郁闷的情绪罢了。"她打了个酒嗝，问："我不会是吵到你了吧？"

"你说呢！"傅晋辰几乎是咬牙切齿，"唐心妍，你别给我耍酒疯，不然我把你丢林子里去。"

唐心妍被唬住："你好凶哦。"

"那你还不快回房！"

"好吧。"唐心妍心不甘情不愿地嘟着嘴往自己房间走。"嘶啦"声响起的同时，一条蛇飞快地从草丛里窜过，傅晋辰眼疾手快地一把猛地拽回唐心妍："别动。"毫无防备的她就直接跌入傅晋辰的怀里，下意识开始挣扎："你干吗？松开我！"

傅晋辰按着她，神色戒备地盯着草丛，还好蛇已经窜过去了，就没声响了。可怀里这个醉鬼实在太不安分了，傅晋辰的神色陡然一紧，用力按住唐心妍，哑着声音道："你别乱动。"

拉扯间，唐心妍酒好像清醒了那么一丢丢，理直气壮地瞪他："傅晋辰，就算你是我老板，你也不能明目张胆欺负我。"

傅晋辰立马触电似的松开手："对你，我真没兴趣。"

"没兴趣你还抱我，你真渣！"唐心妍狠狠地朝他脚面上踩了一脚，疼得他直哼哼。

"我想起来一件事，那个你约去酒店的姑娘，你明明忽悠她，说我是你女朋友。你就是玩了人家不想负责是吧？"唐心妍也不知道怎么就突然想起罗嘉雯了。

"你胡说八道什么呢！"傅晋辰的俊眉快拧成麻花了，口气无辜道，"我什么时候约人家了？"见唐心妍要走，他猛地一把拽住她："你别借着装醉污蔑我清白。"

"我污蔑你清白？我呸！"唐心妍提醒他，"我们在公司第一次见的时候，你不是让她在酒店等你吗！"说到这，她又愤愤不平了："我好像记得，你还说过，她是你朋友的妹妹。傅晋辰啊傅晋辰，兔子还不吃窝边草呢，你怎么尽挑熟……"

傅晋辰忍不住打断她：“我让她去酒店等我——配菜，OK？”

“配菜？”唐心妍愣住，“配什么菜？”

“她姐办酒席的菜。”

唐心妍点点头：“那好吧，我就不告诉曼曼了。”说完乖乖地转身往房间走去，留傅晋辰一个人在风中凌乱。

“嘶啦”声响起的同时，那条草丛里的蛇再次窜了出来。

“啊——”唐心妍吓得花容失色，转身整个人像八爪鱼似的往傅晋辰身上一跳，吓得瑟瑟发抖，“蛇，有蛇啊……”

“我看到了。”傅晋辰的声音很平静，眼神也淡定，“唐心妍，虽然我是你老板，但我说了，对你没兴趣。所以你这样投怀送抱的行为，对我造成了很大的骚扰。”这一板一眼的话，句句针对唐心妍刚刚那句“欺负我”：“你刚才说我渣对吧？你不是比我更渣！”

渣也不松手。

“松手。”

“我不。”唐心妍颤颤巍巍道，“傅总，我腿软，我根本走不了……”

傅晋辰蹙眉看着她哆哆嗦嗦、面色被吓得雪白的样子，眼神鄙夷道：“你刚才不是挺能耐么？现在就一条小蛇，你至于么！你这样抱着我，像什么样子？”

唐心妍的俏脸唰的一下爆红，硬着头皮松开他，哆哆嗦嗦道：“对……对不起啊。”见傅晋辰面色冷淡，她又讪讪道：“这件事，你放心吧，我不会告诉曼曼的。”

“你以为我怕她吗？”傅晋辰高傲地回答。

唐心妍怔住：“这好像也不是怕不怕的问题，主要我怕她会误会……”

“她误会什么？”傅晋辰黝黯的眼眸不解地看着她，“这跟苏曼茹有什么关系？”

第九章：你放心，我都懂

“虽然看着你跟曼曼的关系有点那什么，但我都懂。”唐心妍一副“我懂”的姿态，快言快语道，“曼曼现在对你表现得没什么意思，但我相信，只要你有足够的诚意，你迟早会打动她的。”说到这儿，她又殷勤地毛遂自荐：“傅总，你放心好了，我是绝对站在你这一边的，以后有啥需要我帮忙的地方，你尽管吩咐。”

她说了一堆话，听得傅晋辰眉头直皱：“你说什么？”他又不可思议地反问：“我对苏曼茹有意思？”

“傅总，单恋不可耻，你放心，我不会嘲笑你的！”

见唐心妍说得无比虔诚，傅晋辰冷笑了声：“唐心妍，你瞎吗？你哪只眼睛看到我对苏曼茹有意思的？”

唐心妍踌躇着伸手指了指自己的眼睛：“两只。”见傅晋辰眼神凌厉地瞪着自己，她吞咽了下口水道："就是你帮我改设计稿那天，我不小心听到了你们的谈话，你说，她对你不好，你就欺负我来膈应她。"说到这里，她被蛇吓得惊慌失措的神色也逐渐恢复平和："傅总，其实有句话，我想说很久了，但一直憋着不太好意思说——你如果对曼曼有意思，真不能跟她逆着来。我跟你交个底吧，曼曼她一向吃软不吃硬，或许卖惨更容易接近她……"

"闭嘴。"

"傅总，就算被我戳穿心事，你也别恼羞成怒嘛，我是真心想帮你出主意来着。曼曼其实对你也是有感觉的，你别想着欺负我来膈应她，你就加足马力直接去追她嘛……"

"我让你闭嘴，你听不懂人话吗？"傅晋辰脸色阴郁地吼完，干脆丢下唐心妍径直回房，懊恼自己真是吃饱撑着了，出去给自己心里添堵。

他跟苏曼茹说得友善点，是"好"的意思吗？好吧，就算是"好"的意思，那也不是"相好"的那个意思啊！

"喂，你跑了，我怎么办？"冷风一吹，唐心妍打了个激灵，哭丧着喊，"傅总，你好歹好人做到底，把我送回房啊！"

傅晋辰房间里的灯瞬间全灭，压根不想搭理她。

"傅晋辰，你个混蛋！"唐心妍咬牙切齿地骂了句，神色戒备地盯着草丛看了一会儿，试探地扔了一块小石头，没有蛇的穿梭声，她才沿着光线亮堂的地方迅猛地奔回房间，大口大口地喘气，"吓死'宝宝'了。"

接到苏曼茹的电话，问她是不是跟傅晋辰一起出差时，唐心妍莫名有点心虚："是啊，我们在绣乡出差。"她又多此一举地补了句："曼曼，你可千万不要有什么误会。"

"误会？"苏曼茹有点摸不着头脑，"我误会什么？"

"放心吧，我知道你跟傅晋辰'相爱相杀'，我会跟他保持安全距离的。"

这下轮到苏曼茹直翻白眼了："唐心妍，你吃错药了吧？我跟傅晋辰只有'相杀'，没有'相爱'。"

"知道。"唐心妍清脆道，"我知道你们现在还没相爱，但你们是名义上的未婚夫妻，相爱是迟早的事。"唐心妍想了想，又郑重地给苏曼茹解释："对了曼曼，我之前说傅总是渣男，约姑娘去开房，这事是个误会。那个姑娘叫罗嘉雯，是傅总一个朋友的妹妹，他说当时约了去酒店帮她姐姐婚宴配菜的。"

唐心妍不等苏曼茹开口，又自说自话道："曼曼，之前是我不好，说他坏话，说他渣，可能影响了你对他的判断，今天跟你解释清楚了哦。"

苏曼茹敷衍了句："哦。"

"曼曼，其实傅总对你挺好的。"唐心妍看不清楚苏曼茹跟傅晋辰的关系，干脆给他们助一把攻，"曼曼，你没觉察到吗，傅晋辰他对你有意思！"

"噗！"苏曼茹一口水全喷在了电脑屏幕上，手忙脚乱地边擦边回唐心妍："你说傅晋辰对我有意思？"

"是啊。"唐心妍认真地告诉她，"曼曼，你还别不相信，傅晋辰他亲口承认的。”

“他亲口承认的？”苏曼茹翻了个白眼，“妍妍，我真不知道该说你单纯还是说你傻。”苏曼茹摇摇头：“算了，跟你也说不明白，你要这么认为，就这么认为吧。”

傅晋辰跟罗家那对姐妹的关系捋不清楚的话，苏曼茹最担心唐心妍真心错付。所以如果她误会自己跟傅晋辰是一对，从而对傅晋辰保持距离，那就姑且让她这么误会着吧。

就这么一个善意的误导，让唐心妍跟傅晋辰刚开始彼此吸引，就硬生生被划出了分界线。

“什么叫跟我说不明白？”唐心妍被蛇吓退的醉意再次袭上大脑，不服气道，“曼曼，我不傻，我可精着呢，我都没告诉傅晋辰，你对他有意思！”

“我对他有意思？”苏曼茹一听这话，立马激动地跳脚，“妍妍，你开什么玩笑！”

“曼曼，我知道你跟傅晋辰现在大概处于相互有好感的萌芽阶段，被我戳穿你的心事，你害羞对吧？”

苏曼茹不得不继续自己刚才故意的误导，便硬着头皮承认了：“是是是，你聪明，我隐藏的心事都被你发现了呢。”她深吸了一口气，哄着她：“妍妍，我对傅晋辰有意思这件事，你可千万别告诉他，要不然我怕他更骄傲。”

“我不告诉他。”唐心妍打了个酒嗝，“曼曼，我绝对不告诉他。他已经够骄傲了，再骄傲点，那得上天了。”

苏曼茹不动声色地试探她：“妍妍，你能不能老实跟我说，你对傅晋辰有没有什么想法呀？”

“没有，我对他没有想法。”唐心妍回得果断，“曼曼，你一定、一定要相信我，我跟他之前真的是误会。他在男女关系这上面，特别洁身自好。”

“我相信你的。好了妍妍，你喝酒了，就早点睡，明天再聊。”

“曼曼，你要相信我，一定要相信我……”唐心妍挂了电话还不断地念叨。可一晚上都是旖旎的梦，让她心烦气躁得不行。

“唐心妍，起来干活了！”

“嗯。”唐心妍迷迷糊糊接起电话应了声，打了个哈欠翻身又睡着了。

傅晋辰等啊等，等了将近一个小时，终于不耐烦地跑去砰砰砰敲门：“唐心妍，开门！”

唐心妍被吵得烦躁，揉着头痛欲裂的脑袋晕乎乎地去开门：“傅总，这么早叫我有事吗？”

“这么早？”傅晋辰皱眉，“你自己看看几点了？”

唐心妍在身上掏了掏，手表、手机都没在，干脆问他：“几点？”

傅晋辰干脆地将她拽出门，把她的脸对上天空的太阳：“你说呢？”

“好刺眼。”唐心妍忙抬手去挡，“完了，眼睛看不见了……”

“你别装了，赶紧收拾。”傅晋辰松开她，催促，“冯月盈帮我们约好了冯大师。”

“我没听错吧？”

傅晋辰颔首：“我们去谈合作。”

“不科学啊！”唐心妍皱眉，“上次我跟苏曼茹回来，我妈放过狠话，这辈子都不会再见我，让我别回来了。这才几天，她就消气了？”

“唐心妍，你跟你妈之间的事，我没兴趣，但请你端正态度，你这次出差是为了跟冯大师谈合作。”傅晋辰冷着俊脸一板一眼道，“她现在既然答应见我们谈合作，那我们就带着诚意去。”说到这儿，他顿了顿：“其他无关紧要的事，就先不要提了。”

“不是，这事有点不对劲哪。”唐心妍后知后觉道，“你不是让我跟冯大师谈吗，你怎么也掺和进来了？”

“你以为我想？”傅晋辰表情很是勉强道，“冯大师钦点我必须去。”

“为什么？”唐心妍脑海中灵光一闪，“我知道了。”她激动地握着傅晋辰的手，严肃地阻止道：“傅总，你不能去。”

“我不能去？”傅晋辰剑眉拧起，“为什么？”

“还记得上次我们假扮男女朋友的事吗？我妈肯定还以为你是我男朋友。”唐心妍叹了口气，“她钦点你去见她，对你印象又不好，肯定没啥好事。”

“冯月盈说，你妈早知道我们上次骗她的事了，所以这次约见我们两个，谈合作为主，问私事为辅。”

“真的？”

“别废话了，赶紧走吧。”傅晋辰催了句。

“傅总，我知道了。但你总得让我刷个牙，换个衣服吧。”唐心妍不看傅晋辰的脸色，自顾自转身回房，碎碎念起来，“你是抱着谈合作的诚意去的，可是我妈指不定拿着洗脚水等你上门呢。”说完，嘭的一声果断摔上门，手忙脚乱地翻出手机给冯月盈打电话去问。

“当然是我的功劳。”冯月盈笑着邀功，“我按照傅总指示，直接说了你跟他要找姑妈谈合作的事，然后趁姑妈没回过神来骂我的时候，壮着胆子又把你跟傅晋辰的关系跟她老实汇报了下。”说到这儿，她缓了口气：“当然，我汇报也是为了消弭你们之前作假留给她的坏印象。所以你放心，我是经过仔细斟酌后说的。我就把你上次回来的事，机智地调了下时间顺序，直接带到合作里说了，我说傅晋辰是你老板，上次你们回来其实就抱着诚意想合作来着，哪知道姥姥身体欠佳，你也是不想给姥姥留下遗憾，所以才让傅晋辰假装是男朋友的。”

唐心妍点点头，亦真亦假，感觉解释得合理：“那我妈就同意见我们了？”

“当然没有直接同意。”冯月盈耸耸肩，“姑妈非常生气，抬手就摔了一个茶杯。我顶着姑妈熊熊的怒火，好话说尽，才说动姑妈的。”

“嗯，给我捋一下重点。”

冯月盈开始别别扭扭地出声：“重点就是：一、我给姑妈解释了你跟傅总忽悠她的事，情非得已，姑妈倒也没说什么。二、解释了你上次回来气她的事就是个误会，闹成那样，不合适，也不应该。趁着姑妈跟姑父内疚的瞬间，我干脆就煽情说了一些你在外面吃苦吃亏的可怜事，末了帮你认了错，说了些好话，哄了哄姑妈。当然，最后的重点就是说了你跟傅总不太一般的关系。”

“冯月盈，你说的不太一般，是指什么不太一般？”

冯月盈讪讪道：“其实我说的也是实话，我就如实把你跟傅总的一些暧昧互动跟姑妈说了说。”生怕唐心妍生气，她解释道：“姐，我发誓，我真是很诚实地说的，没有半点添油加醋。”

“冯月盈，我不是再三告诫你，不要乱说我跟傅晋辰的事吗？”

“不是我想说的。别人告诉姑妈，看到你跟傅晋辰睡在了一个屋子……”冯月盈干脆坦白，“姐，我实在没办法帮你圆谎了，我只能坦白。”

唐心妍还想问，傅晋辰不耐烦地催促了：“唐心妍，你磨蹭好了吗？”

“好了。”唐心妍胡乱擦了一把脸，匆匆地打开门奔了出去，“走吧。”

“这就是你所谓的收拾？”傅晋辰将她从头到脚打量了一遍，抽抽嘴角道。

“我想了想，反正是见我爸妈，不用刻意收拾的。”

“随你。”傅晋辰神色淡然地打开后座门，主动跨了进去。

“傅总，又是我开车？”

“不是你开，难道要老板开吗？”傅晋辰回得淡然。

“也是。”

“唐心妍，一会儿能公私分明，态度端正吗？”傅晋辰挑眉淡淡地问。

“我尽量。”

“你要明确今天的方向，主要是谈合作。”

“傅总，万一我谈不成，你别怪我。”

“我不怪你，你按照毁约责任赔偿就行了。”傅晋辰神色轻快。

“不是吧？”唐心妍哀号了句。

虽然傅晋辰心里也纳闷，冯英英为什么会提出只谈合作，不过看到唐心妍这样纠结、怅然的神色，他瞬间就想通了——冯大师也怕，跟唐心妍一旦牵扯了私事，那么公事必然又谈不拢了。

冯英英是有心给唐心妍台阶下，这合作一旦谈成了，母女关系缓和，两个人慢慢把前面的心结消弭，自然而然地能够和好如初。假如逼着唐心妍赔礼道歉、磕头认错，万一处理不当，母女关系只会越来越僵。由此可见，冯英英大师的心胸并不像他一开始认为的那样狭隘、偏激，那么她对唐心妍的逼迫，必然是有原因的。想到这儿，傅晋辰又忍不住给冯月盈发消息去打探。

知道来龙去脉才能帮她们母女对症下药。

冯月盈的消息很快回过来：“傅总，我回头找姑父打听到了再回复您。”

“好的，谢谢。”傅晋辰礼貌地回复。

“不客气的。”冯月盈秒回消息，又友情提醒了句，“傅总，虽然你跟我表姐现在不是情侣，但在我姑妈姑父眼里，你可能会有准女婿的待遇。您那么聪明，有些事就难得糊涂吧。”

傅晋辰看着消息踌躇了会儿，回道：“知道了。”

下了车，便看到唐克勤热络地候在一旁，跟他们打招呼：“来了啊？”

“唐叔叔好。”

“爸。”唐心妍神色拘谨地跟在傅晋辰身后喊了句，眼神怯怯地看向屋内，小声问，“妈在吗？”

“你不是要找她谈合作吗？必须在啊。”唐克勤口气轻快地打趣了句，引着他们径直上了二楼的露台。冯英英已经泡好茶等着了，客客气气招呼他们：“坐吧。”

“谢谢冯阿姨。”傅晋辰礼貌地接过茶杯。

“谢谢，妈。”唐心妍神色忐忑地接过茶杯。她想道歉，想问问冯英英身体怎么样，也想正儿八经地谈谈合作，想要表达的太多，然后就卡住不知道该说什么了。她偷瞄了两眼傅晋辰，只见他神色平静，端着茶水优雅地喝着，连个眼神都吝啬得不肯扫过来。

冯英英也没有出声。唐克勤几次欲言又止。四个人就静静地坐着喝完了手中的茶。第二杯茶水刚续上，唐心妍便迫不及待地伸手接过，一饮而尽，又伸手去讨茶：“妈，我还要。”

冯英英默不作声地给她倒上。

唐心妍神色紧张地看着冯英英，见她态度果然挺温和，决定直奔主题："妈，我今天来是想跟您谈一下私人订制的事。"生怕她开口拒绝，唐心妍立马将准备好的材料恭敬地递给她："这是我们公司现在跟锦城的合作项目，这是我准备跟您谈的订制方案。"

冯英英配合地伸手接过，浏览了起来。

唐心妍进入了谈合作的状态，侃侃而谈："锦城的销售对象是高端客户群体，这套楼王更是为金字塔尖的人所准备的，所以不管是设计，还是核心理念，我们都做到了极致的完美。您看，这几件绣活都各有特色，表现了四季丰收、家庭圆满和谐等主题……"末了道："冯大师，您这边看一下纹样，再看看我们给的报价，如果没有问题的话，这两天咱们就把合同过一下。"

"好的。"冯英英回得爽快，"没问题，随时签约。"

"随时签约？"唐心妍愣愣地看向冯英英，含蓄地提醒了句，"妈，您不用打印出来估算一下绣时么？"她才介绍了一遍项目，原本准备的一箩筐说服冯大师跟她合作的话，一句都没有用上呢，就同意了？还有，既然是合作，买卖双方的事，她怎么不谈价格？

因为甲方不差钱，冯大师又比较难搞，所以唐心妍一开始就留了心眼，故意在甲方那边把价格抬高了两成，而给冯英英的合同里，也是为了有谈判的空间，这两成是被压着的。可她这样好说话，唐心妍又不能当着傅晋辰的面给她把价格抬上去。

“不用了，我心里有数。”冯英英摆摆手，谢绝她的好意。

“妈，你不要因为我来谈合作，所以故意让我。这几幅刺绣的尺寸都不小，质量要求也高，价格方面，你可以争取的。”唐心妍说完转脸看向傅晋辰，“傅总，我不想占冯大师的便宜，我想把底价合同给她签。”

傅晋辰放下手里的茶杯，淡淡道：“合作是你谈，想签哪份合同你有权做主，不必问我。”手机响起，他抱歉地起身：“不好意思，我接个电话。”

唐心妍也顾不得揣摩他的喜怒，讨好地将另外一份条件更优渥的合同朝冯英英递过去：“妈，这份合同价格更合适，你爽快，我也爽快，咱们直接签这个就行。”

唐克勤心里暗叫一声“糟糕”。

冯英英并没有伸手去接合同，相反，她的眼神带着凉意，淡淡地扫了唐心妍一眼，立时就皱起眉头。

唐心妍神色陡然一紧，递着合同的手僵在半空中：“妈，怎么了？”

“盈盈说，你在外面找份稳定工作不容易，我信了。盈盈又说，你工作能力很强，我也信了。”冯英英的口气尽可能地平和，“我想着你工作不容易，想着你能力不错，那就给你机会跟你谈谈合作吧。”说到这儿，她脸色冷了下来：“就你这工作能力、工作态度，我很失望，我们没必要合作了。”

“妈，你别开玩笑了。”

“我没开玩笑。”冯英英的神色淡淡的，“这合同我不会签，我也不会跟你合作。”

“不是，我工作能力哪里差了？”唐心妍不服气地开始辩解，“还有工作态度，我今天真的已经放平心态，我已经努力将你当普通的客户一样在谈了。”

“你如果真当我普通客户，你会冒着当面得罪老板的风险，主动给我让利？”冯英英嘴角勾着冷笑，“给公司争取最大利益，才是一名合格的员工该做的。”唐心妍这种工作态度，让冯英英真是一百个不放心，她到底是怎么在职场中生存下来的？冯英英脑海中闪过傅晋辰的相貌，这个男人喜怒不显，谈吐沉稳，看着就不简单。再看看自家的女儿，简直就是傻白甜的典范。

唐心妍听到这儿，心里顿时委屈得不行：“我主动给你让利，我还错了？”

“你没错。你不过是仗着跟老板不一般的关系，想讨好我罢了。”冯英英的眼神带着轻蔑，“可我不需要。”

“我承认，我是想要讨好你，但什么叫仗着跟老板不一般的关系？”唐心妍恼怒地反问。

“你自己做了什么见不得人的事，真要我说出来吗？”冯英英的声音也尖锐起来，“我说不出口，这种不要脸的事。”

“我做什么不要脸的事了？”唐心妍拔高音调，“冯大师，咱们是来谈合作的，您不想合作没关系，但也不能信口雌黄污蔑人。”

“行，我不想合作，你滚吧。”

唐心妍调整了下情绪，厚着脸皮道：“冯大师，您不需要我讨好您，那咱们就按照先前那份合同继续谈好了。”

“唐小姐，我不谈了。”冯英英瞥了她一眼，口气严厉道，“像你这样拿着两份合同出来忽悠人的合作方，不靠谱，我不合作。”

“英英。”唐克勤暗地里拽了拽她，被冯英英冷眼一射，又默默地松开了手。

唐心妍感觉自己被气得要爆炸了，冯英英这样儿戏的态度，明摆着就是故意作弄自己！先当着傅晋辰的面二话不说表示愿意合作，让唐心妍觉得她特别好说话，可傅晋辰一走，立马就翻脸，指桑骂槐说她不要脸就算了，最后还怪唐心妍的合同不靠谱。

冯英英这是扣黑锅给唐心妍。而且让唐心妍郁闷的是，自己冒着得罪傅晋辰的危险，背叛公司利益，为冯英英这边争取更大利益，她非但没感激，还拿这个作为攻击点，让唐心妍腹背受敌，里外不是人。

“冯大师，关于这两份合同的事，我想您不是第一次跟人谈买卖。您应该清楚，任何人谈买卖，都需要经过双方的沟通、磨合才能让价格达到彼此心里预期，才能敲定合同。”见她没吭声，唐心妍继续说，“任何一家公司都会有一个价格浮动的区间，而我们公司就给了我这个权利，可以在这个允许的范围内做决策。”说到这儿，她理直气壮起来：“这不需要我跟老板之间有什么不一般的关系，所以请您别拿这个来说我不靠谱，更不要胡乱揣测我跟老板的清白关系，这是我们对彼此必要的尊重。”

“你跟老板关系清白，能睡一屋？”

“那是个误会，我……”

冯英英打断她：“唐小姐，我对于你跟你老板是什么关系，清白不清白，没有兴趣，也不想知道，你不用跟我解释。”

唐心妍想解释的话，硬生生地憋了回去：“好吧，冯大师，关于我跟我老板的事，我就不解释了，但这跟我们公司与您的合作，并没有什么关联吧？您应该关注的不应是价格是否合理、时间是否充裕吗？”

冯英英神色不耐烦地摆摆手：“我什么都不关注，我就是不想跟你合作。”

“冯大师，如果是因为我个人的原因，惹您不愉快了，您不想跟我谈合作，对不起，我跟您道歉。要不然，换我们老板亲自来跟您谈？”

“不用了，我不想谈。”冯英英逐客，“以后你们也别来了。”

冯英英本来也不想接绣活。她愿意谈合作，其实是想接触一下傅晋辰，顺便跟唐心妍见见罢了。签约？那是不可能的。

这项目黄得莫名其妙。唐心妍想到自己之前付出的那些努力，顿时浑身的血液就控制不住地往大脑里涌去，她忍无可忍道：“冯大师，您有什么不快，直接冲我来，别拿着合作的幌子把我忽悠回来了，结果莫名其妙骂我一通，然后又说不合作，故意给我难堪。”

“你做了不要脸的事，还说不得了？”冯英英冷然道。

“我没有。”唐心妍否认。

“有也不会认啊！”冯英英不客气地嘲讽，“反正我不会跟你们合作。”

唐心妍气结，想到冯英英心脏受不得刺激，她将暴怒的话又默默吞咽了回去，神色悲怆道："谢谢您，给我又上了一课。不合作就不合作吧，我以后都不会再打扰你了。"

"妍妍。"唐克勤见状出手拽住她，"你先别走。"

"你拉她做什么，让她走！"冯英英表情冷然。

"爸，你别拉我了，我现在脑子快要爆炸了！"唐心妍挣扎着大叫，完全控制不住情绪，指着露台暴躁道，"你再不松开我，我跳了！"

"妍妍，你听我说。"唐克勤奋力地拽着她，试图跟她沟通，"你妈她……"

"我不听，你别拽着我……"委屈、悲愤、恼火、绝望，各种情绪瞬间涌上她的脑海，原本只是随口一说，可因为情绪过激，唐心妍真就往露台边奋力挣扎过去，过激地想跳楼来解脱。

"这是怎么了？"傅晋辰走回来便看到唐克勤死死地搂住探出半个身子的唐心妍。他神色大变，快步上前将她拽了回来，冷声喝道："唐心妍，你疯了！"

"我是疯了。"唐心妍眼睛猩红，暴躁地指着冯英英痛苦道，"我疯了才相信她，相信她能原谅我，相信只要我低声下气地哄着她，她就能给我合作的机会。"她委屈道："可她根本不想跟我们合作，她从头到尾就是在玩我，作弄我，嘲讽我，践踏我的自尊。"

傅晋辰声音沉重道："你先冷静一下。"

"我冷静不了，我现在杀人的心都有！"唐心妍依旧激动得不能控制情绪。

“啪！”唐克勤狠狠地朝她甩了一巴掌：“唐心妍，你不知道你妈身体不好吗？你杀人的心都有，刀子在那儿，你是想杀我，还是想杀你妈？”

“我自杀，我把命还给你们行不行？”唐心妍咬牙切齿地说完，径直奔到茶几前，毫不犹豫地抓起水果刀便往自己的手腕上划去。

傅晋辰眼疾手快地握住刀：“唐心妍，你干什么？松手！”

“你让我死吧，我好痛苦……”

永远强势不讲道理的母亲，还有宠妻灭女的父亲，这巴掌打得唐心妍的理智荡然无存。

“你冷静点。”傅晋辰抢过刀，顾不得手被扎得鲜血淋漓，大声问，“到底发生什么事了？”

多年的委屈瞬间全部袭上心头，唐心妍彻底崩溃：“我明明有爹有娘，可我活得跟孤儿似的。我那么努力，积极上进，辛苦地活着，我不但得不到父母的爱，相反，他们时刻等着看我的笑话。我活够了，我恨你们……”

“唐心妍，你冷静点！”傅晋辰奋力地摇晃着她。

“英英，你干吗？”随着唐克勤的一声大叫，嘭的坠地声让唐心妍跟傅晋辰脸色大变。

冯英英从二楼跳下去了！

唐心妍大叫了声：“妈！”匆忙跟在唐克勤的后面奔跑下楼。

傅晋辰冷静地观察了下，还好有花园棚架阻挡，加上二楼并不算太高，冯英英摔在地上，看起来除了神色漠然，应该没有生命危险。

“你走吧，我不想看到你。”冯英英在唐克勤的搀扶下，缓慢地站起身子，可不知道摔到了哪里的骨头，她又皱着眉倒了下去。

“先别管他们了，我们去医院。”唐克勤搀她。

傅晋辰上前，神色凝重地出声：“唐叔叔，您还是打 120 吧，免得二次受伤。”

唐克勤看了眼冯英英的状况，拨打了 120，对唐心妍道：“算了，你走吧，以后真的别回来了。”说到这儿，他口气愤恨道：“你一回来，上次把你妈气得住院，这次又是这样。再来一次，你妈的命可真就折腾没了。”

“妈，我错了，你别跟我生气了行不行？我……”

话还没说完，唐克勤扬手又猛地抽了她一巴掌：“我知道你不是故意气她的，可你知不知道，从你离家那年开始，她就患上抑郁症了。近几年，病情好不容易好一些，你上次回来后，她就情绪不稳定，最近又开始整夜整夜睡不好！”

“我不知道。”唐心妍脸上的自责更深了，“妈，对不起，我不知道你有抑郁症。”

“你不知道她有抑郁症，你不知道她心脏不好，都没关系，现在请你出去可以吗？”唐克勤口气冰冷地逐她，“我们真的不想看到你了。”

“爸……”唐心妍脚底好像生根似的，寸步都移不动，

“对不起。”

“你别喊我爸！”唐克勤气急败坏，见唐心妍一动不动，他高扬起的手，又痛苦地握拳放了下来，死死地攥着，隐忍道，“算我求你了，你走吧。”

一走了之，眼不见为净，是最简单的逃避法子，但只会让隔阂越来越深。而且冯英英都这样了，唐心妍更不可能走了，就算唐克勤把她打死，她也要死在家里。

唐心妍把心一横，干脆道：“爸，我不走，今天你就算打死我，我也一步都不走。”见唐克勤不赶她了，唐心妍怯怯地走到冯英英身边：“妈，真的对不起。”

“你别说对不起了，是我的错，我就不该喊你回来。”冯英英沉着脸，“我明知道会有这样的结果，是我自找的。”

唐心妍朝她跪下：“你打我，骂我，我再也不还嘴了。就算你想杀我，我刀子递给你，求你别这样伤害自己行吗？”说着唐心妍猛地在地上磕起头来：“我错了，对不起……”

硬邦邦的水泥地，结结实实地磕一下，唐心妍的额头就破了。冯英英阻止的时候，她已经满脸鲜血了。

傅晋辰想伸手去拉，但又默默地攥着拳忍住了。在没弄明白事情真相前，他没资格贸然插手。

“你别磕了，赶紧起来。”看她头破血流的样子，冯英英神色复杂地喊。见她磕不停，冯英英忙冲唐克勤喊：“你别看着，拉她起来啊！”

唐克勤拧着剑眉气鼓鼓地上前拉住唐心妍，粗声粗气道：“好了，你做给谁看呢？你妈让你起来。”

“妈……”唐心妍眼泪唰唰地往下掉，“我不该说那些混账话，我该死，我对不起您。”

冯英英伸手擦了擦她满是鲜血的脸，记忆里姐姐冯淑英的那张相似的血脸便浮上了脑海。她眸光复杂地看着唐心妍，半晌说了句：“我不怪你，是我不好。我今天忘记吃药了。”所以唐心妍指责她的时候，她的情绪崩了，才会一跃而下。看到他们被自己吓得脸色惨白，冯英英自己倒是缓过神了。

“妈，你别这样。”冯英英越是不怪她，她的心里越难受得要发疯，“我知道你心脏不好。我其实已经努力忍了又忍了，可我最后还是忍不住。我真的该死，我应该顺着你的，你说什么，我听着就是，我跟你置什么气呀！”

“妈真不怪你。”冯英英眼尖地看到傅晋辰手上滴下的血，神色微动。原本她猜测唐心妍跟傅晋辰之间是不清不白的关系，唐心妍也没有奋力反驳她，这让她特别愤怒，又没有考虑到是唐心妍忌讳她身体欠佳，压根不敢顶撞。所以她才会克制不住地说出尖酸刻薄的话来敲打唐心妍——女孩子要洁身自爱、公私分明，不能因为私情乱了公事，尤其是仗着跟老板有不一般的关系，这种恃宠而骄最是可怕。

可目前情况看来，唐心妍跟傅晋辰似乎并不是那种关系。再想到唐心妍刚才的解释，冯英英先前的愤怒便立马消失了，好像她又误解唐心妍了？

冯英英不动声色地打量着傅晋辰。清隽的眉眼带着淡漠，幽暗深邃的眸子平静地跟她对视，显得坦诚而又磊落，这样的男孩子，是阳光的，亦是坦荡的。收回视线，冯英英默默地看了眼唐心妍，话到嘴边又吞咽了回去。冯月盈说过，他们并没有捅破窗户纸，所以作为家长，该给他们情感培养的空间，而不是压力，更不应该是阻力。

冯英英看着傅晋辰，认真解释："傅总，我不想合作，并不是因为唐心妍，也不是因为你们公司，而是……"说到这儿，她嘴角勾着自嘲的笑："你也看到了，我身体欠佳，我们绣庄准备关闭休息一段时间。实话跟你说了吧，我们现在就是清掉绣娘手上的活，新的单子都不接了。"

唐心妍心情复杂道："妈，你还真打算关绣庄呀？"

"身体不行，没精力管了。"

绣庄对冯英英而言，那是比生命还重要的存在。抑郁症？心脏疾病？之前也都有，但没有到关绣庄的地步。唐心妍真的不敢继续往下想了，她拽着冯英英的衣摆，神色陡然一紧："妈，你身体到底怎么了？"

"没什么，我就是情绪不稳定，要静养。"冯英英轻描淡写。

如果你不问，我不说，误会就越来越深。一旦你坦白，我坦白，唐心妍发现，自己刚才气愤得要死要活，原来真不值得一提。还有以前纠结、耿耿于怀的事，此时此刻，跟冯英英的健康比起来，都显得微不足道了。

对姥姥，唐心妍遗憾得不行。所以对冯英英，她不想再留任何的遗憾。

第十章：回归绣乡接手绣庄

“妈！”唐心妍微红着眼，喊了句，“我真的特别担心你，就算是为了让我安心，你也配合做一下全套检查好不好？”

“再说吧，”冯英英明显岔开话题，“120 车来了。”

众人一阵手忙脚乱地将她抬上车。唐心妍跟着唐克勤，推着冯英英进进出出地忙活，一通检查。医生看着报告说：“左小腿粉碎性骨折，考虑肿胀消退以后行切开复位内固定治疗。你们先去办住院手续……”

冯英英忍不住打断他：“医生，我需要住院？”

医生回：“当然。”

“医生，那个切开复位是不是要动手术？”冯英英紧张地问。

唐心妍安慰地拍拍她的手：“妈，你别怕，没事的……”

冯英英看了眼唐心妍，又转脸问医生："医生，有没有不需要手术，可以保守地治疗的方案？"

"我建议是动手术。"医生相对保守地回答，生怕冯英英不懂事情的严重性，认真地说，"粉碎性骨折要看骨折的对位对线的情况。如果是干性粉碎性骨折，只要是立线良好、对位超过三分之二，这种情况就可以保守治疗。但你这个对位对线不是很良好，如果不做手术的话，容易引起并发症或者是留下后遗症。"

"那必须动手术的。"唐心妍神色焦急地挤到医生旁边，"医生，我妈要做手术的，您赶紧给安排一下时间可以吗？"

"我不要做手术。"冯英英打断唐心妍，"医生，我不做手术，我只需要保守治疗，我到时候回家好好养着就行。"

"冯女士，我建议你再好好考虑一下。"医生郑重道。

"不了，我不考虑手术。"冯英英回得斩钉截铁。

"妈！"唐心妍挨着她蹲下身子，苦口婆心地劝了起来，"咱们别讳疾忌医行不行？医生说需要手术，咱们就听医生的，不然你这腿真有后遗症什么的，以后多麻烦。"

"不麻烦，不会有后遗症的。"冯英英偏执道。

唐心妍见她听不进去话，转脸看向唐克勤，求助道："爸，你倒是劝劝妈呀。"

"你妈，她……要不想做手术，那就不做了呗。"唐克勤吞吞吐吐道，"反正在家养养也能好的。"

"爸，你说的什么话？"唐心妍一听就恼了，对他生气道，"人家医生都说要手术了，我妈说不想，你就依着她？这都什么情况了，这种事能依着她么！”

“那个，家属，你们出去沟通好吧？”医生尴尬道。

“爸，你出来。”唐心妍也顾不得去推冯英英，猛地一把揪着唐克勤往外拉，“我们谈谈。”

“谈什么呀？”唐克勤神色无奈，“你妈不想做手术，你也不能硬逼着她上手术台呀。”

“我们是不能硬逼着她上手术台，可我们至少可以劝呀！”唐心妍情绪激动，“你这样劝都不劝，直接就说听她的，你说你这人怎么这样啊！”

唐克勤撇撇嘴：“你妈是那种我们劝了能听的人吗？”

“我承认她脾气是倔强，我们劝了可能也不听，但我们试都不试，劝都不劝，你怎么就能确定她就不听了呢？”唐心妍冷冽地瞪着唐克勤，口气忍不住抱怨起来，“爸，妈之所以会听不进劝，多半怪你，怪你自以为是地依着她，一直不问是非对错地依着她，依得她现在脑子都糊涂了！”

唐克勤张嘴想反驳，但又觉得好像就是事实，所以重重叹了口气：“可能，真是怪我吧。”

“算了，爸，你也先不要自责了。咱们还是想想怎么劝妈动手术吧。”

“妍妍。”唐克勤话到嘴边，又默默地吞咽了回去，“你先去吃点东西，等吃饱了，咱们再好好合计合计，该怎么劝你妈。”

“爸，我不饿，我就想劝我妈。”

“就算你不饿，你妈也是要吃点东西的呀。今天为了等你，都没好好吃午饭。”唐克勤口气不容拒绝，“你赶紧去吃，顺便帮你妈也带点吃的来。”

“哦，妈要吃什么？我马上去弄。”唐心妍一听立马心疼道。

“随便吧，我先去帮你妈办住院手续。”唐克勤转身回了医生办公室，“医生，住院单开好了吗？我们先办住院。”

“好了，拿着单子去缴费就行。”医生顺手递过一张住院通知单，不忘记再次善意提醒，“冯女士，我个人还是建议您尽快做手术。”

“我不要住院，我也不要动手术。”她对唐克勤说，“你推我回家吧。”

“你脚都这样了，怎么能回家呢？”唐克勤柔声地哄道，“你就算不想动手术，那也得打个石膏，踏踏实实在医院住两天，养养才行。”

“唐克勤，我不住院，我要回家。”冯英英的口气变得有些软弱，“求你带我回家好不好？”

“英英，咱们能不能不要闹了？你的腿，必须要住院，也必须要动手术才行。”

“我都是快死的人了，何必再去挨刀子？”冯英英白了他一眼，“我现在就想回家，慢慢等死。”

“不行，你不能回家。”唐心妍快步走过来，“妈，你都这样了，怎么能回家？”她想去买东西，发现自己没带钱包，只能折回来，结果正好听到这话，她口气严厉地问：“还有，你刚才那句话是什么意思？什么叫‘快死的人’？”

唐克勤瞄了瞄冯英英的神色，她不开口说，唐克勤不敢说。

冯英英知道自己这会儿就是想瞒也瞒不住了，干脆神色平静地看着唐心妍回了句：“我没怎么，就是得了肿瘤。”

唐心妍马上安抚她：“肿瘤没事啊，现在医学发达，咱们找最好的医院，赶紧安排做手术，做完肯定就没事了。”说着又转脸看向唐克勤：“爸，去沪城，我们去找沪城肿瘤医院，马上去好不好？”

“妍妍，你妈她……”唐克勤哽咽道，“不想手术。”

“不想？怎么可以不想呢！”唐心妍转身蹲在冯英英面前，小心翼翼道，“妈，我们动手术治疗好不好？”

“治不好的。”冯英英轻叹了口气，“胰腺癌中晚期，做不做手术，都治不好的。”说到这儿，她抚了下唐心妍的脑袋：“我就想平平静静、完完整整地走，所以你别劝我动手术了。”

胰腺癌，三个字就像炸弹一样，瞬间将唐心妍炸得四肢冰冷，站立不稳。她知道胰腺癌是一种恶性程度很高，诊断和治疗都很困难的消化道恶性肿瘤。她真的想不到，这件事会发生在冯英英的身上。

“可是妈，我们……”

“妍妍，你别说了。”冯英英眼都不眨地打断她，“医生早就分析过了，以我的病情，如果这会儿做手术的话，我的身体可能承受不住，也许连手术台都下不来。不做手术，我治不好，但是，至少我的生存质量可以提高。”说到这里，她犹豫了下，见唐心妍哭得满脸眼泪，心里也堵得难受，试探着开口："妍妍，你如果愿意乖乖陪在我身边送我走的话，我就心满意足了。"

"愿意，我愿意。"唐心妍泪流满面，"我从现在开始，哪里都不去了，我就乖乖陪在你身边。"

"妍妍，你别哭了，被你哭得我眼睛都酸了。"冯英英伸手帮她擦去眼泪，"咱们回家吧。"

"不行。"唐心妍摇头，"肿瘤风险大，你不做手术就算了。可你的腿，咱们听医生的，做个小手术。"说到这儿，她生怕冯英英害怕，安抚道："你这是很小的手术，没有风险的。"

冯英英脸色踌躇起来。

"爸，赶紧去办住院手续呀。"唐心妍见状，朝唐克勤使眼色，又主动推起冯英英，"妈，等你的脚好了，我带你出去旅行好吗？"不等冯英英拒绝，她开始规划蓝图："咱们国家，山好，水好，每一处、每一个季节都有不同的景色，到时候你想去哪里，我们就去哪里。"

"可以啊，世界那么大，我早就想出去转转了。"冯英英轻轻握住了她的手，"妍妍，对不起，妈妈之前那么阻止你出去，是妈妈狭隘了。"

"妈，都过去了，咱们不提了好吗？"唐心妍温和地笑笑。

"过去是过去了，但不说开，我这心里就像压着一块大石头，沉闷沉闷的。"冯英英转过脸，看着她苦笑了下，"妈妈跟你讲个故事吧，有关你阿姨的。"

“阿姨？”

冯英英叹了口气，打开了话匣子：“你阿姨叫冯淑英。你长得像我，但更像她，所以我想这也是你姥姥特别疼你的一个原因吧！”不等唐心妍开口问，冯英英娓娓叙述起来：“你阿姨她聪明，刺绣天赋极高，家里那本祖传绣谱上的针法，她不但很小就会了，而且融会贯通得特别精巧。”说到这儿，冯英英的脸上也带着遮掩不住的羡慕，道：“如果她还在的话，这个苏绣大师的名头可真轮不到我。”

“阿姨她，怎么了？”

“你阿姨她，十六岁那年，没了……”冯英英的眼睛瞬间泛红，将之前冯家的变故认真地告诉了唐心妍，末了擦了擦眼泪，哽咽道，“妍妍，那时候我不让你出去，我是真的害怕悲剧会重演。可你却那么义无反顾，那么倔强，我阻止不了，我真的又惊又怕，我也不知道自己该怎么办。”冯英英患上了抑郁症，几乎是半死不活地在医院待了大半年。等她情绪好转出院的时候，她偷偷摸摸去看过女儿——唐心妍上学，工作，生活早就稳定下来了，也不需要家人了。

冯英英最初的担忧，瞬间就化成了愤怒，然后随着唐心妍狠心地不回来，她的怨念越来越深……母女两个人的矛盾，也越积越深……

“妈，对不起。”唐心妍神色愧疚，“我真的不知道发生过这种事。”她眼泪擦都擦不干净了：“如果我知道，我可能就会多想想了。”

渴望外面的世界是一回事，但跟母亲商量、沟通的时候，她一定不会采取这种强硬的方式了。长时间地磨啊磨，指不定也可以说通冯英英，同意让她去外面好好念书，长见识。而不是非得闹得离家出走，生死不管不顾。

“你别哭了。”冯英英身上没有带面纸，她便拿衣袖帮她擦眼泪，“我也有错。我当时就是一根筋地阻止，也没有好好跟你讲。”说到这儿，她叹了口气：“妍妍，我刚才问你是不是愿意陪我走完最后这一段，你毫不犹豫地同意了，我真的很开心。”话头一转：“不过，妈妈不会像之前那么自私了。你现在有稳定的工作，在外面的生活也很独立，你不要为了陪我而影响工作。你一会儿就回去吧，跟傅总再好好解释一下我不能合作的真实原因。”

“妈，我会跟他解释的。”唐心妍听话地点点头，心里又默默地补充了句：我也会辞职回来陪你的。

唐克勤办完手续过来，唐心妍帮着他把冯英英推去病房安顿好：“妈，我先回去收拾下东西，晚一点来医院陪你。”

唐心妍打电话找傅晋辰的时候，他跟冯月盈在喝茶，直接说了个地址让唐心妍自己过去。见了面之后，他开口第一句就关心地问：“你妈她没事吧？”

“我妈她……”唐心妍神色踌躇地看了一眼冯月盈，不知道她知道多少，该不该告诉她。

“姐，姑妈她到底怎么了？你别吞吞吐吐的，说呀！”冯月盈性子急，拽着她坐下来，张口就问，“你们今天不是去谈合作的吗？发生什么事了？”

“我妈摔了，小腿粉碎性骨折，在住院，要做个手术。”

唐心妍避重就轻地回答。毕竟家丑不可外扬，她不动声色地扫了一眼傅晋辰。他淡淡地撇开眸光，显然不会揭穿他们鸡飞狗跳闹作一团的事。

“这么严重！”冯月盈诧异。

唐心妍想了想，问冯月盈：“你知道我妈妈身体不太好吗？”

“你说的不太好，是指什么不太好？”冯月盈的表情瞬间凝重起来，不过还是诚实地回答她，“姑妈做过心脏搭桥手术我知道，其他的我真不太清楚。”她见唐心妍没接话，又问：“姐，姑妈身体到底哪里不好呀？”

“她有抑郁症，你知道吗？”

“这个倒是知道点。”冯月盈点点头，“姑妈在你离家那年是发病最严重的，后面就好了。”说到这儿，她打量了下唐心妍的神色，才继续往下说：“除了要吃点药外，姑妈跟咱们正常人是一样的，所以这个病，其实不算病啦。”说完拍拍唐心妍的肩膀，安抚她：“姐，你别太紧张当回事，姑妈不喜欢咱们把她当作病人看待的。”

唐心妍看着她的表情，顿时不知道该怎么说。抑郁症这事，只要合理治疗，不受刺激，确实病情可控，不必太担心。但胰腺癌的事，也不知道冯英英到底是什么时候确诊的。冯英英跟唐克勤对外人瞒得甚紧，连冯月盈这个经常接触的亲外甥女都不知道，那么舅舅他们应该是什么都不知道的，她要不要告诉冯月盈呢？

“姐，你发什么呆呢？”冯月盈扬手在她眼前晃晃，“姑妈怎么好端端就摔折腿了呢？她什么时候动手术呢？需要我爸妈去帮忙照顾吗？”

“暂时不用，我会留下来照顾我妈。”唐心妍婉拒了她的好意。

“你留下来照顾姑妈？”见唐心妍点头，冯月盈惊喜道，“你跟姑妈和好啦？”

虽然过程有点一言难尽，但结局是圆满的。唐心妍咬着唇再次点头：“误会都解释清楚了，是我太任性，一直都误解了我妈的良苦用心。”

“是吧，我就说吧，你跟姑妈只要误会解除了，那就一切都好了。”冯月盈由衷地感到欢喜。不过下一秒，她又想到唐心妍留下来照顾冯英英的事，好像有点不对劲。她疑惑地看了眼傅晋辰，又把视线转到唐心妍脸上：“表姐，你说你留下来照顾姑妈，可你不是公司出差来的吗？”

“是啊，本来是公司出差，但现在不是发生这种意外情况了嘛。”唐心妍敷衍着笑笑，转脸也看向傅晋辰，正色道，“傅总，正好，我想跟您辞职。”

“辞职？”冯月盈瞠目结舌，傅晋辰还没出声，她倒是快一步询问了起来，“姐，你不是请假么，怎么突然要辞职呢？”

“盈盈，你先回避下，我跟傅总想单独谈谈。”唐心妍一听她的话，忍不住支开她。

冯月盈虽然不情愿，但还是乖乖拿包走人了：“你把姑妈医院地址和病房号发我，我去看看姑妈。”

"好的。"

唐心妍等冯月盈走了，这才揪着衣摆踌躇地抬脸看向傅晋辰，直白地开口："傅总，我妈的情况你比盈盈清楚，她这次摔断腿，我要负很大的责任。"说到这儿，她神色愧疚起来："以前我任性，没好好陪在她身边就算了，现在她这样了，我肯定是要留下来照顾她的。"

"你要留下来照顾她，请假不就可以了吗？"傅晋辰不动声色地打断她，"只要在合理时间内，我给你批。"

"傅总，你知道的，我妈她一直希望我能留下来，接手刺绣这事业。我答应她了。所以谢谢你的好意，我肯定是要辞职的。"

傅晋辰立时蹙眉，声音淡漠道："唐心妍，你该不会是知道谈不成合同，故意找借口辞职吧？"

"傅总，"唐心妍深呼吸了一下，努力让自己的声音平和淡定，"我知道这会儿提辞职，可能不太合适，但我是有苦衷的。"

"你可以说说看。"

"傅总，我妈病了。"唐心妍竭力让自己的声音不发抖，"胰腺癌。"见傅晋辰的眼神一愣，她干脆一股脑儿道："她放弃治疗了，所以，时间不多了，她不会也不能接我们的项目。"

"你说的是真的？"

唐心妍立马就委屈了："当然是真的，我总不能拿我妈的命来说谎呀。"到最后，她的眼圈忍不住泛红："傅总，我姥姥走的时候，我没好好陪着，我遗憾得不行。现在我妈……”说到这儿，她郑重道：“我想能多陪一天是一天。”

傅晋辰拧眉问了句：“你妈几期了？”

唐心妍吸了口气：“中晚期吧。”

“到底是中期，还是晚期？”

“这个我还不是很清楚。”唐心妍摇头，“但以我妈的身体状况，确实不太适合动手术。而且胰腺癌中晚期治疗效果都一般，她……”说到这儿，她哽咽了：“她除了喝中药，现在就是想放弃治疗了。”

“唐心妍，放弃治疗是不行的。”傅晋辰口气认真地接话，“胰腺癌晚期病患会特别痛苦。”

“那怎么办？”唐心妍顿时六神无主。

“带你妈去专业肿瘤医院。”傅晋辰中肯地给出建议，“就算你妈的身体不适合做手术，他们也会有相应的治疗手段。”说到这儿，他顿了顿：“虽然不能治好，但中西医结合，能帮你妈延长生命且提高生存质量。”

“傅总，谢谢，我马上去跟我妈说。”

“你等等。”傅晋辰口气淡然道，“我送你过去。”

“好。”唐心妍无心跟他客气。上了车后，她恍惚间听到傅晋辰在问：“需要我帮你介绍一位专家吗？”

“需要。”唐心妍拜托他，“傅总，麻烦您帮我妈介绍位专家。”

“你把你妈的身体情况、病例整理给我，我晚上回沪城后帮你去问一下。”

“晚上回沪城？你今天就要回去了吗？”唐心妍有些意外。

“你妈妈这种状况，这个项目肯定没办法推进了，我得回去想想怎么跟肖总那边做交代。”傅晋辰的声音淡淡的，却遮掩不住惆怅。

“也是。”唐心妍点点头，叹道，“傅总，那我辞职的事……”她抬眸对上傅晋辰的视线，顿时心虚得不敢继续说了。

“我可以同意你暂时停薪留职，但你得答应我一件事。”

“什么事？”不等傅晋辰开口，唐心妍答得干脆，“不管什么事，我都答应。”

“你尽快帮我整理下绣乡这边其他大师的作品资料，抽空做好详细的 PPT 介绍。”傅晋辰叹口气道，“肖总那边我再去争取看看能不能有别的法子。”

“傅总，我突然有个想法。”唐心妍转脸对上傅晋辰幽深的眼眸，急中生智道，“你说，如果拿我妈以前的合适的作品去给肖总看，他看上的话，咱们这个项目是不是有挽救的机会？”

“问题是，你这儿有合适的作品吗？”傅晋辰眉梢微挑。他不确定能不能挽救，但到了这地步，他只能尽力试试。如果肖总欣赏冯英英大师的作品，且非她绣的不可，那冯英英大师有现成的合适的作品，确实还有谈的空间。毕竟冯英英大师这状况，谁都不想的。

“这个，一会儿我得去找我妈问问。”唐心妍也不敢把话说得太满，“但我想绣庄里应该会有她绣好的作品，只是合适不合适，得拍照、取样后，问过肖总才知道。”

“那行。”

到了医院，唐心妍便悄悄拉过唐克勤，跟他晓之以理、动之以情地劝说了一通，中药调理不停，但必须让冯英英接受专业肿瘤医院的治疗，哪怕真的治不好，也要尽量提高她的生存质量。

唐克勤不难说服，瞬间就跟她站到了一条战线上。唐心妍要到了冯英英先前的检查报告：“爸，我这就让傅总带去沪城，找专业肿瘤医院的专家看看。我跟你从现在开始，必须想尽一切办法，劝妈妈好好接受治疗。”

“我明白，我会好好劝的。”唐克勤郑重地应下。

唐心妍心里松了口气，回到病房，没有绕弯子，找冯英英直接切入另一个主题，问：“妈，我们家里还有你绣好的但没卖的作品吗？”

都是聪明人，唐心妍问这话的时候，冯英英就大概能猜到她的想法了，反问道：“你要什么类型的？”

“就是我之前给你看的那种风格的。”唐心妍也不瞒她，“你也知道，我本来回来是想跟你谈私人订制的。锦城这个项目我们真的是很不容易才拿到的。甲方不差钱，对我们就一个要求，必须要找冯英英大师私人订制。”说到这儿，她神色悲伤起来：“可是，你现在这种状况，我肯定是要你好好养着了。”唐心妍缓了口气：“我就想着，如果咱们家里有现成的合适的绣品，就让傅总拿去跟甲方再沟通一下，看看能不能把项目给挽回。”

冯英英的神色保持着淡定，但眼神却温和了下来：“那你带傅总去绣庄看看，如果有合适的，就直接拿。”说完又补了句：“我记得好像有两件成品跟你给的纹样风格挺相似。”

“真的吗？”

“如果我没记错的话，应该差不多。”冯英英对唐克勤道，“你一会儿也跟他们回去，帮他们打开保险柜找找，只要是他们看得上的，都拿走好了。”

“谢谢妈。”唐心妍拽着她的手撒娇，“妈，你真是太好了。”

“你这孩子。”冯英英慈爱地笑了。心平气和的感觉真的挺好，一家其乐融融的感觉，更好。

因为傅晋辰要赶回沪城，所以唐心妍跟唐克勤就直奔绣庄。

唐心妍透过洁净明亮的玻璃窗看进去，空旷的大厅里，摆了好些个空绷架，就几个绣娘在绣着，显得空荡而寂寥。

“唐总，今天冯大师还来吗？”刚进门，一位五十来岁的阿姨便焦急地走过来打招呼。

“顾阿姨，今天英英不来，你找她什么事？”

“我手里的绣活快完事了，她有新的活儿给我吗？”顾阿姨问得焦急。

“顾阿姨，英英之前不就说了吗？最近都不接活了呀。大家把手里的活清一清，绣庄准备关门歇息一段时间。”唐克勤耐着性子又解释了一遍，末了关照她，“你手里的绣活完事的话，就放在那儿，等结账日你来领钱就行。”

“不是，她真不接绣活了？她啥意思呀？”顾阿姨拽着唐克勤，“你倒是劝劝她呢，咱们这么红火的绣庄，这一歇业，后面不知道多少人等着看咱们的笑话呢。”说到这儿，她口气变得愤愤不平起来：“我悄悄跟你说，我听到好多个版本了，关于咱们绣庄各种谣言都有，比如你去豪赌，欠了多少多少钱，英英卖了绣庄帮你还赌债。还有的说英英的作品现在比不上那谁谁谁的，生意都被抢走了，英英养不活绣庄，才要关门歇业。还有更夸张的，说英英跟你要离婚了，关绣庄就是分财产来着……”

“顾阿姨，没有的事，这些都是谣言。”

“我知道是谣言啊。现在大家明着没有说，背地里真的传得那叫一个沸沸扬扬。”顾阿姨横了唐克勤一眼，“这种坏事传千里，传着传着，就会把英英这些年积下的口碑给传没了。”

“不会的，顾阿姨。”唐克勤倒是大度地安抚她，“谣言止于智者，这种没凭没据的事，人家才不会当真。”说着他又解释了句：“再说，我们绣庄只是暂时歇业，暂时。”

顾阿姨重重地叹了口气：“就算不注重这些名声，那这么大的绣庄，你说她一句想歇息，活儿都不接，我们可怎么办？”

“顾阿姨，绣乡街上的绣庄多得很，你的手艺好，口碑好，只要漏个风出去，多的是人抢，你可别急。”

“别人家是别人家，我就喜欢咱们冯氏绣庄。要是英英真的关门不做了，那我也不绣了，我踏踏实实地带孙子去。”

唐克勤扯着嘴角苦笑了下。关闭绣庄，要说难过，除了这些待了七八年的老人，最伤心的莫过于冯英英。可不关不行，她真的没精力来管了。她之前试着放手给冯月盈管，可冯月盈的性格咋咋呼呼的，根本就管不住人。而且冯月盈的绣艺也一般，撑不起这个门面，最近的心思更是往刺绣研究所那边飞过去了，绣庄里都好些天没见到她的人影了。

收程艺星为徒，是冯英英的最后一搏。她打定主意将绣庄暂时关门歇业，就是想用最后有限的生命将程艺星培养出来，然后冯氏绣庄重新开业。

“好了，你赶紧去绣吧。”唐克勤笑着将顾阿姨推回绷架前，顺便又关照了句，“这几天我和英英有事，就暂时不来绣庄了，还要辛苦你开门关门。”

“这辛苦啥呀。只要绣庄开着，天天来开门关门，我都乐意。”顾阿姨豪爽道。

“就是，唐总。”另外一个头发花白的阿姨从绷架前抬起头，忍不住插话，“我们在绣庄待了这么多年，你说这歇业了，年轻的一辈去别的绣庄重新学技艺，适应快，倒也没什么，可我们这些上了年纪的人，要重新去学那些个开像啊乱针啊，我真是学不来。”

其他几个绣娘阿姨也纷纷放下手中的活计，七嘴八舌地开始诉苦。

“对了，唐总，我听说盈盈要去刺绣研究所拜师了？”金阿姨推了推老花镜问唐克勤。

“是的。”唐克勤笑着点点头。

“那程艺星要拜师，也是真的咯？”另外一个绣娘阿姨大声插话，又吐槽了句，“英英什么情况啊，自家外甥女盈盈不收，去收个外人？”

“咳咳！”顾阿姨咳了两声，对那个阿姨说：“周多，你不会说话，就别乱说话。”

唐心妍抬眼看向周多阿姨，她的脸并没有太多变化，眉眼间带着一贯的憨厚，说起话来，也是唯唯诺诺的，哪怕表达尖锐的观点，也显得气势不足。

姥姥一直说，周多是个憨厚的人，虽然脑子不够机警，但是留在身边绝对是最踏实的助手。

“我是嘴巴笨，但大家不都是暗地里在传，英英收了程艺星，回头就算绣庄重新开业了，那可能也不姓冯了？”周多梗着脖子回，“英英要收程艺星没问题呀，怎么不把盈盈一块儿收了？我是替盈盈抱不平嘛。”说到这儿，她又看着唐克勤道：“当然，也是为了咱冯氏绣庄担心嘛。”

“人家唐总都不担心，你担心个啥嘛！”姚阿姨笑着想带过这话题，毕竟再扯下去，有挑拨是非的嫌疑。

“老姚，你们是后来的，有些事不知道，我是最早跟着英英的最老的一个人。”周多说到这件事，神色有些黯然，心里自语：我就是天赋差，要不然我就拜顾月娥为师了。

顾月娥也就是冯奶奶，亲自指导了她跟冯英英。可冯英英将冯家绣谱上的针法全部学会并且会融会贯通地使用时，她还只能绣两三种针法，并且不会灵活运用。

冯奶奶后来跟她说：“刺绣这种事也是靠天赋的。你虽然绣技一般，但是人也算踏实靠谱，你就跟着英英，踏踏实实学好一种针法。一种学精，也是了不得的事。”

周多就专攻了细平绣，并且冯氏绣庄里所有细平绣的绣娘做的活计，都要过她这一关，才可以交货给甲方。其他绣娘对于她的严厉，那是恨得牙痒痒的，但周多憨厚，经常直接上手帮她们修好了，她们又觉得这个话少、干活仔细的人，其实也挺可爱的。

“啥事是你知道，我们不知道的？”姚阿姨不服气地问。

“冯家的绣艺是有传承的，到英英这儿是第五代了。”周多说到这儿，脸上的神情骄傲起来，“这跟其他后起的绣庄完全不一样，冯氏绣庄是有底蕴的。底蕴懂不懂？”

“对，也不能光收程艺星为徒，盈盈也得管上。”金阿姨更加直接地说，“冯氏绣庄，冯氏的绣技传承，总得有冯氏的人呀。”

“要说冯氏的人，盈盈算，这妍妍可是嫡亲闺女，她来接手绣庄，那是最合适不过了。”周多一脸温和的笑意，看着唐心妍说。

“唐心妍？”金阿姨后知后觉地叫起来，干脆从绷架前站起来，快步走到唐心妍的身边，惊呼道，“呀，真是妍妍哪！妍妍，帮着劝劝你爸妈呗，流言真的太难听了。”

“就是，绣庄歇业了，乱七八糟的流言止都止不住。”

“诸位阿姨，绣庄不会歇业，我会回来接手，你们就踏踏实实地绣着吧。”唐心妍不知怎么，脑子一热，干脆大声承诺道。

“你，回来？”绣庄的绣娘阿姨们瞬间把心落回肚子里。唐克勤则是一脸的不可置信，将她拉到一旁，压低了声音问：“你回来接手绣庄？”

唐心妍淡定了下来，她郑重地点点头：“爸，我突然觉悟了，其实接手咱们家的绣庄也挺好的，阿姨们放心，我想我妈也会踏实不少。”说到冯英英，她的口气越发柔软：“妈能踏实的话，对她后续的治疗也是有好处的。”

“可你……你不是不喜欢嘛！”

“以前不喜欢，不代表现在不喜欢。”唐心妍的口气轻快，“就算现在不是很喜欢，也不代表将来也不喜欢。”好吧，就算将来实在是不喜欢，那将来再说吧。

“那你工作怎么办？”唐克勤看向一旁的傅晋辰，问得正经，“你老板这边怎么办？”

“工作这边，其实我刚才就找傅总辞职了。”唐心妍顺着他的视线扫了一眼傅晋辰，打算先不将实情告诉唐克勤，轻描淡写道，“我跟傅总说了我妈的情况，他同意我辞职的。”

唐克勤默默松了一口气。

第十一章：钻研绣技崭露锋芒

“爸，咱们先去找我妈的绣品吧。”唐心妍心里合计，只要能竭力帮傅晋辰挽回这个项目，那她停薪留职的事就没难度了，后面接手绣庄也好，陪伴冯英英也罢，都能踏踏实实的。

一阵翻箱倒柜的翻找折腾后，他们找到了一件纹样跟唐心妍她们要订制的图案相似的作品，只是尺寸不合。另外一件尺寸倒是相符合，不过是个半成品，而且色调相差很大，根本不符合主题。

“爸，还有没有这种类似纹样的成品绣品了？”唐心妍焦急地问。

“真没有了。”唐克勤找得满头大汗，“我可把你妈的家底全给你掏出来了。”

“这个，尺寸太小了。”傅晋辰眉头紧蹙，伸手指了指另外一个，“这个半成品也没办法用。”他重重地叹口气：“唐心妍，你还是帮我整理下这边其他大师的材料吧。”

唐心妍对傅晋辰的吩咐充耳不闻，咬着手指，端详着作品蹙眉沉思起来，碎碎念着：“尺寸太小？怎么变大呢？”

“唐心妍，我说，算了，你给我准备其他大师的材料。”傅晋辰再次出声。

“傅总，如果我说，我有办法将这个纹样尺寸变大，你能不能给我个机会试试？”唐心妍眸光灼灼地看着他。

“你说，你有办法将纹样尺寸变大？”

唐心妍兴奋地点点头，见傅晋辰的眉头拧得更紧了，忙比画着解释起来：“傅总，这个成品纹样的大小是没有办法改变了，但如果结合其他工艺手法，比如，我装一个大尺寸的框……”

“这么小的作品，你装那么大的框，唐心妍，你审美没问题吧？”傅晋辰神色不耐烦地打断她，“你就算心急，也不能病急乱投医。”

“傅总，我不是病急乱投医。我说的框，只是打个比方，因为我们这边订制的框可以按照不同要求去做的。”唐心妍急切地辩解起来，见傅晋辰神色鄙夷，不由得心虚道，“当然，我也不是说一定要配框。我就是说，我想办法把视觉效果变大，然后符合我们的尺寸要求。”

傅晋辰沉默片刻，淡淡道：“那等你想到办法再跟我说吧，现在你先帮我整理其他刺绣大师的资料，明早之前发给我。”

“好吧。”唐心妍讪讪地应了下来。

“那我先回沪城了。”傅晋辰跟唐克勤礼貌地告辞。

“妍妍，这是家里的钥匙，我先去医院看你妈了。”唐克勤见她认真地对着绣品在思考，放下钥匙就走了。

程艺星打电话来要接唐心妍去吃饭，唐心妍毫不犹豫地拒绝了：“星星，不好意思，我现在实在没心情吃饭，我有个重要的事情没想通呢。”

“什么事，你说出来，我帮你一起想。”程艺星顺着她的性子温和地回。

“我妈有个成品绣品，尺寸小了点，你说，有没有什么办法可以让它变大？”唐心妍倒也没有客气，干脆地问。

“什么纹样，要变成怎么样的大小？”程艺星上心地问。

“你来我们家绣庄看看吧。”

没一会儿程艺星便气喘吁吁地赶到，寒暄过后便端详起唐心妍手里的绣品，笑着打趣了句：“这个纹样如果视觉效果要变大，除非装放大镜了。”

“你没辙就没辙，干吗损我？”唐心妍神色不快地碎碎念了句，“我也不是非要它变大，就是怎么能让它符合我要的尺寸大小！”

“我没损你。”程艺星立马举手，“我就是看你这副非要把它变大的较劲模样，忍不住逗逗你。”

“程艺星，你没看到我快烦死了，你竟然还逗我？”唐心妍恼了，“算了，让你来帮忙想办法，一定是我脑子进水了！”

程艺星见她动怒，忙正经起来："好了妍妍，我错了。"

唐心妍横了他一眼，撇撇嘴："算了，我也没那么小气。再说是我自己想不出法子，迁怒你了，我的错。"

"妍妍，这成品绣样尺寸是很难动了，但如果把它用别的形式扩增呢？"程艺星问得认真。

"我想过啊，但我不知道怎么去扩增。"唐心妍神色惆怅，"我甚至想过要不要在框子上面动脑筋。但后来想想，如果框子过大，这苏绣尺寸小，框子肯定喧宾夺主了。而且框子也不是我们甲方想要的"

"框子可以先不考虑。"程艺星修长的手指在绣品上认真地比画着，"如果这块面整个都给扩出来，用凹凸的手法，那是不是既能凸显出这苏绣的精美，又不失整个版面的大气呢？"

"凹凸手法？"唐心妍脑海中灵光闪了下，但又愁眉苦脸起来，"你能具体说说吗？"她不但要懂，而且还要做详细漂亮的设计稿，让傅晋辰能够说服肖总采纳这个建议。

"缂丝，你知道的吧？"程艺星挑眉看着她，"我觉得可以试试缂丝跟苏绣结合的手法。"

缂丝，素有"一寸缂丝一寸金"和"织中之圣"的盛名。唐心妍虽然自己不会，但是从小也是耳濡目染，其因工艺精纱绝伦，与苏绣一起被誉为"苏州织绣双璧"。

唐心妍的脑海里瞬间有了一个大胆的想法：既然甲方是要针对高端客户，用苏绣做镶嵌装饰本来就是一种大胆的尝试，现在也没有别的更好的法子，干脆更大胆地用苏绣跟缂丝两种工艺，指不定能有别出心裁的效果呢。想通了这一点，她兴奋地拉着程艺星的手开心道：“星星，真的谢谢你了。”话锋一转，她遗憾道：“不过我要赶着把这个设计方案做出来，今天晚餐就不跟你去吃了，明天晚上我请你好不好？”

程艺星璀璨的星眸闪了下，尴尬地提醒了句：“妍妍，明天晚上是我的拜师宴。”

“拜师宴？”唐心妍张口就说，“我妈没跟你说，让你取消吗？”

“什么？”程艺星的脸色瞬间紧张起来，看着唐心妍，不可置信地问，“为什么呀，冯阿姨并没有通知我！”

“我妈她……”唐心妍抿了下唇，踌躇着说，“我妈她今天不小心摔坏了腿，住院了。”

“冯阿姨住院了？”程艺星神色陡然一紧，声音都发颤了，“严重不？”

拜师宴很正规，邀请了嘉宾，随意改期不太合适，所以冯英英肯定带病也会去参加的。唐心妍想到这里，就故作轻描淡写地说：“她还好吧。”见程艺星神色担忧，她不由安抚了句：“她没通知你取消拜师宴的话，说明她明天会如期到场的，你就当我刚才的话没说。”

“妍妍，我还是不太放心，你把冯阿姨医院地址发我，我去看看吧。”

唐心妍婉拒：“你还是别去看了，我妈没跟你说，多半是不想你跟着担心。”

“可是……”

“你别可是了，明天要举行拜师宴了，你也赶紧回家再准备准备。今天这顿晚饭是我欠你的，等你拜师宴后，无论你哪天有空，随时喊我，我都给你补上。”唐心妍明亮的大眼睛带着真诚的笑意。

“你说，拜师宴后，无论我哪天有空，都可以约你？”见唐心妍毫不犹豫地点头，他试着问，“听你这话的意思，好像要在苏城待一段时间？”

“做完这个项目，我就准备回来接手家里的绣庄。”

程艺星眼睛一亮，心里的狂喜之情瞬间溢出胸腔，握着唐心妍的手，激动道：“真的吗？你竟然肯回来接手绣庄了？”

唐心妍手心感觉到他滚烫的温度。眼前的程艺星虽然褪去了青涩，但依旧如记忆里一般温暖，他那双璀璨的眼瞳，带着春意潋滟，此时含情脉脉地看着唐心妍，让她微微有些恍神，脑子乱成一团，不知道该不该马上把手抽回，还是任由他握着。

“妍妍，我没听错吧，你说你要回来接手绣庄？”刘梦琦甜糯的声音伴随着她滴答的高跟鞋声响起，仿佛将心里的酸涩与苦闷尽可能踩在瓷砖上，暗暗发泄着。

唐心妍触电似的抽回手，胡乱回了句：“真的。”然后她心虚地看向刘梦琦：“梦梦，你来了呀？”

“我来了，我快饿死了。”刘梦琦很快敛了情绪，不满地嘟囔起来，“程艺星不是来接你吃晚饭的吗？你们俩磨叽啥呢？”

“没什么。”唐心妍敷衍着笑笑，“我跟他说我还有事，晚饭不去吃了，你们俩去吧。”

“不管你有什么事，这晚饭总归要吃的。”刘梦琦笑着勾住唐心妍的手臂，轻轻抱怨了句，“我跟程艺星都吃腻味了，我才不要跟他两个人吃呢。”不等唐心妍拒绝，她一锤定音道：“走，你跟我们吃完了，再回来忙你的事。”

“就是，吃顿晚饭耽误不了你什么事的。”程艺星跟着劝了句，“一会儿吃饭的时候，我跟梦梦正好可以给你介绍下绣乡现在的缂丝大师。”

“那好吧。”唐心妍笑着点点头，跟程艺星、刘梦琦去吃晚饭。晚饭后程艺星将唐心妍直接送到了医院，跟着唐心妍下车：“妍妍，我想了想，来都来了，我还是得去看看冯阿姨，毕竟明晚过后她就是我的师父了。”

苏绣跟缂丝结合的点子还是程艺星提供给她的灵感，更别说程艺星还好事做到家，甚至帮她联系好了缂丝大师。唐心妍真是没办法开口拒绝，只能僵笑着带他进了冯英英的病房：“妈，星星来看你了。”

“冯阿姨，不好意思，这么晚来打扰您。”程艺星温和地出声问候，“您身体没事吧？”

“没事。”冯英英回得随和，“你放心，明天拜师宴，就是让人推着轮椅，我也会按时到的。”

“拜师宴，我倒不担心，我只是怕您太辛苦了。”程艺星关切道，“要不然我把明天的流程从简一下好吗？”说到这儿，生怕冯英英不开心，他小心翼翼地解释：“冯阿姨，我先申明，我绝对不是对您不尊重，我是真怕您受累。”

“没关系，咱们从简好了。”

“冯阿姨，那妍妍要回来接手绣庄的事，要不要在拜师宴上提一提？”程艺星眸光真诚地问，不等冯英英接话，他又正色道，“我个人建议是，高调宣布一下。”他虽然不是很八卦，但有关冯氏绣庄的风言风语最近也是听了不少，尤其从冯英英打算收他为徒开始，总是有人有意无意将他跟冯月盈拿来说闲话。更有不少人暗自揣测，说程艺星不知道给冯英英灌了什么迷魂汤，竟然能让她亲外甥女不收，去收程艺星为徒，以后的冯氏绣庄，只怕是姓程的主事了……

程艺星原本不惧这些流言蜚语，他只是一心想要跟冯英英好好学习绣技。毕竟冯家的绣技，那绣谱，是几代人总结归纳的心血，可今天既然知道唐心妍要回来接手冯氏绣庄，那程艺星觉得，必须要让唐心妍堂堂正正地亮相，高调告诉所有人，冯氏绣坊，是冯家的亲闺女——唐心妍接手主事。

程艺星可不想因为流言蜚语被人离间了他跟唐心妍的感情。青梅竹马的情谊加上师出同门之情，程艺星想，近水楼台先得月，他总归能够慢慢走入唐心妍的心里，成为她无可取代的那个人。

“宣布吧。”唐心妍不等冯英英表态，自己笑着接话，“告诉大家，我们冯氏绣庄不歇业，我要回来接手。”

冯英英看着她迟疑地问：“你真要回来接手绣庄？”

“对啊。我不但回来，而且我会想办法把锦城项目挽回来的。”唐心妍表情认真道，“妈，你就放心吧，我一定会把咱们绣庄好好地传承发扬。”

“妍妍，妈虽然很希望你回来，也一直盼着你回来，但现在妈想通了，你在外面挺好的，我不逼你回来了，你别为了我，委屈自己……”

“没有委屈自己。”唐心妍笑着打断冯英英的话，“妈，你放心吧，我是真心想回来的。”说着她笑意盈盈地看了眼程艺星：“再说，以后能跟星星一起跟着你学绣技，我觉得挺开心的。”

“好吧，你想回来就回来吧。”冯英英笑着点头，目光慈爱地看向程艺星，柔声道，“星星，绣技这块儿，无论对你，还是对妍妍，我一视同仁地教授。往后你们也算是同门师兄妹了，一定要相互扶持，取长补短，共同进步。”

“冯阿姨，你放心吧，我跟妍妍会齐心协力地守护好咱们的苏绣传承，努力发扬光大的。”程艺星的眸中闪烁着熠熠光辉，心里默默补充了句：妍妍，未来，我盼着与你携手并进，风雨与共。

又寒暄了几句，冯英英将唐心妍跟程艺星都赶了回去：“医院里有你爸陪着就行，你们回去吧。”

唐心妍回家第一件事便是打开电脑修改设计稿。因为有了概念，她灵感不断，不知不觉熬到了凌晨三点半，做完图案纹样的设计后，她干脆又找了些缂丝的资料，将宣传文案一并处理好。再看时间，凌晨五点，如果这会儿睡下去了，上午肯定起不来。她干脆洗了个澡，然后开了电视剧熬到了七点半。实在熬不住了，她才抓起电话给傅晋辰打过去，嘟囔着鼻音："咳，傅总，我结合我妈的纹样绣品重新做了设计，加了缂丝的元素进去，效果图、设计方案一并整理好了，咳咳咳，发你邮箱了，你一会儿记得看下，咳咳咳……"

"你熬夜了？"傅晋辰看似漫不经心地问。

唐心妍吸了吸鼻子，调整了下口气："你抓紧时间看，如果觉得可以的话，我去程艺星拜师宴的时候，就去找缂丝大师详细聊聊。"

傅晋辰淡淡应了声，把那句"你没事吧"默默吞咽了回去。

"傅总，你如果觉得不可行的话，那下午我再把其他刺绣大师的资料发你。"唐心妍心里也没底气，只能做些尝试。

"你还是先休息吧。"傅晋辰波澜不惊道，"这项目也不是一天两天能谈成的。"尤其是他们这边现在发生了意外，要跟肖总他们去解释，只怕磨上 N 天都不一定有好的结果。老实说，傅晋辰心里也是毫无把握的，直到他看到唐心妍重新设计的方案后，眼睛不由得一亮，然后脑子一热，就直接给肖总打电话约见面谈，很直接地承认自己这方要违约了，因为冯大师身体抱恙，但傅晋辰态度积极地表示愿意承担一切损失。

肖总叹息了一声，连连感慨可惜，但也没太过为难傅晋辰，毕竟这旦夕祸福的事，谁都不能预料，利益再大，也得往后排排。

傅晋辰见状，立马抛出弥补方案，试探肖总：要不要换一位苏绣大师？他还着重介绍了下，绣乡有八千绣娘，有个人风格特色的、出类拔萃的也颇多，甚至还举了几位耳熟能详的大师名字来，最后总结了句："肖总，她们的绣技不在冯大师之下，作品也都特别出彩。"

肖总的神色却稍显寡淡："你说的那几个人，名气不小，我也了解过，但合作这事，讲究的就是'眼缘'。老实说，我对冯大师的作品真是一见钟情，让我换……"肖总摇摇头，他留了余地道："我得再好好斟酌一下。"

傅晋辰又告诉他冯英英大师有个成品绣品跟公司的设计稿风格极其类似，只是尺寸不合，但用苏绣跟缂丝结合的工艺可以弥补这缺陷时，肖总立马豪爽道："有设计稿吗？"

"有。"傅晋辰立马将唐心妍准备好的材料递给肖总，并解释道，"冯大师成品绣品的质量我亲眼见过，那是没的说，只是可惜尺寸有些问题。我们设计部就想办法，既要突出绣品的精细雅洁，又要让人视觉上感觉大气、不突兀。想来想去，用这缂丝工艺弥补，既能达到目的，又能凸显双剑合璧的效果。"

"好啊！"肖总拍了下大腿，乐呵呵道，"这效果图不错，缂丝也是很好的宣传点。自古以来，缂丝是中国丝绸工艺品中的精华，在明清两代为帝王御用，为皇室所垄断，一听就是高端大气上档次，加上刺绣艺术，完美。这想法实在是大胆又完美啊！"

傅晋辰赔了个淡雅的笑。唐心妍设计上的潜力果真是无穷尽。只是想到她完成了这个项目便要辞职，他的心里莫名生出几分惆怅来……

"傅总，你们就按照这个方案继续做吧，回头我就让法务跟你们补签个合同。”肖总一向爽快，此时更是开心地主动起来。

傅晋辰走出肖总办公室，心里头总算默默松了口气，掏出手机想给唐心妍打个电话，告诉她可以继续推进合作了，但眼眸瞄到时间——九点四十五分，他改为发了条消息：“刺绣就用冯大师这个。缂丝大师筛选，你做好材料，回头我亲自来苏城洽谈。”

在程艺星拜师宴结束后的聚餐会上，唐心妍这才有时间掏出手机，认真地将傅晋辰的消息看了两遍才激动地回复：“傅总，你放心，材料一会儿就给你准备好。”

“妍妍，你跟谁发消息呢？乐得嘴巴都合不拢了？”刘梦琦笑着捅捅她。

“没谁。”唐心妍抬眼对上刘梦琦眸光，随口回了句，“跟老板交接点工作上的事。”

“冯大师，你这闺女看着就是个伶俐的。”范大师眉开眼笑地赞了句。

“范大师，你说笑了。孩子还小，需要你们往后多多提点。”冯英英谦虚地应话。

“你家妍妍就不说了，你这徒弟收得也不错呀。”刘梦琦的奶奶笑着插话，“我瞧上星星好多年了，可他愣是不肯拜我为师。”

“刘奶奶，您又打趣我。”程艺星端着酒杯起身，不动声色道，“在座谁不知道您收徒的规矩，我可不敢妄想。”说着他又客气地敬她：“刘奶奶，以后请多多关照我才是真的。”

刘奶奶的脸色微变。她收徒的规矩是只传自家人，程艺星这话是委婉地在拒绝跟刘家攀附上关系。她神色担忧地看了一眼刘梦琦，果然见她的俏脸沉了下来，不由得眉头紧皱，口气冷了几分："星星，你这话是什么意思呢？什么叫不敢妄想？你……"

"奶奶，你干吗呢？酒还没喝，你已经上头了吗？"刘梦琦娇笑着出声打断她，不动声色地打了个圆场，"今天是冯大师收程艺星的拜师宴，你就算再喜欢阿艺，你也不能当众抢人嘛！"桌底下她的双手死死攥紧，心里酸涩，满腔屈辱几乎快要节制不住地涌出来了。

"就是，刘奶奶，当众抢人可不厚道哦。"鲁大师笑着接话，顺便不忘记表白，"我也喜欢程艺星很久了，我就忍住不说。"

"你们呀，一个个的马后炮。这程艺星再好，都是我的关门弟子了，你们就算眼馋，也都别说了。"冯英英笑着出声，并且表了态。

"关门弟子？"范大师一愣，他坐得离冯英英最近，侧过身子正色地问，"真的？"

"我什么时候说过假话？"冯英英笑得温和，见众人交头接耳窃窃私语，干脆就拔高音调道，"今天非常感谢各位百忙中来参加程艺星的拜师宴，我冯英英在此立誓，往后会竭尽所能将我毕生技艺倾囊相授与程艺星和唐心妍。至于他们两个未来能走到什么高度，全凭自己本事了。"顿了顿，她嘴角含笑道："希望大家以后多多照顾，千言万语，就尽在这酒杯中了，我先干为敬。”

“你客气了。”大家纷纷端起酒杯，热热闹闹开喝。

宴会结束后，冯英英便回了医院。程艺星原本想陪着唐心妍去找缂丝大师，但晚上他家里还有招待亲朋好友的晚宴需要忙活，所以没办法，就拜托给范大师，让他带唐心妍去拜访，千恩万谢：“范大师，那就麻烦您了。”

范大师笑着打趣他：“你就放一百个心吧。妍妍也是咱绣乡土生土长的人，我还能给你把人弄丢不成？”

“人丢了倒是没啥，我就怕她快言快语，不小心得罪人。”程艺星温和道。不能怪他有这样的担心，从旁观者角度来看，以前她跟冯英英能闹成那样，让他不由得为她的性格捏把汗，他又说：“妍妍，你如果确定要谈合作什么的，回头等我陪你去。”

“好吧。”唐心妍瞬间窘了。早知道就不跟程艺星坦白冯英英摔断腿的真相了，搞得程艺星对她的人际交往能力都打问号了。

刘家这边却因为这场拜师宴，回家就闹得不欢而散。

刘奶奶一回家就口气肃然地问：“梦梦，你跟那个程艺星，现在到底是怎么个说法？”

刘梦琦无言以对。

原本两家人很欢喜地想把两个孩子撮合成，结果同进同出多年，就不见定个名分下来。今天程艺星的话，更是含蓄地跟刘家划清界限，如果再任由刘梦琦一头热下去，只怕要成为绣乡的笑柄了。

“既然没结果，就别耗着了。”刘奶奶斩钉截铁。

刘梦琦死死地咬着唇，胸口的酸涩快将她整个人都淹没了：“奶奶，我不甘心。”

“不甘心又怎么样？梦梦，你年纪也不小了，长点心吧。”刘奶奶重重叹了口气。

刘梦琦垂眸，眼圈红红道：“奶奶，我的事不要你管。”她掩面羞愤地奔跑了出去。

唐心妍这边对这些一无所知，她跟缂丝大师阎良相谈甚欢，初步达成了合作意向，便欢喜地给傅晋辰打电话去邀功：“傅总，阎大师这边我谈得差不多了，你什么时候有空过来推进这事？”

“谈得差不多了？”傅晋辰倒是有点意外，随口赞了句，“效率不错嘛！”

“那是。”唐心妍瞬间骄傲起来，趁他心情不错，干脆道，“傅总，那咱们先前说好的，这个项目保住了，你同意我停薪留职，还算数的吧？”

“我说话一向算数。”

“那我从现在开始就算停职了哦。”唐心妍口气轻快道。

傅晋辰微蹙眉头，抿了下薄唇，竟不知道该回她什么话。留她？太别扭！直接爽快地同意，心里更别扭。

“傅总，停职后的我，能不能用冯氏绣庄当家人的身份跟你谈一谈锦城项目的合作呀？”等了一会儿，唐心妍都没等到傅晋辰出声，便鼓起勇气，忐忑地问。

“你想接锦城高层那些苏绣订制？”

“对啊。”唐心妍回得坦荡，“现在我妈全权把绣庄交给我打理了，锦城这个项目又是我熟悉的，我有把握做好，并且有信心比这边任何一家绣庄都做得好。”

“行吧，你干脆把辞职报告打过来吧，顺便做好资料，等我过去的时候，谈谈。”傅晋辰正色道。

“真的？”唐心妍瞬间欣喜起来，激动道，“你放心吧，我们绣庄的资料，我一定整理得漂亮漂亮的。我就等你来了啊。”

傅晋辰的嘴角不知不觉往上勾起，牵出一抹淡笑，能想象出唐心妍欢喜、生动的姿态来。

“哥，你还在打电话呢？妈叫你赶紧来陪曼茹玩。”傅晋池扯着嗓子喊了声，“哥，你倒是快点呀！”

曼茹？隔着电话听到这个名字，唐心妍先是一愣，接着一脸释然。看来苏曼茹今天在傅晋辰家里玩，他们的感情有父母的支持，彼此又中意，水到渠成应该是迟早的事。想到他们也许很快就要宣布在一起的消息，唐心妍心里既为苏曼茹感到欢喜，又生出几分自己说不出来的苦涩。曼曼都要脱单了，她的另一半幸福在哪里呢？

唐心妍来不及想，因为第二天冯英英便要做手术。唐克勤熬着夜照顾她，又担心不已，竟然晕了过去，一查，血压高得有点吓人，唐心妍跟程艺星便把他劝回去了。

“星星，你一会儿也早点回去吧，我妈这儿，我能照顾好。”

“端茶倒水的你行，但扶进扶出的，你力气不够，还是我留着照顾师父，你回去睡吧。”程艺星反过来劝唐心妍。

“那怎么行！”唐心妍想也不想地否认，“我妈哪有让你照顾的道理。”

“怎么不行？‘一日为师，终身为父’……‘为母’。你妈妈现在对我而言就是母亲，我照顾她，那也是天经地义的。”程艺星理直气壮地回复。

“好吧。”唐心妍讪讪道，“那咱们一起留着照顾她。”

“不用，我自己能照顾好自己，再说医院有护士，你们俩该干吗都干吗去吧。”

“妈，你都这样了，就别逞强了。”唐心妍不答应，笑道，“你就踏踏实实躺着养几天，反正我最近也没啥事，就陪你好了。”

“我也没什么事，我也陪着。”程艺星也笑着表态。

“可我躺在床上闲得发慌哪。”冯英英看着自己捆绑得跟木乃伊似的腿，叹了口气，“既然叫你们走，你们一个个的都不肯走，这样吧，我让你爸把家里的绣谱拿来，你跟星星把小绷架搭起来，在这病房练练绣技吧。”

“妈，不是吧？”

“星星，你去准备东西吧。”冯英英的表情是认真的，转脸吩咐唐心妍，“你就回家找你爸取一下绣谱。”

“好吧。”唐心妍知道冯英英的脾气，更知道她怕自己时间不多，所以有争分夺秒的迫切感。她跟程艺星兵分两路，回家取了绣谱跟小绷架等材料，便乖乖在冯英英的病房里开始按照绣谱学习。

冯月盈提着水果礼盒敲门进来时，就看到唐心妍跟程艺星端坐在冯英英的床头两侧，神色专注地握着绣花针在上下反复地刺绣。冯英英左看看，右瞅瞅，嘴角带着安详的笑意，显得相当满意。

冯月盈惊诧过后笑着打趣起来："姑妈，我这是眼花了吗？我乍一看，还以为进了咱们绣庄了。"她说着将手里的东西放在床脚，朝唐心妍身边亲昵地挨了过去，好奇地问："姐，你在绣什么呢？"

"绣花呀。"唐心妍将最后一针利索地收尾，笑嘻嘻地回答。

"我看看。"冯月盈笑着端起她的小绷架，惊呼起来："姐，还真的都是花呀！"只是用了很多种不同的针法刺绣出来。"齐针、鸡毛针、虚实针、滚针、平针、编针、戗针、刻鳞针、铺针、擞和针、松针、接针、反戗针、打籽针……"冯月盈粗粗数了下，不由得惊呼起来，"姐，你这是要逆天啊！就这花，你绣出这么多的花样来，你可别跟我说，姑妈让你把咱家绣谱上归纳的针法都练习一遍。"

"盈盈，恭喜你，答对了。"冯英英笑着接话，"怎么着，你要不要一起来？"

"不，我不了。"冯月盈忙不迭地摆手，"姑妈，我就是来探望一下你，看你气色不错，我就走了啊。"

"喂，你还真走啊！"唐心妍笑着将她拽回来，"回来，给我跟星星做一下评委。"

"做什么评委？你俩还竞争上了？"冯月盈笑着走回来。

“有竞争才有压力，有压力才会有动力嘛。”唐心妍眸光清澈地展笑道，“你数数看，我跟星星谁绣的针法多。”

程艺星则是相当配合地将自己手上的绷架递给冯月盈，神色温柔：“要麻烦盈盈了。”

“程艺星，你也绣了这么多花呀！”冯月盈认真地数了起来，最后满脸兴奋地跟冯英英汇报，“姑妈，程艺星三十八种，我姐四十二种呢，我姐赢了！”

唐心妍的俏脸遮掩不住地骄傲起来：“星星，我就说嘛，你刺绣质量是比我好，但会的针法数量却不一定比我多。”这绣谱，她比程艺星接触得早，自然多占几分便宜。

“你厉害，我早就说过，你刺绣天赋高嘛。”程艺星笑着夸她。看着她孩子气的笑容，他瞬间恍神，仿佛时间不曾流逝，她依旧还是记忆里那个得了颗糖果奖励，便能笑得眉眼弯弯的小女孩。

冯英英伸手接过两个小绷架，笑容满面道：“这几天看下来，你们俩基本功都不错。绣谱上的针法虽然还有不会的，但我相信练习几天也都基本能吃透，接下来就要看你们在实际刺绣中的运用了。”

沈寿大师曾经在《雪宧绣谱》中就说过：“针法有定也，针法之用无定也。”真正好的刺绣作品，能将多种针法有机地组合在一起，按照物体肌理、光线明暗、质感要求来施针，且同一部位有时要灵活运用几种针法来绣。所以光是会针法，不能融会贯通那也是不行的。

“妈，等你过两天出院了，我们就上绷架，到时候绣实物图，好好再比一比。”见冯英英开心，唐心妍干脆继续给程艺星发出挑战，“怎么样，星星，你敢跟我比吗？”

“比就比，谁怕谁呀！”程艺星笑着迎战。

“你们要不要这样幼稚！”冯月盈撇撇嘴，“关起门来在自家比赛算啥？要比就出去比嘛！”说着她挑眉看向程艺星：“你不是要参加沪城世博会苏州馆作品展览的竞选吗？你带我表姐一起去竞选呗。”

“那个，我不去了。”

“为什么呀？”

“感觉自己的作品一般，就不拿出去丢人了。”程艺星敷衍了句，不想说把竞选名额让给刘梦琦的事。他看着唐心妍解释：“妍妍，就算你想参加竞选，时间也来不及了。”生怕唐心妍生气，他又郑重地说：“下次吧，下次有活动，我们一起去好不好？”

“随便啊。”唐心妍倒是无所谓地笑笑。她愿意兢兢业业地磨练绣技，愿意跟程艺星进行各种切磋，并不是因为喜欢刺绣，而是这样做，会让冯英英高兴。对唐心妍而言，只要冯英英开开心心的，愿意安安心心去治疗，那么她所做的一切便是值得的。

第十二章：姑苏绣娘比赛一等奖

“你呀，”冯英英笑着伸手点了下唐心妍，口气严肃道，“我认真警告你，在我允许之前，你不许随便拿作品出去比赛，更不许随便打着冯大师女儿的旗号去招摇撞骗！”

“妈。”唐心妍娇嗔起来，“你这什么话嘛，说得我好像骗子似的。”

“可不是小骗子？”冯英英接得顺口，问她，“你说你辞职了，手续走完了吗？”

“走了呀，我打辞职报告了，老板也给我特批了。”唐心妍明白过来，冯英英是听到她跟傅晋辰的电话了，她解释道，“妈，我以冯氏绣庄的名义跟傅总谈锦城项目的合作，没有招摇撞骗，真的是互惠互利的事。”

“好吧，算我听岔了。”冯英英笑着拍拍她的手背，“不过你确实需要好好磨一磨性子。苏绣是一种修行，慢工出细活。你天赋是好，但如果不沉下心去钻研，你的作品便无法沉淀下来，也没办法出众。”

“妈，我知道。”唐心妍点点头，随即淘气地吐吐舌头，“我还知道，你接下来会说，咱们绣乡家家会刺绣，户户出绣娘，且大师云集，如果我不好好努力上进，就会丢你的脸对吧？”

“你丢我的脸没事，但你记住，不能借着我的脸去瞎忽悠。”冯英英语气虽然温柔，却是在严肃的告诫，她扫了一眼程艺星跟冯月盈，一视同仁道，“你们两个也一样。”

“姑妈，你就放一百个心吧，我跟表姐，是有原则有底线的人，我们不会借着你冯大师的名头去乱来的。”冯月盈立马乖巧地表态。

“师父，你放心吧，我用生命给你起誓，我会坚守匠心，刻苦钻研苏绣技艺，绝不会丢你的脸。”

冯英英的眼眶一下就红了：“好孩子，你们都是好孩子。以后一定要互相帮助，共同进步。”

“你放心吧，我们会的。”唐心妍、冯月盈、程艺星异口同声，三个人相互对视着交换了下眼神，皆露出真诚的笑意。

没过几天，冯英英就着急出院了。傅晋辰打电话问唐心妍合同什么时候弄好，唐心妍捂着电话低声问冯英英：“妈，我明天能不能回一趟沪城？把合同签了，顺便把租房退了。”

“当然能啊。我这躺着又没什么事，你爸能照顾好我的。”冯英英应得爽快。

“傅总，那我明天过来找你签合同，你看可以吗？”

“可以的。”傅晋辰的声音一如既往的清冷，“我帮你联系好了沪城肿瘤医院胰腺科的印主任，周二、周四都有专家门诊，你什么时候安排你母亲去做一次详细的检查，之后再具体定治疗方案。”

“今天是周几？”

“周五。”

唐心妍压低了声音：“那周二吧，周二我带我妈去，麻烦傅总了。”挂了电话，唐心妍神色踌躇地跟冯英英说要她去沪城做检查和治疗的事，见冯英英不吭声，她干脆摇晃着冯英英的手撒娇起来：“妈，我都麻烦人家傅总找专家了，你就去做下检查嘛，好不好嘛！”

“你说是傅总帮我找的专家？”

“是的。”唐心妍老实点点头，“专家周二跟周四门诊，我说就周二去一趟沪城。”

“妍妍，你老实跟我说，你跟傅总，到底是什么关系？”这个问题在冯英英心里憋得快长草了。

“我跟傅总？”唐心妍愣了下，张嘴就否认，“没什么关系啊。”

“没什么关系，他会好心给我联系专家？”冯英英问得直接，“妍妍，沪城肿瘤医院的专家，可不是那么好约的。”冯英英也曾试着挂号，可专家号都排到一个多月后了。

“不好约吗？”唐心妍装傻充愣，“那不管，傅总约都约好了，咱们去看病就是了。”

“看病可以，妍妍，你说好不瞒着我的。”冯英英轻咳一声，以退为进，口气带着点委屈的意味。

“妈，傅总跟我真的只是上司跟下属的关系。他人好，平时就乐于助人，而且我们现在是他的合作对象，他正好又认识肿瘤医院的专家，顺手帮个忙罢了。”唐心妍赔着笑，“妈，你别想太多了。”

“妍妍，你知道吗？你一紧张就会咬嘴唇，你现在要不要拿镜子照照？”

唐心妍咬着唇，立马松开：“好吧，妈，我实话告诉你吧，傅总他其实是我好闺蜜苏曼茹的未婚夫啦。”见冯英英的脸色僵住，她知道自己不说清楚不行，干脆道：“妈，我之前不敢告诉你，怕你揍我。傅总之所以帮我、忍我，其实是看在苏曼茹的面子上啦。”

“傅晋辰是苏曼茹的未婚夫？”冯英英口气复杂地问。

唐心妍点点头。

冯英英心里顿时了然，难怪唐心妍跟傅晋辰是朋友之上恋人未满的状态，原来中间夹着苏曼茹，那么傅晋辰对唐心妍做的一切，似乎也说得通了。

“妈，我准备下明天去沪城谈合同的资料，你有事的话喊我。”唐心妍生怕她再问出什么难以招架的问题，赶紧寻了个借口就跑了。

到了书房，唐心妍第一时间便给苏曼茹打电话去：“曼曼，我辞职了，你那儿的房子我就不租了，明天我回沪城办手续，顺便搬家。”

苏曼茹愣住：“妍妍，你慢点说，让我消化一下。”

“曼曼，我没开玩笑，我真辞职了。”唐心妍重重地叹了口气，“我知道有点突然，但我也没办法，我妈病了……”

“冯阿姨病了？”苏曼茹蹙着秀眉问得急迫，“到底什么情况呀？”

“胰腺癌。”唐心妍说完这三个字，仿佛浑身力气被抽空了一样，哽咽道，“曼曼，具体的，我明天见了你再说吧。”

第二天，苏曼茹接了唐心妍直奔傅晋辰家。结果他临时去了罗家，走前将签好的合同交给了傅晋池，让他处理一下。

唐心妍看到傅晋池时愣了：“是你？”

傅晋池挠挠头：“哎，是你啊！”

“你们俩又打什么哑谜？”苏曼茹忍不住蹙眉问。

“我之前不小心撞过他的车。”唐心妍简单解释了下，然后问傅晋池，“你的车子现在没事了吧？”

“嘘，车子不是我的，是我哥的。”傅晋池立马比画了一个手势，“我那天偷摸开出去的，现在修好了，他不知道，你们也别提这事了。”

唐心妍点点头，直奔主题：“傅先生，那合同呢？”

“你赶时间？”傅晋池微微眯起眼睛，“其实等一等，我哥可能就回来了呀。”

“不了，我还有事。”唐心妍回答得干脆。

傅晋池笑着从抽屉里拿出合同：“喏，我哥盖好章了，唐姐，你只要签个字就行了。”

“谢谢。”唐心妍快速浏览完合同，郑重地签上自己的名字，拿走一份，起身礼貌告辞，“再见。”

“再见。”傅晋池笑着摇摇手，自言自语了句，“还真是挺有趣的女孩。”

苏曼茹看着唐心妍雷厉风行地收拾行李，神色忍不住感伤起来：“妍妍，你这一走，你说，我们以后还能再见吗？”

“能啊。你家到我家，开车不过一个多小时，你我想见，一脚油门的事。”唐心妍头也不抬道。

“被你这么一说，我酝酿了一晚上的忧伤情绪瞬间无处安放了。”苏曼茹顿时“破功”，“那我跟你说好，我要想你了，去苏城找你，你必须随时接见我。”

“见！只要你来，就算天大的事，我都推了，只见你，可以吗？”

虽然沪城跟苏城之间只有一个多小时的车程，但终究是两座城市，唐心妍跟苏曼茹心里都明白，两个人再努力维持，也无法像之前那样亲密无间了，这会儿所说的话，只不过是为了冲淡离别的感伤。

天下无不散之筵席。想到之前两个人在这屋子里同进同出睡了七年的光景，那些欢声笑语犹在耳旁，鲜活生动的画面更是仿佛在眼前，唐心妍的眼睛便忍不住酸涩起来。她深吸一口气，提着行李箱头也不回地离开了。她不敢让苏曼茹送，她怕自己会哭得停不下来。

“妍妍。”

刚走到小区门口，唐心妍恍惚看到程艺星，忍不住狠狠揉了两下眼睛，惊诧道：“你怎么来了？”

“我在这边出差啊。听师父说你今天要搬东西，我就主动请缨来了。”程艺星边说，边手脚麻利地帮她把行李箱装上车，“你还有什么东西要搬吗？我帮你。”

“没有了。”唐心妍摇摇头。

“那走吧。”程艺星体贴地为她打开车门，见她恋恋不舍地回头看了一眼，不由得语气温和地安慰了句，“现在交通发达，你想回来，我随时都可以陪你。”

唐心妍没接话，默默地坐上车。出差来沪城，却能掐着时间帮她搬家；由最后这句柔情蜜意的话，联想到那些明着暗着的暧昧言语、逗趣玩笑……如果她还不懂，那她就真是个傻子了。

可程艺星跟刘梦琦才是大家公认的一对啊！

“妍妍，你想什么呢？”程艺星主动找话题。

“没想什么。”唐心妍不动声色移开视线。成人的世界，暧昧最是伤人，也最是令人难以启齿的，说与不说，皆两难。

一路无话。回到家，冯英英热络地招呼程艺星留在家里吃饭，随后交代道：“我给你们打印好了两幅作品。妍妍绣《朝晖》，星星就绣《星辰》，针法不限，色彩你们随意搭配，可以相互切磋技艺，也能随时问我，但是一个月为限，我要看到刺绣成品。”虽然冯英英心里清楚，欲速则不达，好的绣品没个三五个月甚至一年半载很难出来，但是她实在没有太多时间去浪费。她只能借助唐心妍跟程艺星相互不服气的这股子劲，催化他们的技艺，让他们在相互比较中使绣技突飞猛进，求得共同进步。

“妈，我跟星星的比赛，有没有奖品呀？”

冯英英无奈地笑笑：“你想要什么奖品呀？”

“我还没想好。”

“那等你想好了再说。”冯英英揉揉太阳穴。“不过说到比赛，我倒是想到一个事。”她笑着看向程艺星问，“星星，那个姑苏绣娘比赛，你准备得怎么样了？”

“准备得差不多了。”程艺星唇角扬起温和的笑意，“师父，我记得咱们绣庄有保送名额，你要不让妍妍也去试试呗。”

“对。”冯英英点点头，“我怎么把这茬忘记了。我现在去提交报名表。”她匆忙回书房去找主办方沟通。以往这种保送名额她都没用过，她甚至让冯月盈走海选流程去厮杀。可眼下唐心妍错过了海选，说她偏袒也好，开后门也罢，她都想让唐心妍去试试。毕竟对唐心妍而言，比赛是检验训练成果最便捷的方式。

“那个姑苏绣娘比赛是啥玩意儿？”唐心妍拽着程艺星问，“还有，什么时候比赛？”

“后天。”程艺星笑笑，拍拍她肩膀，“妍妍，你加油哦。”

“后天比赛了？”抽了口凉气，唐心妍蹙眉，“那我需要做点什么准备呀？”

“你就保持平常心去对待就行。”程艺星又简要把比赛规则跟她讲了讲，“这个比赛就是考验人的临场发挥力。时间是上午三小时，下午三小时。东西呢，是统一的一幅白描稿，五十种颜色的丝线，至于配色、针法运用以及创意设计都可自由发挥。”

“所以，我真的是不用准备什么对吧？”唐心妍再三确认。

“你天赋异禀，只要临场发挥稳定，一定没什么问题的。”程艺星笑着赞她，接着又安慰她，“这比赛没太大难度的。”

单比赛而言，确实是没什么难度，但想要出类拔萃，那肯定难的。尤其背负着母亲冯英英的希冀，唐心妍倍感压力。

比赛当天，经过现场上绷、勾绷，一天近六个小时的飞针走线和层层勾勒，唐心妍虽然没有超常发挥，但是表现极其稳定。尤其在晕色搭配上，大胆而富有创意，一幅精致花卉图层次分明，清新高雅，但又别具匠心。

经过专家评委的公正评判，唐心妍、程艺星、刘梦琦，三人斩获一等奖前三名。当知道唐心妍是冯英英的女儿时，评委们更是赞不绝口——青出于蓝而胜于蓝。

跟程艺星、刘梦琦简单相互道贺后，唐心妍便跟冯英英匆匆离开了，倒也免去了听些酸溜溜的风凉话。

尽管做好了心理准备，但医院检查出来的结果，仍旧是晴天霹雳。冯英英不但胰腺癌晚期，还出现了肝转移，按照医生的话说：“对于晚期胰腺癌患者，主要目的是提高生存质量。对于疼痛患者，需要使用止痛药物治疗。存活时间取决于患者是否接受治疗以及治疗效果。如果效果好，可以存活半年左右；如果效果不好，则只能存活不超过三个月。”

唐心妍都不知道自己是怎么回家的，只觉得像是做了场噩梦。她根本没办法接受。冯英英倒是神色淡淡地对医生说：“我接受治疗，咱们尽人事听天命好了。”

“妍妍。”冯英英见在为锦城发放给绣庄的订制样稿配色的唐心妍神色恍惚，蹙眉问，“你这个丝线的颜色是不是配错了？”

唐心妍看过去，可不是，棕色拿成黑色了，忙抱歉道：“不好意思啊妈，我拿错了。”

“妍妍，这种错误很低级。”冯英英伸手拽住她，口气严肃道，“绣庄里的绣娘绣技是不错，但审美跟艺术修养这块儿相对薄弱。你给她拿错颜色，她就算心里有疑问，也会觉得可能是你要标新立异、创新做新的元素，就按照你给的颜色直接去绣了。你这犯错对她们很不负责，会让她们做很多无用功。”

“我知道错了，我以后会注意的。”

“妍妍，有些话，我不说你也懂。生死有命富贵在天，我的时间虽然不多了，但看着你进步，看着你成长，每一天我都觉得特别有意义。”她语调一转，“妍妍，我不想你感情用事，更不想你每天哭哭啼啼的。人生自古谁无死？或轻于鸿毛，或重于泰山罢了。我这一生除了对你不够细心外，问心无愧。”她缓了口气，继续道：“妍妍，你能将咱家的绣技继承下去，发扬好，我就对得起你姥姥，对得起冯家的祖宗了，我也能没有任何遗憾地离去了。”

唐心妍神色悲怆。人生最痛苦的事，莫过于眼睁睁地看着亲人生命进入倒计时，却无能为力。这一刻她真的痛恨自己无能，不能替母亲解除病痛。

“妍妍，你别这样，你这样只会让我也难过。”冯英英拍拍她的肩膀，郑重道，“生老病死本是自然规律，既然轮到我了，我接受便是。生命的长短我是没办法改变了，但提高质量，让我开心，你是可以做到的。”说完，她伸手在唐心妍脸颊上挤出一抹笑来：“答应妈妈，要笑，要开开心心陪我过完每一天。”

“好。”唐心妍心情沉重地应下，“对了妈，盈盈说，她准备开绣庄，想让你给她题个名字。”

“她才出去几天，就要开绣庄了？”冯英英的眉头蹙起来，“你让她自己来跟我说。”

唐心妍点点头，又问：“妈，傅先生明天要来咱们绣庄考察，是你亲自接待，还是我接待？”

“傅晋辰？”冯英英眉梢一挑，不等唐心妍开口，扫了一眼面前堆着的面料跟绣线，直白道，“这锦城的绣活还没发放下去呢，他急吼吼来考察个啥？”

“是傅晋池，不是傅晋辰。”

“傅晋池？谁啊？”

“傅晋辰的弟弟。”唐心妍如实回答，“他需要一些礼品，想来咱们绣庄淘淘，顺便看下绣娘的手艺。”

“那你接待吧。”冯英英摆摆手，“绣庄的事，现在你说了算。”

第十三章：桃花劫来了

第二天，唐心妍接到手捧大把玫瑰出现在她面前的傅晋池时，愣了。

“送你的花，拿着呀。”傅晋池热络地往唐心妍手里塞，笑嘻嘻地问，“喜欢吧？”

“不是很喜欢。”唐心妍蹙眉，“有刺，扎手。”关键是送花的人她不喜欢。

“这样啊，那我下次换别的送你。”傅晋池伸手将玫瑰花抱回来，随手往垃圾桶里一扔，“走，我请你吃饭去。”

“傅先生，你是来买礼品的，难道不应该先去绣庄里看看吗？”

“哦，那你带我去绣庄看看吧。”傅晋池笑得灿烂，“顺便给我介绍下苏绣。老实说，我还真看不懂好坏。”

“你告诉我想要的尺寸大小、价格区间，我帮你挑。”唐心妍带着他走入小展厅，客客气气道。

傅晋池爽快地伸手指了两幅：“就那两件，帮我包起来吧。”

“好的。”唐心妍踮着脚去取绣品。傅晋池眼疾手快地帮她，附上一脸谄媚的笑意道：“唐姐，我听说你单身呀？”

唐心妍不动声色地瞅了他一眼。

“唐姐，我这个人性子直，我就实话实说了吧。上次见你之后，我就对你念念不忘……”说到这儿，傅晋池的神色带上几分羞涩，不过还是鼓足勇气，“你能不能给我一个追求你的机会呀？”

“你开什么玩笑！”

“唐姐，我没有开玩笑，我是认真的。”傅晋池一急，伸过手抓着唐心妍，“我喜欢你……”

“打住！”唐心妍对着跟傅晋辰相似的面容，狠绝的话说不出来，只好讪讪道，“不好意思，我有男朋友了。”

傅晋池明朗的笑脸瞬间垮了下来：“你有男朋友了？”

唐心妍硬着头皮点点头。

“我不相信，除非你叫他出来让我看看，不然我不会放弃追求你的。”傅晋池口气偏执道。

“他现在不在，下回吧。”唐心妍敷衍。

“好的，下回就下回。”傅晋池盯着唐心妍不依不饶，“不过今天你得陪我吃饭。”

“我还有事，下回吧。”

傅晋池倒也没坚持，继续好脾气道："行，下回，咱们可说定了。"

如果唐心妍知道傅晋池的下回是第二天的话，她一定不会答应。

"唐姐，你昨天可都答应我了！你总不能说话不算数吧？"傅晋池在她绷架前软磨硬泡了一上午，"你看我，可怜巴巴陪你一上午了。"

唐心妍忍了又忍，心里不断告诫自己，对待客户要友善，不能烦躁。

"妍妍，这位是？"程艺星眼神温柔地看着她问。

"唐姐的追求者。"傅晋池一脸骄傲地回。

程艺星笑了笑："那真是巧了，我也是。"

唐心妍只觉得头皮一紧，下意识道："星星，你别跟着他瞎闹。"

"妍妍，我没闹，我是认真的。"程艺星的表情正经起来，"我喜欢你，喜欢了很多年，但因为太过喜欢，我不敢表白，我怕被你拒绝，我怕我说出来了，我们连朋友都做不成。"

唐心妍怔住，俏脸憋得通红，那句"你现在说出来，我也很尴尬"生生地卡在喉咙口。

"妍妍，还记得我出国前我们分别的那一天吗？我告白是真的。"程艺星清澈的眼眸里带着款款深情，"从喜欢你那天开始我就一直在折千纸鹤，我给你折了四千多只千纸鹤，每一只里面都写了一句'我喜欢你'。"

"星星，你别说了。"唐心妍不知所措地打断他。

“妍妍，今天你就算是拒绝我，也请听我说完好吗？”程艺星的眸光中带着恳求，“我知道，我懦弱，我连告白都不敢，在别人误解我跟刘梦琦是一对的时候，我碍于她的面子，没有及时解释。到后面我努力解释，结果大家都不听，我真是痛苦又无奈。”他重重叹了口气，郑重地解释：“妍妍，我跟刘梦琦从来都没有在一起过。我心里，从过去到现在，只有你一个。”他神色哀伤而又脆弱地看着唐心妍：“妍妍，我不奢望你马上接受我，但请你给我一个公平竞争的机会可以吗？”

唐心妍惊异地看着他：“你跟梦梦，没在一起过？”

傅晋池微微眯眼，不禁腹诽：玩砸了，真把情敌套出来了，不行，得赶紧跟傅晋辰说道说道去。

“没在一起过。”程艺星口气坚定地回答，“因为我心里只有你，也只想跟你在一起。”

唐心妍的手拽着衣角，心里突然就酸涩起来。她自以为是地退出、成全，却是这样一个结局。她不知道该给程艺星什么表情，她也无法形容她此刻的心慌意乱。

顾阿姨路过听到这话，兴奋地大叫起来：“妍妍，答应星星呀！”

“在一起！”金阿姨跟周多阿姨跟着起哄。

“在干吗呢？怎么这么热闹呀？”冯英英坐着轮椅笑眯眯地靠近过来问。

几个阿姨七嘴八舌地告诉冯英英。唐心妍这边怔怔地不知道该给程艺星什么反应。

“恭喜。”阿姨们倒是向冯英英齐齐道贺，“英英呐，看来我们绣庄要办大喜事了。”

“你们先去忙自己的事吧。”冯英英正色看着唐心妍问，“什么情况哪？”

“我……我也有点蒙。”唐心妍神色尴尬地看了一眼傅晋池，又看看程艺星，对上冯英英的眸光，羞涩道，“妈，这事你先别问了，也别管，我需要好好捋一下。”

“好吧。”冯英英点点头，声音平和道，“不管你是选择傅先生还是星星，妈妈都支持你的决定。”她对傅晋池跟程艺星扯着嘴角笑笑：“我就不掺和你们的事了，再见。”说完她平静地离开。

“妍妍，你选谁？”傅晋池跟程艺星异口同声地问。

“你们当我去菜市场选大白菜呢！”唐心妍没好气地翻了翻白眼，“你们都走吧，让我静静，好好想想。”

傅晋池跟程艺星别扭地对视一眼，谁都不肯走。

“你们不走，那行，我走。”唐心妍几乎是落荒而逃般离开了绣庄。

“程艺星是吧？唐姐有男朋友了，她不会喜欢你的。”傅晋池挑眉损了句。

“她喜欢不喜欢我，跟你没关系。我喜欢她就行了。”程艺星神色平静道。

傅晋池惊讶地看着他：“你这一厢情愿的暗恋，听着好像是挺让人感动的。可惜，唐姐好像不吃你这一套。”说完他吊儿郎当一笑：“原本我还没当回事，可现在有竞争，就有动力，咱们各凭本事去追吧。”

“傅晋池，如果你不喜欢她，请别去招惹她。”

“我就招惹了，你咬我呀？”傅晋池叫嚣了句，扬长而去。

程艺星神色黯然地转身，看到冯英英时，垂着脑袋，不安道：“师父，我对妍妍是真心的。”

“我知道，我支持你。”

当晚，冯英英便找唐心妍彻夜长谈，以实际行动支持程艺星，晓之以理、动之以情地说了程艺星诸多的好，更难得的是他对唐心妍这份十年不改的初心，值得她去珍惜。最后的结果是，唐心妍答应跟程艺星以结婚为前提谈恋爱试试。冯英英这才心满意足地回房休息。

按部就班地跟程艺星约了两次会，看过一场电影，唐心妍看他对自己小心翼翼讨好的模样，心里就别扭得发慌。感情是两个人的事，而不是他这样一味迁就跟讨好。当初被唐心妍掐断的暗恋，经过这些年时光的沉沦，终究是变了味。

程艺星再约她的时候，唐心妍借口要赶着绣冯英英一个月期限的《朝晖》，委婉拒绝了。她需要潜心钻研绣技，顺便好好想想，这段感情到底要不要继续耗下去。

如果只求一段相敬如宾、平淡如水的婚姻，程艺星绝对是最好的伙伴、搭档。但如果求一段“愿得一人心，白首莫相离”的感情婚姻，那她跟程艺星终究差了那么点火候。

程艺星笑得一如既往的温和与宽厚：“没事，你先忙，我等你空了再约。”

唐心妍说给冯月盈听："我发誓，我是认真地想接受程艺星的。"顿了顿，她口气带着惆怅道："我们两个人其实都想好好在一起，但情深缘浅，或许还需要更多的时间去培养感情。"

冯月盈张了张嘴，那句"你的心不在他身上的话，花再多时间去培养感情，也是白瞎"还没说出来，唐心妍又自说自话："一定是我太欢喜了，暗恋多年的对象终于成了男朋友后，我一下习惯不了，我得调整心态。"

冯月盈敷衍着点点头："姐，我今天真没时间跟你唠了，我要回去盯绣庄的装修，挑了下个月吉日准备开业的。"

"去吧。"唐心妍摆摆手。冯月盈风风火火的劲，倒是让她有种感慨，小女孩真的长大了。那么她自己呢？好像依旧懵懂无知，不懂取舍吧。

傅晋池那边，一回沪城就跟傅晋辰说："哥，你煮熟的鸭子要飞了！"

傅晋辰淡漠道："你胡说八道什么？"

"唐姐有对象了。"傅晋池添油加醋地好一顿说，末了道，"哥，我建议你赶紧去追，要不然等她真结婚生孩子了，你就晚了。"

傅晋辰皱了皱眉："她跟我没关系，你别瞎操心了。"

"可曼茹说，只要你跟罗家撇干净关系，一定助攻你跟唐姐在一起呀。"傅晋池毫不犹豫地卖了苏曼茹。因为前几天傅晋辰不但波澜不惊地参加了罗嘉韵的订婚宴，更是在罗嘉雯面前大大方方肯定了唐心妍女朋友的位置，这让傅晋池为苏曼茹好生捏了一把汗。结果苏曼茹神色淡然地告诉傅晋池，她跟傅晋辰本来就是演戏。所以后来才有了傅晋池去苏城找唐心妍，并且假意追求的火辣场面。

“你倒是很听苏曼茹的话嘛！”傅晋辰深邃的眼神在他身上扫了一圈，“她许你什么好处了？”

“帮亲哥追嫂子，我要啥好处！”傅晋池硬着头皮赔了个笑，“哥，反正事情我跟你说了，你要不上心，那我也能真替你去追。我走了。”

傅晋辰怔怔地目送着他远去。好像是有段时间没见这个女人了。他脑海里清晰地浮现出唐心妍的身影来，想到她跟程艺星牵手的画面，他的心里有些沉闷的不适。锦城订制的绣品样稿发放下去了，他找到打电话的理由了，结果是程艺星帮忙接的电话，程艺星温和致歉道：“不好意思，妍妍现在有点事在忙，晚一点我让她回你电话。”

傅晋辰感觉自己心里更闷了，但除了等唐心妍回电，他再没做出僭越的举动来。

唐心妍这会儿在冯月盈的绣庄帮忙，她蹙着秀眉看着墙壁上的绣品，口气踌躇道：“盈盈，你店里就没几幅苏绣，搞这么多机绣，你这店，行不行啊？”

“姐，我这儿还没开业呢，你可千万别在这儿‘乌鸦嘴’。”冯月盈激动地伸手捂住她的嘴，信心满满道，“你放心吧，我既然想开，敢开，我就肯定行的。”

“行是行的，但你开业千万别叫我妈来。要不然，她生气动手砸了，我可不管。”

“姐，我叫你来，就是跟你商量开业这事。”冯月盈眸光闪闪地看着她，“你把姑妈去沪城的时间告诉我，我错开她。”

唐心妍撇撇嘴：“你真是想得周到。”

“姐，人家不是没办法么！经费有限，供不起太多苏绣，但又怕姑妈见了生气。”冯月盈拉着她的手撒娇，“我开绣庄家里人都不支持，这种苦，你懂的呀！”

“好了，我回头把吉日给你挑出来。”唐心妍笑着应了下来，“绣庄的事我就不管你了，但在刺绣研究所学绣技的事，你给我上点心。”

“我保证，我上心。”冯月盈敷衍了句，“姐，我开业这天，你跟星星能不能来帮忙呀？”说着她的视线看向程艺星：“尤其星星，我的准姐夫，你能不能帮我站站台啥的？”

一听这话，程艺星立马笑着应了下来：“你放心，只要我能帮忙的地方，你尽管吩咐。”

唐心妍帮得挺晚，叫程艺星先回去。他不放心，陪到晚上十一点半才将唐心妍送回家。下车的时候，他不经意地问：“妍妍，你《朝晖》绣得怎么样了？”

唐心妍愣了愣，下意识地问：“你的《星辰》该不会绣好了吧？”

“没有。”程艺星嘴角含着笑摇摇头，眸光灼灼道，“就是提醒你一下，一个月为期，剩的时间不多了。”

唐心妍心里一个咯噔，倒不是担心自己完不成《朝晖》，而是想到一个月之后，她该怎么面对程艺星？老实说，她真的很纠结，根本不敢想。程艺星的情深义重她懂，她曾经也对程艺星怦然心动过，所以她很清楚现在对程艺星的感觉，不再是以前那种单纯的喜欢。没有感觉支撑的感情，她不知道能走多久，能走多远。

程艺星伸手握着唐心妍的手，口气温润道："妍妍，最近我想了很多。我觉得刻意营造的约会，或许对你对我来说，都有点压力，往后咱们就跟平常一样相处好不好？"

唐心妍竭力控制把手抽回的冲动，微笑看着他，点点头："好。"或许太过刻意，才导致了两个人的压力。感情这种事，本来就该顺其自然地发展。

傅晋辰第二天打电话来质问的时候，唐心妍后知后觉地反问："傅总，你说，你昨天给我打过电话？不好意思，我没接到。"

"程艺星接的，我让你回我的。"傅晋辰恼怒道。

"那他可能忘了，我们昨天帮盈盈整理绣庄，弄得挺晚的。"唐心妍解释道。

傅晋辰沉默了。

"傅总，那昨天你找我有什么事吗？"

傅晋辰清冷的目光落在墙壁上的苏绣上，口气淡淡道："肖总这几天要去你们那儿看刺绣进度，你跟阎大师沟通一下，缂丝尽快安排上。"

"阎大师那边已经排上了，你们随时可以过来。"一听是正事，唐心妍立马正色道，"我们绣庄发放出去的活儿，那更是随时欢迎来考察。"

"行，去之前我会再给你电话。"

“好的。”唐心妍口气轻快地应了下来。等傅晋辰挂了电话，她的视线回到绷架上，目视着《朝晖》，神色却恍惚了起来。因为上个电话是苏曼茹打来的，她兴奋地告诉唐心妍，她恋爱了，对象是肖彦成。

唐心妍张口就同情地问：“傅晋辰怎么办？”

“妍妍，我跟傅晋辰从来就没在一起过，你以后别误会了。”苏曼茹无比正经地解释。

“可你之前不是喜欢他吗！”

“喜欢是一回事，没在一起又是一回事嘛。”苏曼茹尴尬地回道。她先前故意误导唐心妍，是怕傅晋辰跟罗家姐妹捋不清楚关系，唐心妍真心错付。可傅晋辰既然捋明白了，那她便不会为难傅晋辰，更不会成为唐心妍跟他之间的阻力。生怕唐心妍又要说出她之前挖坑“活埋”自己的话，苏曼茹急吼吼道：“妍妍，反正我现在跟肖彦成在一起了，以前跟傅晋辰之间是清清白白的，以后更不会有啥关系，懂了吗？”

唐心妍叹了口气：“懂了。”

“妍妍，我的书快完结了，到时候去苏城找你玩呀。”苏曼茹欢喜地挂了电话。

“好。”唐心妍应了下来。因为有了这通电话，所以她后来接傅晋辰电话才会心虚得不行。

“姐，你发什么呆呢？”

“没什么。”唐心妍回神，敷衍道，“在想这幅刺绣还有没有要改进的地方。”

“我帮你看看。”冯月盈不疑有他，认真地端详起来，“色彩鲜明，针法多样，形态也栩栩如生，就是少了点什么味道。”

“少了什么味道？”唐心妍问得认真。

冯月盈摇摇头：“我一下子说不上来，你回头找姑妈问问呗。”说到这儿，她关切地问了句：“姑妈身体怎么样？”

唐心妍的神色一下黯淡了下来：“不是很乐观。”

虽然听了傅晋辰的建议进行治疗，胰腺癌后期对病患的痛苦折磨依然超出了唐心妍的想象。冯英英的状态非常差，不思饮食，消化不良，人消瘦得不成形了。

“姐，姑妈就为了你支撑着呢，你可千万不能垮。”

“我知道。”唐心妍点点头，脑海中突然灵光一闪，“我知道这幅刺绣缺什么了。五湖四海皆春色，万水千山尽朝晖。我形是绣像了，但意境还不够，我这边色调的处理有问题。”说着她动作麻利地将绣面拆去。

“姐，那开业请帖我放这儿，你先忙吧，我走了。”冯月盈识趣地告辞。

唐心妍废寝忘食地绣了几天几夜，将《朝晖》在冯英英限定的时间内赶完，正摆着看是不是还需要改进什么，傅晋辰带着肖彦成、苏曼茹来绣庄考察苏绣进度了。她目瞪口呆地看着他们三个人说说笑笑地进来，下意识地捂住脸：“傅总，你不是说来之前会打电话吗？”搞突然袭击，她这会儿蓬头垢面的，完全不能见人。

“他们临时要来，我就陪着了。”傅晋辰口气淡淡地指了下肖彦成跟苏曼茹。

“妍妍，亲爱的，惊不惊喜？”苏曼茹笑着过来抱她。

“惊喜！惊喜得都成惊吓了。”唐心妍不动声色地在傅晋辰、肖彦成、苏曼茹身上扫了扫，这三人相处得未免太过和谐了。

“这是你绣的吗？”苏曼茹眼尖地指着《朝晖》问。

唐心妍点点头：“你觉得怎么样？”

“完美，你是天才啊！”苏曼茹笑着揽过肖彦成，“亲爱的，你说我们妍妍是不是天赋异禀？”

“你可别夸她，省得她翘尾巴。”冯英英笑着进来了。她视线触到唐心妍那幅《朝晖》时，神色怔了半晌，害唐心妍心里忐忑得手心都冒汗了。

“一个月，你能绣成这样，确实值得夸。”

“妈，你刚才的表情，吓死我了。”唐心妍暗暗松了口气。

“苏绣技艺传承跟创新发展并重，既不能丢弃传统技艺，也不能一味模仿前人。你这幅作品融入了自己的想法，就很好。但我相信你以后能更好。”冯英英郑重道。

“妈，我会继续努力的。”唐心妍立马表态。

“你带他们去绣庄转转，这幅作品交给我吧。”

“好的。”唐心妍尽责地带着傅晋辰他们在绣庄里转了一圈，然后又走到缂丝的阎大师那儿去看了看。

苏曼茹对精美绝伦的苏绣跟缂丝技艺赞不绝口，她又让唐心妍陪着去山塘街听了评弹。晚餐后，她甚至还去清吧坐了坐，一天的时间过得充实到了极致。散场的时候，她哈欠连连，干脆跟肖彦成在山塘街那边的民宿休息了。

唐心妍对这个损友彻底无语：“那你们好好休息，我打车回去吧。”

“这么晚，你打什么车？”苏曼茹俏眉一挑，“让傅晋辰送你好了。”

“不太合适吧。”唐心妍下意识拒绝，“这边打车很方便的……”

“我住绣院。”傅晋辰打断了唐心妍的话，“走吧。”

“曼曼，那我先走了。”唐心妍跟着傅晋辰上了他的车，拘谨道，“傅总，谢谢。”

“顺路罢了。”傅晋辰口气一贯地清冷。

唐心妍意兴阑珊地点点头，不动声色地看了他一眼，侧脸依旧帅得犹如雕刻一般。他不出声，整个车厢内便散发着沉闷的尴尬。

唐心妍吞了吞口水，问他："曼曼怎么会突然跟小肖总好上了呀？”问完，她恨不得咬断自己的舌头，这不是往傅晋辰心头扎刀么！唐心妍啊唐心妍。

“我怎么知道。”傅晋辰果然口气不耐烦。

“对不起。”唐心妍立马识趣地道歉。

“平白无故跟我说对不起干吗？”傅晋辰漫不经心地说，“唐心妍，你该不会到现在还以为我对苏曼茹有意思吧？”

“没有。”唐心妍敷衍着摇摇头。

“我对苏曼茹没意思，我跟她从来就没戏。”傅晋辰转过脸，眸光灼灼地看着她，“你如果对我有什么想法，不必顾忌她。”

“傅总，你是不是误会了什么？我对你没想法，真的！”

生怕傅晋辰不信，唐心妍干脆道，“我有男朋友了。”

傅晋辰的俊脸一下子就黯然了下去。

一路沉默无话，气氛又冰又冷，尴尬得唐心妍恨不得挖个地洞钻进去。到家，她才边解安全带，边紧张道：“傅总，谢谢你顺路捎我回来，我先走了。”

傅晋辰一把拽住她的手，幽深的眸光隐约透着侵略性：“程艺星不适合你。”

唐心妍看着手，眉头微皱：“傅总，适合不适合，是我的事，跟你好像没什么关系吧？”她淡淡地抽回手，内心五味杂陈起来：“我知道曼曼跟小肖总突然恋爱可能对你有打击，尤其今天他们还各种秀恩爱，但请你自重。”

傅晋辰冷哼道：“好心被雷劈，你不听拉倒。”

唐心妍则是果断地给他摔上车门，傅晋辰一脚油门疾驰而去。

“妍妍。”程艺星从屋里走出来，神色复杂地看着傅晋辰的车远去，试探着问，“谁送你回来的？”

唐心妍坦然地看着他：“傅晋辰送我回来的。”她简单解释了今天苏曼茹、傅晋辰、肖彦成来苏城考察苏绣进度后，她陪他们在山塘街转了转，末了问他：“星星，这么晚，你怎么在我家呀？”

“我来给师父交《星辰》的绣品。”程艺星犹豫道，“但你妈身体不太舒服，留我在这儿说话。”

唐心妍的脸色一沉：“我妈身体不舒服？”不等程艺星回答，她拔腿往屋里走，收势不住撞到唐克勤身上，急吼吼问：“爸，我妈她怎么了？”

“你轻点，你妈好不容易刚睡着。”唐克勤淡淡扫了一眼风风火火的她，叹息道，“妍妍，你能不能问下你朋友，把你妈妈尽快安排去住院？”

唐心妍明白怎么回事。冯英英开始疼了，唐克勤不想见她如此难受。她双手紧紧握成拳，哽咽着点点头：“好。”

唐克勤也不知道该说什么，拍拍她的肩膀，转身回房。

唐心妍的眼泪在眼眶里打转，她死死地咬着唇，腥气的鲜血味伴随着疼痛在口中蔓延。

“妍妍，你别这样。”程艺星拿着面巾纸饱含深情地帮她擦拭眼泪，心疼道，“你这样师父会担心的。”他伸手揽过她，结结实实地抱着：“妍妍，不哭了。”

唐心妍浑身一僵，别扭地伸手推开他。

程艺星神色一愣，尴尬起来：“妍妍，我……”

唐心妍心里有点慌乱，想解释，但实在没心思敷衍，干脆道：“星星，时间不早了，你先回去吧。”

程艺星叹了口气，眼神恢复一贯的温和：“那好，我先走了。”

唐心妍抓起手机就给傅晋辰打电话，可他关机了。唐心妍蹙着眉找冯月盈，确认了他的房号，抄起唐克勤的车钥匙便往外走。

“大半夜的，你干吗去啊！”唐克勤叫住她。

“有事。”唐心妍头也不回地直奔绣院，敲开了傅晋辰的门。“傅总……”看到他穿着浴袍，正擦着湿漉漉的头发时，她别扭地移开视线，盯着地板道，“我有事想跟你说。”

傅晋辰默不作声地看着她，没搭话。

唐心妍垂着脑袋，屏息凝视，心脏紧张得咚咚直跳，硬着头皮开口：“傅总，你能不能……”

“不能。”傅晋辰神色不耐烦地打断她，口气凉薄道，“你让我自重，自己却半夜来敲我房间门，唐心妍，什么意思？”他朝她逼近一步，眸光灼灼道：“想玩欲擒故纵吗？”

唐心妍深深吸了口气解释：“傅总，我不是欲擒故纵，我是有事想请你帮忙。”

傅晋辰挑了下眉毛：“想请我帮忙？可以，把酒喝到位再说。”他侧身让出路，对她做了个“请”的手势。

“傅总……”

“不喝酒，就什么都别说了。”傅晋辰打着酒嗝，打断她。

“我喝。”唐心妍跟在他身后进屋，看到桌子上有开了的红酒，眼尖地瞅到两个酒杯，怔怔道，“傅总，对不起，我不知道你跟朋友在喝酒，要不我就不打扰你了。”说完转身便想走。那高脚透明玻璃杯上的红唇印，刺得她眼睛有点疼，心里也闷闷的。

毕竟此时此刻此景，孤男寡女，红酒助兴，场面不言而喻了。尽管母亲的病情让她心急如焚，但唐心妍依旧不想做那个不识趣的人。

“朋友？算是吧。”傅晋辰勾唇浅笑，话锋一转，“不过我觉得你更熟一些，你就留下帮我喝酒吧。”

“什么意思？”

“傅总，我找来冰块了。”傅晋辰还没回答，门口传来娇柔的女声。

唐心妍莫名觉得耳熟，顺着敞开的门看过去，刘梦琦那俏丽的笑颜便映入眼帘。两个人相视的一瞬间，皆愣住了。

“妍妍，你怎么来了？”刘梦琦眼神犀利地看着她，不等她回答，又口气不善地质问，“你跟傅总，到底什么关系？”

“如你所见。”傅晋辰伸手，一把将恍惚的唐心妍揽入怀里，浓烈的酒味熏得她直皱眉。傅晋辰按着她，对刘梦琦优雅地笑笑：“刘小姐，谢谢你的红酒。我女朋友来了，我们还有正经事要做，酒就不喝了，你请回吧。”

“你，你们……”刘梦琦被这口“狗粮”塞得猝不及防，心底的羞愤让她口不择言，“傅总，唐心妍跟程艺星在谈恋爱，她还勾搭你，一看目的就不纯……”

“闭嘴。”傅晋辰冷冷地打断，毫不留情拆穿道，“就算她目的不单纯，可你一次次故意接近我，你就单纯了吗？”

强烈的羞愤使刘梦琦的脸色唰的一下白了，她双手紧握成拳，不死心道：“傅晋辰，我承认，我是故意接近你，可我喜欢你呀。”

“我不喜欢你。”傅晋辰神色淡然，“如果不是看在刘奶奶的情分上，我压根就不想搭理你。”

刘梦琦的俏脸彻底被气得扭曲，捂着脸羞愤地跑了出去。

傅晋辰踉跄了一步，倒在沙发上，揉着额头，神色稍显痛苦道：“戏看够了？”

“梦梦，她喜欢你？”唐心妍满脸不可置信，“可她不是喜欢星星吗？”

傅晋辰抬脸看着她，眸光有些涣散，嘲讥了句：“程艺星真比我好吗？”

“傅总，我看你今天喝得有点多，算了，我明天再来找你吧。”如果傅晋辰没有喝醉，只怕他也不会问出这样幼稚的问题，更不会那么直白地呛刘梦琦了。

“我没喝多。”傅晋辰抬手又灌了一杯酒，不服气地问，“唐心妍，你倒是说说看，程艺星哪里比我好？”

“你好，你好，程艺星比不上你。”唐心妍敷衍着哄他，动作麻利地将他往床边扶，“好了，你早点休息吧。”说完她转身准备离去。

傅晋辰大力一拽，将唐心妍拽倒在自己身上，眼神迷离地看着她，执着地问：“既然程艺星没我好，那你为什么要跟他在一起？”

唐心妍的心跳瞬间就乱了节拍，皱眉去推他：“傅晋辰，你喝多了，你放开我。”

傅晋辰目不转睛地看着她，半晌后说了句：“我今天确实喝多了。”然后闭眼吻上了她的唇。

唐心妍感觉自己要炸了，因为傅晋辰是醉了，她清醒着，可她不但没推开，而且脑子发热地闭上了眼……

第十四章：遭遇算计与背叛

“姐，你干吗？”冯月盈进门看到她烦躁的样子，不由关切地问，“是姑妈又不好了吗？”

“没有，我妈挺好的。”唐心妍低声回答。尤其在知道她的《朝晖》入围百花绣艺展后，冯英英整个人精神也都好了不少。

当然，唐心妍心里清楚，她这样的状态，只怕跟姥姥一样，叫回光返照。

“既然姑妈挺好的，你那么烦躁干吗？”冯月盈不解地看着她，“难道因为要订婚了，你患上焦虑症了？”

“也许吧。”唐心妍深深地吸了口气。第二天傅晋辰便跟苏曼茹、肖彦成回了沪城，没有一句歉意，也没有一句交代，就好像彻底忘记了她。唐心妍能怎么办？

幸好沪城肿瘤医院的主任先前留了联络方式，唐心妍硬着头皮直接找过去。终于将冯英英收治入院，唐心妍开始了沪城、苏城两头跑的日子，压根没时间去捋这份错乱感情。而傅晋辰也再没消息。

程艺星陪着她来来回回忙活了一个多月，冯英英看在眼里，疼在心里，干脆挑明：“你们的婚事，我操办不动了，但临死之前，我想看你们订婚。要不挑个吉日吧？”

唐心妍神色恍惚，程艺星笑吟吟道：“离百花绣艺展评比结果没几天了，等出来了，咱们就办，师父，可以吗？”

“对，等百花绣艺展结果出来，你们订婚，双喜临门。”冯英英满脸欢喜，“哦，可能是三喜临门呢。”

程艺星的《炎阳》本来就是百花绣艺展夺魁的热门，而唐心妍则以黑马的姿态，直接杀入百花绣艺展的决赛。现在等待的结果，无非是名次前后罢了。订婚的日子就定在评比结果出来后的第二天。

“姐，你说句实话，是不是不想跟程艺星订婚呀？”冯月盈问得小心翼翼。

程艺星站在门外，神色陡然一紧。

“没有啊。”唐心妍否认。

“真没有？”冯月盈一脸不信，“姐，如果你不想跟他订婚，或者不喜欢他的话，你别勉强自己。”说到这儿她又愤愤不平道：“我是真觉得你跟傅晋辰挺般配的。”

“你别提他了行不？”唐心妍心情烦躁地打断，“我跟他真的没有任何关系。”生怕冯月盈再说出什么令人无法招架的话来，她干脆又解释了句："星星是我暗恋那么多年的对象，我只是不知道该怎么谈恋爱罢了。"说到这儿，她似乎找到了原因："反正订婚了，就不去纠结会不会谈恋爱了，好好过日子就是。"

程艺星若无其事地转身离去。

订婚这一天，邀请了双方家长跟近亲，摆了两桌。冯英英很开心，因为唐心妍获得了百花绣艺展青年组的第一名，第二名是程艺星，真应了她那句"三喜临门"。

程艺星的酒量一般，但架不住高兴，一杯又一杯跟舅舅、姑父他们喝酒。后来散场的时候，程艺星趴在桌上醉得不省人事，程妈妈笑着拜托唐心妍："妍妍，今天就辛苦你照顾下星星了。"

"没事，都是要做星星媳妇的人了，照顾他应该的。"冯英英笑着插话，又鼓动程妈妈，"我们去找人拣下结婚吉日吧。"

冯英英和程妈妈一走，唐心妍便开始喊程艺星："星星，醒醒，咱们回家了。"

程艺星醉眼蒙眬地抬起头，柔情似水地看着她。"回家，"他跌跌撞撞地站起来，"我们一起回家。"

"你当心点。"唐心妍眼疾手快地扶住他，"别摔着了。"

"有你在，不会的。"程艺星笑得明媚，伸手抬起她的下巴，闭眼吻了上去。

唐心妍下意识就推开。

程艺星一怔，眼眸中闪过狼狈，低沉道："妍妍，我们订婚了。"

“我知道。”唐心妍面色一僵，“你酒味太重了。”

“哦，那我回去洗洗。”程艺星露着皎洁的白牙，笑得憨态可掬。

唐心妍突然觉得自己很不应该，她对不起程艺星这份深重情义，愧疚地搀着程艺星回家。帮他擦拭的时候，她做好了接受一切的准备。可程艺星睡着后就没醒来，唐心妍心里默默松了口气。看到傅晋辰的来电时，她怔愣了会儿才接起。

傅晋辰清冷的声音传了过来：“恭喜你，订婚了呀。”

“谢谢。”

这两个字把傅晋辰给噎住了，好半晌之后他才出声：“那天晚上……”

“什么事都没有。”唐心妍嘴里否认，脑海里却浮现出那一晚的画面……

“真的没有吗？”

“真的没有，什么都没有，你以后别打电话来了。”唐心妍烦躁地挂了电话，心里的委屈瞬间爆发，眼泪唰的一下流了出来。这什么人嘛，不痛不痒过去了一个半月，唐心妍跟程艺星都订婚了，他才来问？这反射弧度也太长了点！

程艺星头痛欲裂地醒来，看到唐心妍泪流满面的样子，不由得一愣，伸手就去擦：“妍妍，你怎么了？”

“我没事。”

程艺星默不作声地看了眼落空的手，心里五味杂陈，面上若无其事道：“没事的话，你早点去休息吧。”

“哦，好的。”唐心妍想要献身的勇气，瞬间消弭得无影无踪。

冯英英的身体越来越差，她遗憾地对唐心妍说：“妈妈可能看不到你们这次精品博览展的评比了，但妈妈相信你跟星星一定能获得好成绩的。”

“妈，不会的，你一定可以看到结果的。”唐心妍憋闷得透不过气。

“妍妍，你跟星星以后一定要好好在一起，相互切磋，共同进步。”冯英英神色温和，“苏绣在不断发展，这次精品博览展的作品，一定要认真、上心。以后呢，你们要迎合时代，积极发展，坚守巨匠精神。”

（背景摘录：苏绣于2006年被文化部列入“国家级非物质文化遗产代表作名录”，属民间美术类别。2014年5月，文化部通过了对镇湖“苏绣非物质文化遗产保护”的审核。2014年10月26日，江苏省文化厅等部门给苏州镇湖进行了“苏绣非物质文化遗产保护”授牌。）

冯英英走的那天，唐心妍哭得撕心裂肺。那几天她一吃东西就吐，整个人消瘦、憔悴得不成样子。

“姐，你节哀。”冯月盈拍拍她的肩膀，神色悲怆。

苏曼茹、傅晋辰、肖彦成都来了，他们神色凝重地对她点点头：“节哀。”

唐心妍擎了伞，神色木然地跟在程艺星的身边，看着唐克勤在母亲坟前哭得像个孩子一般无助，她豆大的眼泪无声无息落了下来。墓碑上，冯英英的黑白照透着温婉的气息。这个强势了一辈子、倔强了一辈子，跟唐心妍经历了决裂又好不容易和好的女人，跟病魔斗争了六个月的时间，还是败了，走了……

“妍妍，我们回家吧。”程艺星伸手揽着她的肩膀道，“师父一定不想看到你这样。”

回家的路上，即使开着车，程艺星的手也一直紧紧地握着唐心妍的手。本该是温暖的支柱，可唐心妍却被烫得发慌，看着他清隽温和的脸，一千万个“对不起”卡在喉咙口。

“妍妍，你这几天胃口不好，晚上我帮你煲点小米粥。你还有什么特别想吃的？我做给你吃。”程艺星讨好地问。

“不用了，我什么都不想吃。”唐心妍病恹恹道。

“你这样不行的，要不然我带你去医院看看？”

唐心妍拒绝：“我没事，不用去医院。”一边说一边呕吐不止，捂着嘴又开始打恶心。

程艺星的眸光幽深地看着她：“妍妍，师父走了，我知道你很难过，我也很难过。但逝者已矣，我们必须要打起精神来好好活着。”说到这儿，他叹了口气：“你现在这副样子，还有精力准备精品博览展的作品吗？这可是师父临走前都放心不下的事。”

唐心妍虚弱地点点头：“我会尽全力的。”精品博览展跟百花绣艺展几乎是无缝对接，冯英英临走前给她和程艺星定的目标便是拿下这个精品博览展前三的一个名次。

“可你这样，我真的很不放心。”程艺星担忧道，“明天开始，我搬过来跟你一起绣。”

“不用了。”唐心妍摇摇头，“星星，在创作的时候，我不喜欢别人打扰。”

“好吧。”程艺星无奈地叹口气，像哄孩子一样，“你答应我，要好好吃饭，乖乖睡觉，好好保重身体好吗？”

“好。”

唐心妍还没到家，便接到苏曼茹口气焦灼的电话：“妍妍，出事了，你来一下绣院。”

“出什么事了？”唐心妍神色陡然一紧。

“电话里说不清楚，你赶紧来一趟。”

“星星，曼曼那边有急事找我，你送我去绣院吧。”

唐心妍的话语气急切，程艺星便体贴地将她送到绣院，临下车前不忘关照：“你一会儿要回家的时候，跟我说，我来接你。”

唐心妍对他摆摆手：“谢谢。”

程艺星那句“你我之间不必这样客气”卡在喉咙口，他默默地叹息了声，驱车离开。

“妍妍，不好了，你《朝晖》那件刺绣是不是没有买人家版权？”苏曼茹进门拉着她的手一股脑地说，“那个画家在微博上私信我了，让我转告你，没经过他允许，侵权可耻，他要给你发律师函告你！”说到这儿，苏曼茹神色担忧道：“他还发了他的原创登记什么的证据。妍妍，你这《朝晖》是获奖作品，要是被捅出来侵权什么的，估计很麻烦呀！”

“唐心妍，亏你还是搞设计的，这种别人原创的图案，能随便取来用吗？”傅晋辰清冷的声音带着恨铁不成钢的意味，“基本的版权意识都没有，你的脑子进水了吗！”

唐心妍蹙眉解释："《朝晖》是我妈打印好了给我绣的，版权的事，我还真不清楚。"而且，一开始她也只是跟程艺星绣着切磋绣技的，她根本不知道冯英英要她去比赛，更不知道后来直接成了黑马，拿了一等奖。

"你是想用不清楚来推卸责任吗？"傅晋辰拧眉不悦道，"要是被肖总知道我们的合作方有窃取版权这样的劣迹，你说他会怎么想？"

唐心妍愧疚地看向肖彦成。肖彦成神色尴尬地看了眼苏曼茹，才道："我爸这边倒是好解释，可我怕咱们锦城这个项目推出后，要是被对手拿这做文章，那就麻烦了。"顿了顿，又道："毕竟这种得奖作品，版权不清的话，很容易被人做文章的，到时候锦城麻烦，只怕唐小姐会更麻烦。"

"那怎么办呀？"唐心妍惶惶不安。

"画家既然敢私信苏曼茹，并且有你侵权的实锤，那么趁着事情没有扩散之前，赶紧联系他去私了。"傅晋辰叹息，"该道歉道歉，该赔偿赔偿，态度放端正一些。"

"我知道轻重的。"唐心妍立马看向苏曼茹，"曼曼，麻烦你帮我再联系一下那位画家，我上门赔礼道歉去。"

"OK。"苏曼茹联系上了画家，带着唐心妍、傅晋辰、肖彦成连夜飞去了画家的城市。第二天，唐心妍诚恳地道歉，又真诚地拿出一大笔赔偿费用，好说歹说，画家才点头将版权签给唐心妍，并且还签了他另外几幅作品的版权。

临走的时候，唐心妍知道了捅出这件事的是刘梦琦。原来她来找画家谈版权的时候，故意将唐心妍获奖的《朝晖》

说给画家知道，依着她的意思，让画家找报社，让媒体将事情报道一番。可画家是个网络“冲浪者”，并且还是苏曼茹的书迷，才有了发私信转告停止侵权这事，也给了唐心妍弥补的机会。

接到程艺星的电话时，他的口气焦灼又不悦：“妍妍，你去哪儿了？怎么一晚上都没回来？”

唐心妍心情正悲伤，口气不太好地回：“还不是怪刘梦琦，她给我背后捅了一刀。”

“怎么了？”程艺星忙问。

唐心妍简要地吐槽了一遍，末了气鼓鼓道：“反正我跟她的友情，现在完结了。”

“会不会有误会？”程艺星试着说和。

“星星，我知道你跟她关系也好，但事实就是事实，她坑我了。”唐心妍心里的火气嗖的一下冒起，“算了，我不想跟你说。”她干脆地挂了电话，真怕再多说一句，她连程艺星也得恼上。

“这次算你运气好。刘梦琦，你防着点。”傅晋辰见她神色憔悴，原本说教的话到嘴边，默默地咽了回去。

唐心妍郑重地点点头：“吃一堑长一智，以后我对原创画稿这一块儿，会更仔细把关的。”

因为苏曼茹跟肖彦成还要再玩两天，傅晋辰跟唐心妍便先行飞回苏城。一路上，傅晋辰倒是几次示好，但唐心妍魂不守舍，两个人的话变得极少，仿佛就是再普通不过的交情。

傅晋辰留意到她捂着嘴巴打了好多次恶心，剑眉不由微蹙起来："一会儿回了苏城，我陪你去医院检查下。"

"不用。"唐心妍拒绝，转过脸眸光淡然地看着他，"傅总，这次的事，我很感谢你的帮忙，但我们以后还是保持距离为好。"

傅晋辰冷着俊脸应了声："随便你。"高傲地转过身子，保持距离。等下了飞机，两人也是别扭地各打各的车，各走各的路。

唐心妍想到苏曼茹对她说的悄悄话："妍妍，你这状态，感觉挺像怀孕的状况。你跟程艺星是不是那什么了？"她去药店买了测孕棒，回家悄悄测出两条杠时，心慌得不知所措。

孩子，她竟然有了傅晋辰的孩子？可她现在还是程艺星的未婚妻啊！

程艺星知道她回家了，立马提了礼品上门，柔情道："妍妍，出去累了吧？我给你做好吃的。"

唐心妍心乱如麻地看着他在厨房熟络地忙碌起来，踌躇地叫了声："星星。"

"怎么了？"程艺星笑着回头，明媚如骄阳，"你胃口本来就不好，可别被油烟熏着了，去外面等我吧。我今天给你做开胃的糖醋小排。"

"星星，我们分手吧。"唐心妍鼓足勇气道。

"什么？"程艺星愣住，"妍妍，你开什么玩笑？"意识到唐心妍是认真的，他忙追问她："妍妍，是我哪里做得不好吗？"

唐心妍愧疚地看着他："你很好，真的很好，是我配不上你。”她艰难地吞咽了下口水：“是我对不起你。”她真不能怀着傅晋辰的孩子，再若无其事享受程艺星对她的好。

程艺星沉默了，许久后，眼神哀伤地看着她问：“妍妍，你真决定好了吗？”

“对不起。”唐心妍不敢看他，闭眼的瞬间，眼泪流了下来。这段感情，她真的很努力想要去珍惜，可是不爱就是不爱，她真的没有办法勉强自己假装说爱。

“没关系。”程艺星强装若无其事地挤了抹笑，“你就算不是我的未婚妻，也还是我的师妹，别哭了。”他伸手想帮她拭泪，又硬生生忍住了：“你自己去洗洗吧，一会儿出来记得吃东西，我先走了。”他仓皇而逃，再多待一秒，他都要崩溃了。

唐心妍昏天黑地地睡了一天一夜，然后去医院做了检查，确诊她真的怀孕 9 周了，只是黄体酮低，有流产的风险。医生配了叶酸跟黄体酮片给她，交代：“你 11 周的时候，记得来办卡……”

“医生，我不想要。”唐心妍打断她，“你能给我安排手术时间吗？”

“你跟星星不是订婚了吗？为什么不要？”医生错愕地瞪大眼睛，摘下口罩。

“表嫂？”唐心妍只觉得脑子炸了。她知道乡镇医院小，可真没想到竟然这么小，这妇科医生竟然是程艺星的表嫂。她只能硬着头皮开口：“表嫂，我怀孕的事，星星不知道，你能不能不告诉他？”

“可以。”表嫂点点头，“可你为什么不要这个孩子呀？虽然黄体酮有点低，但只要吃药一般就没什么问题了。”

“我最近在忙精品博览展的作品，这个孩子来的不太是时候。”唐心妍撒谎。

“唉，生育孩子确实耽误事，但咱们作为女人，不都要有这么一遭嘛，早点晚点的事。我个人建议你好好考虑，错过这次比赛，你下次还有机会，可错过这个孩了，下次就不是这个了。”

“好吧，那我再想想。”唐心妍神色恍惚地离开医院。

表嫂纠结了下，还是给程艺星打了电话去，讲完事情又语重心长劝道：“星星，虽然这个什么精品展的比赛是重要，你们也年轻，以后还能再要孩子，但无论任何手术都是有风险的。我也不是吓唬你们，有很多夫妻刚开始就是不要孩子，结果拿掉之后，想要的时候就怀不上了。”

“好的，表嫂，我会劝劝她。”程艺星挂了电话，只觉得五脏六腑都炸裂一般疼痛起来。怀孕9周多了，可他跟唐心妍却连牵个手都别别扭扭的。程艺星的眼泪流了下来，男儿有泪不轻弹，只是未到伤心处，他这十多年的真心，终究是错付了。

唐心妍终究没有去医院做手术，因为接踵而来的版权纠纷让她焦头烂额。好不容易用道歉、赔偿的方式将冯英英遗留的版权问题处理好，她还没缓过气，姑苏绣娘比赛中冯英英给她开后门的事，被有心人传得沸沸扬扬，舆论纷纷认为唐心妍获得姑苏绣娘比赛一等奖是因为冯大师暗箱操作。后来又有人开始质疑她百花绣艺展的比赛结果，说是因为冯大师临终托孤，让评委动了恻隐之心才给的唐心妍一等奖，人们都同情程艺星就那样被牺牲掉了。

苏曼茹打电话来慰问她时，唐心妍连倾吐的心情都没有：“曼曼，我忙着赶这个精品博览展的比赛作品，等我绣好了，再跟你好好说。”

冯月盈几乎天天来绣庄，看到程艺星对唐心妍依旧一往情深地守护，开始为他说好话：“姐，分手了，程艺星还能对你这样有心，其实真的挺让人感动的。”

“盈盈，我现在没心思谈感情，我就想把这个精品博览展的作品绣好。”说到这儿，唐心妍重重叹了口气，“进前三，是我妈最后的期望。”也是她对那些流言蜚语，用实力证明自己的最好机会。

傅晋辰借口考察锦城项目的进度，倒是来过苏城两次，跟唐心妍之间的交往也是客客气气公事公办的样子。唐心妍几次想把怀孕的事告诉他，又默默地咽了回去。她不想给傅晋辰感觉自己有借子上位的想法，更不想因为孩子，逼迫孩子他爸来负责。

成人世界的所有选择，都得自己负责。

精品博览展结果出来的时候，唐心妍的肚子连宽大的衣服都开始遮不住了。刘梦琦不客气地走过来嘲讽：“唐心妍，你想不到，星星也会插你一刀吧！”

可不是？唐心妍呕心沥血绣了几个月的作品《麦穗》，跟程艺星的《田野》，从图案纹样到绣技针法，几乎如出一辙。

评委会不可能给两幅相似的作品同样高分，只能取其一。程艺星的原创版权登记成了压倒唐心妍的绝对优势，他不负众望地获得精品博览展的金奖。而相对的，唐心妍成了那个人人喊打的抄袭者。所有人看她的眼神，都变了味。

唐心妍自嘲地笑了："是啊，你插我一刀，星星插我一刀，你俩还真是绝配。"

因为程艺星原本准备的作品，根本不是《田野》。跟唐心妍分手后，爱而不得的程艺星心境也变了，他所做的一切情深义重的事情，不过是为了掌握唐心妍在准备什么。程艺星最终狠心地给了她最有力的一击，让她在精品博览展中彻底败北，名誉扫地，也让她无法给死去的冯英英一个交代。

"要说绝配，怎么比得上你跟傅晋辰呢？"刘梦琦不客气地损着，"唐心妍，你说你贱不贱，先前不要脸地勾勾搭搭，现在搞大肚子了，结果傅晋辰不负责了……"

"谁说我不负责了？"傅晋辰清冷的声音响起，快步走到唐心妍身边，亲昵地揽住她的肩膀，冷笑着对刘梦琦说，"我们早就领证了。婚礼是想等孩子出生了带着他一起办而已。"

"摊上这么个名声烂大街的妈，我还挺同情你孩子的。"刘梦琦不客气地说完，转身便走。

唐心妍的脸色唰的一下白了。

"你没事吧？"傅晋辰见状，关切地问。

"我没事。"唐心妍下意识地后退了一步，"你别听刘梦琦胡说八道，这个孩子……""不是你的"这句昧良心的话，她实在说不出来。

“我不听她胡说八道，我也不想听你胡说八道了。”傅晋辰猛地将她拦腰抱起，“走吧，我们谈谈。”

“你放我下来，我好重的。”唐心妍不敢乱动，窘迫得俏脸通红。

“确实挺重的。”傅晋辰笑着点点头，“不过你放心，我抱得动你们。”

将唐心妍抱入车内后，傅晋辰沉着俊脸质问：“你为什么瞒着我？”虽然他也曾疑惑过，但是只当唐心妍变了穿衣风格。再加上她对自己一冷再冷，刻意保持距离，他一直以为唐心妍想跟程艺星好好过日子，才有了默默放下她的念头。如果不是今天苏曼茹说给他听，如果不是他心急如焚地赶了过来，那么这个该死的女人，受尽委屈，也不会找他吐槽半句，他成了负心汉而不自知。

“也不是真的要瞒吧。”唐心妍有点心虚道，“就是没找到合适的机会说而已。”

“行。”傅晋辰点点头，“那现在我已经知道了，你准备怎么办？”

唐心妍苦涩地扯了一下嘴角：“你能不能当作不知道？”

“我当作不知道，莫名其妙成了负心汉？”傅晋辰怒极反笑，“唐心妍，孩子不是你一个人的事，我也有份的。”

“那你想怎么样？”

“先领证，酒席等他出来了再办。”傅晋辰叹了口气，一锤定音道。

“傅晋辰，这就是我不想跟你说的原因。”唐心妍眸光平和地看着他，“我不想你因为孩子对我负责，更不想因为孩子才去结婚。”

“可现在孩子有都有了……”

“我会自己把他养大，我也不会让他成为你的任何负担。”唐心妍回得干脆，“傅晋辰，我说过，我不需要你负责的。”她推开车门故作潇洒道：“你如果喜欢孩子，想来看看他，我随时欢迎。如果你不喜欢，那也没事，我不会让他惹你不快的。”

傅晋辰沉默不语地目送着她离开，因为他不知道该说什么去挽留。

傅晋辰是不知道该说什么挽留，但是他用实际行动表示，他喜欢孩子，期待孩子的到来——他干脆在唐家住了下来。唐心妍说他，他就理直气壮地回道：“你自己说的，我喜欢孩子，想来看他的话，你随时欢迎。我这才吃了你家几天饭，你就给我甩脸子了？你也太小气了！”

这是小气的问题吗！

这是看孩子吗？孩子都还没出生好不！

第十五章：幸福结局

冯月盈在一旁笑着打趣："姐，傅总这么高傲的人，都屈尊来你这要饭了，这心意，你再不领受，你可真算瞎了。"

"我倒是想瞎了，眼不见为净。"唐心妍苦笑了声，"你绣庄打着我妈的名义卖假苏绣这事，你准备怎么处理？"

"姐，我那绣庄怎么回事，你可别说不知道。我什么时候打着姑妈的名义卖假苏绣了？"冯月盈的神色委屈了起来，"我一开始就是卖的走量的机绣，我从来就没打过姑妈的名义好吧？"

唐心妍精品博览展败北后，流言四起，又有人踩着冯英英的名气上位，市场不规范的恶劣竞争中，冯氏绣庄的名气一落千丈，如果不是锦城订制项目支撑，只怕被打压得要关门大吉了。而冯月盈的绣庄，也成了"城门失火，殃及池鱼"

的那条池鱼，被人拿来大做文章，攻击冯氏。

“你一边摆着绷架在绣庄里刺绣，一边含糊不清地卖，明显就是故意以假充真。回头人家买了，说起你这绣庄，还是冯英英大师外甥女的，却给人留下一个粗制滥造的坏印象，你这样，绣庄名声真会做烂的。”

“姐，现在市场竞争这样激烈，很多人都这样干呀……”

“我知道市场上鱼目混珠，好坏掺着卖的很多，但是别人我不管，你，我必须管。”唐心妍的脸色严肃起来，“你还记得曾经答应过我妈吗？绝对不能借她的名义招摇撞骗。”

“记得是记得，我其实也没……”

“盈盈，我真是善意提醒你，最近市场管理会拎几个反面典型出来打击，你可别撞枪口上了。”唐心妍打断她。

随着工业化、城市化的发展，市场竞争日趋激烈，苏绣市场的诸多隐患也暴露了出来，粗制滥造、以假充真、以次充好的问题已经不止一次被声讨。做工拙劣的绣品、机绣，都打着正宗精美苏绣的旗号，使许多消费者难以区分真假，从而蒙受损失。这不仅损害了那些绣制精品刺绣的企业的利益，也严重影响了苏绣的声誉。

“好吧，我知道了。”冯月盈正色点点头，果断地关门，对绣庄进行了一次大清理。

唐心妍又跟冯月盈深入谈了一次话。苏绣正面临着严峻的挑战，如何保护苏绣这块艺术瑰宝，如何使淳朴的民间艺术与时俱进，如何在科技高速发展的今天继续将苏绣传承和发扬下去，是每个手艺人应该坚守的匠心。唐心妍希望冯月盈能够跟自己一起做踏实的手艺人，为苏绣传承和发展贡献自己力所能及的力量。

冯月盈郑重地点头："姐，绣庄我会交给爸妈看管，我这就回刺绣研究所去，跟着顾师傅潜心钻研技术。我以后再也不会只顾眼前利益，做损人不利己的事了。"如果不是唐心妍善意提醒，只怕她要被罚得倾家荡产了。

"你说冯月盈头头是道，你自己呢？"傅晋辰见唐心妍大着肚子，还挑灯夜战在刺绣，忍不住出声，"你们冯氏绣庄其实问题也挺多的。"

"什么问题？"唐心妍倒是不耻下问。

"首先时间观念不对呀，这都几点了，你还绣？"傅晋辰一板一眼道，"锦城的项目是挺急的，但是你看看那些绣娘，年纪也不小了，跟着你一起熬夜，这挺不人性的。"

"傅晋辰，要是我规定时间内交不了差，这赔偿得赔得我倾家荡产，你就别站着说话不腰疼了。"唐心妍挺着这么大的肚子，别说刺绣了，就是坐着，她也累得腰酸背痛。可不抓紧进度，她冯氏绣庄真的赔不起。

"我是真心觉得你的绣庄得做一些改变。首先你要转变经营观念，走精品优质路线。"傅晋辰正色提出建议，"你不能为了眼前利益，生产质低价廉的绣品，这样浪费时间，意义又不大，还伤身体。"

"傅晋辰，你以为我姐不想走高端路线啊！她这不是没办法么！"冯月盈神色无奈地叹气。原本冯英英走的是中高档结合的路线：中档绣品的利益维持绣娘生计和绣庄经营，她的高档作品拿出去参加各类比赛、展览。可冯英英一走，版权那块儿的赔偿赔得唐心妍几乎掏光了家底。精品博览展那次比赛又把名声搞坏了，绣庄生意不好，活儿也接不上，暂时只能死磕锦城的项目，将量化做好。

“需要我帮忙吗？”傅晋辰问得真诚。

“不用了，我自己的事，我可以处理好的。”唐心妍揉揉酸疼的腰，逞强道。

“你呀，可别等真出事了，后悔哦。”

“傅晋辰，你少‘乌鸦嘴’！”唐心妍恼怒地打断他。嘭的一声，绣娘阿姨们的惊呼传来：“唐总，你没事吧？”“唐总，你别吓唬我们呀！”

唐心妍神色一慌，猛地一起身，突然肚子一紧，抽疼了下。她隐忍着不适急匆匆地奔出去问：“爸，你怎么了？”

“掐人中！”

“赶紧打 120 呀！”

“对对对！”

绣娘们七嘴八舌地掐人中，打 120。唐心妍跟傅晋辰将唐克勤送入医院抢救。还好他只是上了年纪，熬夜熬得血压高了，用上降压药物观察就行。

唐心妍还没来得及松口气，肚子一阵接着一阵地开始抽疼。她脸色发白地拽着傅晋辰，惊恐道：“傅晋辰，我肚子好疼，是不是要生了？

“你别吓我，你不是还没到预产期吗？”傅晋辰的脸色比她更苍白，“你别怕，我马上带你去找医生。”他想横抱起她，可挫败地发现自己根本抱不动了。他急中生智，找了个推车，一路狼狈地将她推去妇产科，嘴里急切地嚷嚷着："医生，我老婆要生了……"

如果不是肚子疼得犹如针扎一般难受，唐心妍真的忍不住想笑。这样的傅晋辰，跟初次相见时的高冷形象完全搭不上边，但是依旧帅得令她移不开眼。想到马上要生出她跟傅晋辰两个的结晶，她慌乱的心倒是安定了下来，一种幸福的充实感在心里蔓延。不知道孩子是像他多一点，还是像自己多一点……

唐心妍费了九牛二虎之力生了一个姑娘。傅晋辰爱不释手，恨不得二十四小时抱着。

傅晋辰含情脉脉地看着唐心妍："老婆，我爸妈可是下最后通牒了，如果你坐月子不跟我回去，他们就让我这辈子都别回去了。"

"傅晋辰，你别这样。"知道她吃软不吃硬，傅晋辰现在一改往日"霸总范儿"，动不动就撒娇、卖萌兼耍无赖。唐心妍拿他真是没办法，道："你让我好好想想。"

"我给你的时间还不够多吗？"傅晋辰幽深的眼眸内挂着一丝忧伤，"唐心妍，你摸着良心问问，从一开始你瞒着我，到后来我死皮赖脸跟着你，现在孩子都生了，你还不肯正视自己的心吗？"

"我就是正视了自己的心，才不想跟你在一起！"唐心妍神色凝重地开口。

"你不喜欢我？"傅晋辰的脸色带着忐忑。

“我……”唐心妍咬着唇，踌躇道，“喜欢又怎么样？你……”

“你喜欢我，我喜欢你，我们孩子都有了，我真的不明白，你在别扭什么！”傅晋辰蹙眉，带着疑惑不解。

这话听在唐心妍的耳朵里，犹如炸弹一般，将她本就爱意萌动的心激起千万层浪来。她不可置信地对上傅晋辰璀璨的星眸，结结巴巴道：“你……你……你说你喜欢我？”

傅晋辰原本想调侃一句“我都表现得这么明显了，就你跟瞎了似的看不见我的真心”，话到嘴边改成了告白：“是啊，我喜欢你，喜欢很久很久了。”

或许从第一次相遇开始，两个人的缘分就一直被牵引着。或许被她一次又一次积极向上的乐观折服，又或许，从小缺爱的他，在唐心妍身上感受到了家的温暖……

狂喜瞬间涌上唐心妍的脑海，幸福在全身游走，每个毛孔都在叫嚣：他喜欢我，他竟然喜欢我，他真的喜欢我！

“唐心妍，嫁给我吧！”傅晋辰单膝跪地，终于不觉得说出那句“我爱你”是别扭矫情的了。

唐心妍激动地朝他伸出手，幸福的眼泪溢满眼眶：“傅晋辰，我也喜欢你，喜欢了好久好久！”

开始不敢喜欢，后来害怕喜欢，最后发现就算自己逃避、装傻、装瞎，但是喜欢就是喜欢，无法假装不喜欢。

愿得一人心，白首不相离！

唐心妍跟傅晋辰终于表明彼此的心意，执手相望。

尾声

傅晋辰跟唐心妍结婚后，唐心妍潜心研究绣技，将苏绣技法传承与现代化需求完美结合，又挖掘了更多的潜在表现方式，紧扣主题，在材料、手法和技法上不断探索，承古创新，首创了“简绣”针法，运用返璞归真的理念，终于在国家级精品展览会中获得金奖，一鸣惊人。那些关于她暗箱操作以及抄袭的流言蜚语终究烟消云散。

实力，才是最好的证明。

当然，吃过几次亏的唐心妍，深刻明白版权保护的重要性。她的设计稿也好，原创针法也罢，该申请专利的申请专利，该登记版权的登记版权，她再也不会傻乎乎地给人“挖坑埋她”的机会。

唐心妍抱着孩子站在冯英英的坟前，神色温和地说：

“妈，山花金奖是我人生的全新起点，往后的岁月里，我会更加专注地研究苏绣技艺，让其既是生活用品，又可以成为高端艺术品。我会竭尽所能让苏绣具有更深邃的文化价值。”她担当起传播苏绣工艺文化的使命，为苏绣非遗传承添砖加瓦，奉献出所有的热情、激情。

傅晋辰则接手了冯氏绣庄，他成功地运用现代企业制度管理传统工艺行业。在他的概念里，艺术质量决定作品未来，他陪伴着唐心妍挖掘和传承苏绣深厚的文化价值。

而从刺绣研究所学成归来的冯月盈，开启了网店跟直播带货的销售模式。她越来越有女强人范儿，跟莫凌天的感情却始终欠缺一个圆满的句号。

苏曼如跟肖彦成经过分分合合后，终于结婚了。

至于程艺星，他最后彻底明白，爱是祝福而非占有。在冯英英坟前给唐心妍道歉之后，他终于彻底放手，埋头研究苏绣技艺，成了唐心妍切磋技艺最好的对手，也成了往后道路上相扶持的好搭档，两人共同守护苏绣非遗，向世界传播苏绣的民族艺术精髓。

与此同时，镇湖政府以绣品街为主轴，以“一馆、一中心、一园”为产业辐射，集刺绣研发设计、生产制作、展示销售、休闲旅游等功能为一体的商业综合体“苏绣天地”项目正式启动。“苏绣小镇”的孵化，进一步凸显了镇湖刺绣产业集聚发展的优势。之后政府加大力度，多管齐下，多形式、多层次、多渠道培养刺绣工艺人才，不拘一格选拔新人，还建立了苏州市刺绣作品版权交易许可平台。

镇湖政府近年来又成立了自主创业服务中心，为绣娘提供免费政策咨询、项目推荐、工商税务登记、创业指导等服务。此外，政府还设立了知识产权管理中心，向绣娘们提供版权咨询服务。

守护苏绣，传承苏绣，我们一直都在努力。